선생으로 사는 길

선생으로 사는 길

2015년 6월 10일 초판 1쇄 펴냄

펴낸곳 도서출판 **삼인**

지은이 이관희
펴낸이 신길순
부사장 홍승권
편집 김종진 김하얀
미술제작 강미혜
총무 정상희

등록 2004.11.17 제313-2004-00263호
주소 120-828 서울시 서대문구 연희동 220-55 북산빌딩 1층
        (서울시 서대문구 성산로 312)
전화 (02) 322-1845
팩스 (02) 322-1846
전자우편 saminbooks@naver.com

디자인 디자인 지폴리
인쇄 수이북스
제책 은정제책

ISBN 978-89-6436-097-2 03810

값 15,000원

이관희 지음

선생으로 사는 길

삼인

아픈 시대의 교사
고(故) 이관희 선생님

　나는 사실 이관희 선생님을 잘 몰랐다. 내가 선생님을 만난 것은 그의 시를 통해서였다. 그의 시들은 시집으로 출간할 계획으로 쓰기는커녕 잡지 등에 발표된 것도 아니었다. 오로지 쓰고 싶을 때, 아니 쓰지 않고는 못 배길 때, 울면서 때론 웃으면서 그날의 일들을 가장 솔직한 말들로 기록한 것들이었다.

　그의 시집『착한 소가 웃는다』를 통해 한 교사로서의 그의 하루하루를 읽으며, 나도 울면서 웃으면서 어느 날의 나 자신을 보는 듯한 착각에 빠지기도 했다. 그렇게 그는 어느 날 내게로 와서, 시대의 교사로 서로 어깨 걸고 같은 길을 가는 친구가 되었다.

　아, 이렇게 좋은 친구를 생전에 왜 못 만났을까? 아니, 이렇게 멋진 선생님은 왜 그렇게 갑자기 빨리 가시는 걸까? 이번에 다시 선생님의 산문들을 읽으며 그가 더 그립다. 87년 6월 항쟁으로 시작되는 시대의 아픔이, 가장 낙후된 사립학교 교단에서 겪어야만 했던 고통과 뒤섞이며 분

출될 수밖에 없었던 분노와 한숨, 이런 것들을 가감 없이 쓴 글들이 주는 감동에 나는 전율을 느꼈다.

선생님은 그 어려움을 교육운동으로 풀어보기 위해, 전교조 결성에 참여하고 조직 활동에 몸을 실어 보기도 했으나, 오로지 학생들에게로만 향하는 그의 자유롭고 순수한 영혼을 가두지는 못했던 것 같다.

시대의 교사로 살기는 정말 어려운 일이다. 교사는 학생들에게 '이렇게 살아야 한다'라고 말하는 순간 자신도 그렇게 살아야 하기 때문이다. 그렇기 때문에 이관희 선생님은 언제나 자신을 돌아보며 성찰하고 고민한다.

그의 글 곳곳에서 보이는 이런 모습은, 학생들에게 더욱 뜨겁게 다가가는 원동력이 된다.

같은 시대를 살며 같이 울고 웃으며 공감하는 것, 그것이 교사가 먼저 갖추어야 할 태도이다. 그래서 이관희 선생님은 학생 한 사람 한 사람을, 오히려 자기의 스승으로 생각하고 공감하며 배우고 있다. 생활일기를 같이 쓰며 글로 주고받는 말들에서 느껴지는 친밀감이나 감동은, 바로 이런 공감과 소통능력에서 오는 힘이 아닐까 생각한다.

그는 한걸음 더 학생들에게로 다가가고, 맡은 반 학생을 전체로 혹은 각자로 만나는 일에 집착한다. 그의 교단일기에는 교과목을 어떻게 잘 가르치는가보다는, 한 학생 한 학생의 생활태도나 인성의 발달에 훨씬 더 많은 관심과 애정이 표현돼 있다.

시대의 고민과 교육현실의 아픔은 선생님을 힘들게 했던 가장 큰 원인이었고, 현재의 우리나라 교사들이 겪는 공통적인 고통이기도 하다.

그렇기에 선생님의 이 기록은, 자신을 넘어지지 않게 하는 힘이 되었던 것처럼, 오늘을 사는 우리 교사들에게도 위로와 격려와 힘이 된다. 그리고 선생님이 학생 한 사람 한 사람을 대하는 태도나 방법이나, 생활일기를 통한 학생들과의 공감과 소통 방식은, 우리 교사들에게는 그대로 따라 배워야 할 하나의 교과서가 된다.

그가 2011년 3월 22일 화요일 하루를 마치며 쓴 글은, 오늘 우리 교사들에게 주는 선생님의 시대의 메시지이자 우리의 고백이 된다.

"힘들지만 힘내자. 무력한 선생님이고 아버지여서 많이 미안하다. 지금 대한민국처럼 다들 힘겨운 나라 말고 조금 못 살더라도 아이들도, 젊은이들도, 어른들도 진정으로 행복한 나라를 마련하기 위해 오늘 공부하자."

참 좋은 시대의 교사, 고 이관희 선생님은 오늘도 이렇게 우리 곁에 있다.

이수호

차례

2장 잠자는 아이들아, 콩나무들아

3장 겨울방학이 없다,
봄은 있는가

4장 잠시 아이들만 사랑하기로 했던 것입니다

제자들의 글 선생님을 그리며

1장

무채색의 책장 너머에 일렁이는
고운 무지개가 숨겨져 있다고,
나는 이쁘게 말할 수 없지만

교육의 가능성으로서의 자유
이 세상에 대해 한 인간으로서

2월의 끝과 3월의 처음을 보내면서 우리는 하나님이 주신 이 세상에서 일어난 많은 일들을 평범하지만 깨어 있는 한 사람 시민의 눈으로 보고자 했다. 먼저 교육민주화선언 등 단체 행동에 참여했다고 서울 시내에서 타도로 강제 전출된 교사 2명의 단식농성과 그에 이은 연행조사 사건이 그것이다. 우리가 아는 것은 벙어리 교사는 아이들을 가르칠 수 없다는 사실이다. 그런데 중고교 교사들이 입만 벙긋 열어 한마디만 발언하면 머리가 달아나고 있는 이 사회의 상황이 교사들을 벙어리로 몰아가고 있는 것이다. 교육은 자유의 바탕 위에서만 가능성이 확보된다.

제자의 죽음마저 외면하며 근절이니 엄단만을 외치는 스승에게서 학생들이 무엇을 배울 수 있다는 것인지 의심스럽다. 교육은 일개 정권이 자기들의 구미대로 조작해도 되는 그런 것이 아니다. 도대체 선생님에게서 배우지 않은 어떤 놈이 지금 그만한 자리에 앉아 있단 말이냐. 이 땅의 미래가 이 땅의 아이들이 어떻게 바르게 키워지느냐에 달려 있다고 할 때에 한 달 가까이 지나도 아무 조치 없이 지내다 급기야 220명의 수용자들이 재차 탈출을 시도한 성지원의 문제.

거기에다 한 술 더 떠 구속된 형제 복지원 원장이 부랑인 시설 연합회 회장으로 만장일치 재선되고 보사부도 승인키로 했다는 대목에 와선 어떻게 아이들에게 이 사회의 가치 기준(하다못해 상식이라도)을 설명해줄 수 있을지 난감하다.

박종철 군 고문치사 사건을 계기로 경찰이 인권수사대책을 발표한 지 한 달이 지난 3월 4일자 신문(중앙일보)은 심야 밀실 수사, 가족 연락 금지, 구타 폭언 등 강제수사, 마구잡이 연행 등이 전과 조금도 달라진 것이 없다고 보도하고 있다.

기자가 취재 중 폭언을 당했다든지 시위 학생을 연행하며 주먹질하는 것을 항의한 시민을 붙잡아가는 일이 계속되고 있다. 그래선 안 된다.

교회는 이런 불의와 거짓 등 바르지 않은 모든 것을 바로 하기 위해 세상에 눈 부릅뜬 채 증언하고자 한다. 충고하고자 한다. 하늘이 무섭지 않느냐고 꾸짖고자 한다. 아이들에게 교육상 나쁘다고 하소연하고자 한다.

1987년 3월 6일
대학에 들어간 첫 해, 교회 주보에 게재한 글

교생 실습 하던 때의 마음

꿩새끼처럼 처박혀, 내가 탄 차 55-3 경기도 구리시 옛 교문리 가는 차는 더 가지 못하고 앞 차에 가로막혀 있었다. 나는 내려서 앞차에 가서 왜 안 가는가 하고 묻고 싶었다. 내가 망설이는 동안 승객들 중 한 분이 내려 차 벽을 치며 오라이, 오라이를 외치고 있었다. 뒤로 빼서 옆으로 돌아 비켜 앞서가자는 것이었다. 그렇게 차는 장애를 넘어 서울을 넘었다.

교생실습을 나갔던 2주일, 이제 3주차의 수요일을 보내고 나서 문득 생각했다. 나도 막힌 차에 막혀서 더 나가지 못하고, 가자고 가자고 누군가 벽을 치는데 나는 기다리고 기다리고만 있는 것은 아닌지. 선생님처럼 똑같은 선생님. 수업마저 아이들에게마저 마음 가 닿지 못하고 조·종례 종소리만 쓸쓸히 우는가.

오늘 바른 것이 바른 것이라고, 오늘 겉과 속은 같은 것이라고, 오늘 꿈이 없고 오늘 힘이 없으면, 오늘 자유하지 못하고, 오늘 살아 눈 부릅뜬 생명 아니라면 내일이 결코 있을 수 없음을 잊을 수 없다.

큰 숨 쉬리라. 싱싱한 놈들 온통 들이킨 채로 세상 다 호흡하리라. 혹은 묵묵히 혹은 병신처럼 매 맞아도 정신만은 살아 우뚝 서겠다. 정신만은 아이들에게 꼭 심겠다. 진리가 너희를 자유케 하리니, 아이들아, 자라나는 너희 생명은 이토록 가슴 벅찬 황홀이 아니더냐.

1989년 5월

선생으로 사는 길

무채색의 책장 너머에 일렁이는
고운 무지개가 숨겨져 있다고,
나는 이쁘게 말할 수 없지만

S는 말을 할 때면 얼굴이 붉어지는 미소년이다. 머뭇거리는데 평시보다 더 빨개진 얼굴이 참 예쁘다. "원래 아파서요, 집에 갈려고 그랬는데 형식이가(우리 반 반장이다) 선생님이 감독이라고 해서 한 시간만 하다 가려고요."

얼굴에 감기 기운이 역력한데도 한 시간은 하고 가는 것이 선생님에 대한 의리라고 생각했나 보다. "아픈 놈이 무슨 공부, 빨리 책을 싸 갖고 집에 가서 쉬어야지."

S는 자리에 돌아가서도 책을 펴는데 나는 가방을 들려 집으로 쫓아버린다. "선생님, 저도 아픈데요" 하는 옆의 놈에게 군밤을 한 대 주고 나는 책상에 앉아 도서관의 아이들을 내려다본다.

각 반 12명씩, 2학년 15학급의 200명 가까운 아이들이 지정된 좌석에 앉아 방과 후 9시 30분까지, 모의고사 보는 날만 빼고 중간고사나 기말고사 보는 날과 토요일까지도 의무적으로 공부를 해야 한다. 학년 초에 이젠 공부 좀 해야겠다는 옹골찬 결심을 하고 신청을 해서 성적순으로 선발된 정예학생 200명도 시험 본 날까지 쉬지 못하고 월요일부터 토요일까지 도서관에 갇혀 지내다 11월쯤이면 어지간히 지쳐버린다. ○○동산동네에 전기가 나갔던 밤, 5분 넘게 전기가 들어오지 않자 아이들은 어깨동무들을 하고 "집에 보내줘요! 어두워서 공부 못하겠다. 집에 가서 공부하자!" 함성을 지르고, 책상을 치며 파도를 탔다.

200명 가까운 아이들이 어둠 속에서 자리를 박차고 함성을 지르며 출렁이는 광경은 억눌린 청춘의 덩어리불이 노호하는 장관이었다. 운동장 여기저기 두세 명씩 짝지은 여학생들이(남학교를 방문한) 복작대던 전시회(말하자면 학교 축제) 기간의 밤에도 도서관에 앉아 책을 뒤적여야 했던 아이들.

쉬는 시간을 틈타 부러운 듯 휘황한 전등불의 강당 쪽을 바라보며 찢은 연습장에다 '○○도서전시회'라 써 붙이고 여학생들을 안내해 오던 아이들. 득실대는 남학생들의 어지러운 도서관 모습에 소스라쳐 도망가는 여학생들을 박수쳐 보내며 속으로만 섭섭함을 꾹꾹 눌렀던 아이들. 그 아이들이 두 개 싸온 도시락을 컵라면 국물에다 말아먹고 나서 지금 공부를 하고 있다.

"선생님, 체력이 딸리는 것 같아요. 두 시까지 공부하거든요. 아침에 일어나기가 너무 힘들어요. 식탁에 앉으면 밥을 먹다가 자나 봐요. 아침에 밥을 먹는데 숟가락이 딴 데로 가요. 입에 넣는다고 넣는데 입으로 안 가고." 공부를 열심히 하는 L의 걱정이다.

그 L의 옆을 지나 점퍼를 머리끝까지 뒤집어쓰고 잠든 아이를 깨우는데 연습장에 낙서한 그림이 참 곱다. 투명한 하늘색의 테두리에 빨간 선으로 그은 입술의 어릿광대. 검은 눈동자가 선명하다. 연둣빛 네모 안엔 '승리를 위하여!' 'perfect!' 'YOU WIN!' 잘린 손가락을 그린 낙서도 있는데 V 자다.

이 아이도 이기고 싶다. 그러나 이 아인 색깔의 아름다움을 안다. 그래서 지겨운『수학정석』의 두꺼운 책갈피를 색동 입혔을 것이다. 형광펜으로 그린 주황, 연두, 하늘색의 꿈. 아이에게『수학정석』은 손때가 묻어 칙칙해야지 이렇게 선명한 빛이어선 안 된다고 타이른다.

무채색의 책장 너머에 일렁이는 고운 무지개가 숨겨져 있다고 나는 이쁘게 말할 수 없다. 아이가 견뎌야 할 무수한 날들의 불안과 절망의 깊이를 선생인 나는 알기 때문이다. 감기 걸려 기침하면서도 책상에 붙어 있는 아이들. 머리를 만져보니 열이 심한 아이 하나를 다시 또 집에 보내고, 도저히 공부가 안 되니 집에 가는 것을 허락해달라는 아이를 또 하나 보내고 나서 나는 아이들이 책상에 갖다 놓은 것들을 세어본다.

귤 하나, 사과 하나, 에이스 과자, 오징어땅콩 과자, 봉봉, 네스카페, 환타. 선생님 먹으라고 쉬는 시간에 아이들이 갖다 놓은 것이다. 남자고등학교 아이들인데도 요즘의 사내아이들은 마음이 곱다.

K가 다가와 배가 아프단다. 화장지를 움켜쥐고 화장실로 급히 달려나간다. K의 어머니는 저번 교사 배구대회 때 지나가다 선생님들이 운동하시기에 사 왔다며 음료수 박스를 놓고 갔었다.

도서관 입구의 플라스틱 양동이에 담긴 꽃무더기도 K의 어머니 같은 어느 어머님이 가져온 것이리라. 어머니의 그 꽃을 보며 아이들은 밤늦도록 자리에 앉아 있을 것이었다. 9시 25분부터 아이들은 시계를 흘끗거리며 술렁거린다.

"고생했다." 소리가 아이들의 환성에 묻혀버리고, 담임이 감독을 한 날의 도서관 청소를 해야 하는 우리 반 아이들이 먼지 구덩이 속에서 청소를 한다. 10시가 다 되도록 청소까지 해야 하는 반 아이들에게 그때마다 미안하곤 했던 터라 청소를 마치고 인사하며 떠나는 아이들을 불러 모았다. 반장에게 돈 만 원을 주면서 12명의 아이들에게 부족할지도 모르겠다고 건네주는 것을 아이들이 싫단다.

"내일 아침 우리 반 모두 초코파이 하나씩 사먹어요~."

그래, 아이들아. 열심히 공부하고 100원짜리 빵 하나라도 나누어 먹는 정을 잊지 않는다면 칠흑 같은 이 밤이 새고 난 다음, 눈부신 아침이 어찌 안 오겠느냐.

1991년 11월 23일

눈이 부시게 푸르른 날은

　몇 분 선생님들과의 점심을 마치고 나는 눈이 녹아 질척이는 운동장을 다시 걸어 교실로 올라왔다. 봄방학 중이어서 아이들이 없는 교실 한 구석에서 학급문집을 편집했다. 전날 새벽 6시까지 아이들의 사진을 오리고 글을 오려 붙이는 작업의 못다 한 부분을 오후까지는 끝내야 했다.

　고3을 목전에 둔 아이들의 시간을 뺏을 수 없었다. 아이들은 공부 시간 아니면 쉬어야 할 귀한 시간을 쪼개 저들의 마음을 글로 담은 것이다. 그것을 모아 깁는 수고는 내가 해야 하리라. 55명의 아이들의 글을 한 줄 한 줄 오려 붙이면서 여러 감회가 가슴을 스쳤다.

　나는 얼마나 부족한 선생인가를 절감한 한 해였다. 아이들의 글 여기저기에서 정직한 아이들의 눈이 얼마나 준엄한 것인지, 그들 앞에서 선생은 얼마나 겸손해야 하는지를 나는 배울 수 있었다. 어느 한 아이에게도 교실에서, 학교에서 실패와 좌절의 경험을 안고 학년을 마치게 하고 싶지 않았다.

1등부터 꼴찌까지 성적의 잣대 말고 스스로의 사람됨의 성숙을 믿어, 그들이 그 힘으로 힘차게 살아나갈 것을 다짐하고 자기 생을 귀하게 여겨 그 하루하루들을 바르게 선용하는 정신을 심어주고 싶었다.

 나는 그 일에 실패한 선생임을 고백할 수밖에 없다. 아마 앞으로도 거듭 그러할 것이다. 그러나 다행히도 내겐 나 아닌 다른 여러 선생님들이 계시다. 부족한 담임을 두어 배고팠던 우리 반 아이들을 각기 다른 가르침으로 배불리 거두어주신 우리 선생님들이 계셨던 것을 나는 아이들의 글 속에서 깨닫는다.

 아이들은 골고루 여러 선생님들의 가르침 속에서 저희들끼리의 정과 즐거움을 알뜰히도 갈무리해나가고 있었던 것이다. 좋은 점을 서로 나누고 배우며 아이들은 서로 격려하는 말을 잊지 않고 있었다.

 나는 아이들의 글을 편집하며 늦게야 그들 청춘의 푸르른 한 나절이 스스로의 생명에 겨워 눈부시게 빛나고 있었음을 확인할 수 있었다.

 운동장, 화장실, 도서실, 교실, 부끄럽도록 열악한 환경 속에서 목을 조이는 철저한 입시 위주의 교육에 시달리면서도 저희들만의 꿈과 활기를 잃지 않고 한 학년의 의미를 찾아 새길 줄 아는 우리 12반 아이들이 고맙다.

 방황하고 갈등하고 고통하지 않는 청춘이 어디 있으랴. 그 모든 어려움을 이기고 결석과 지각은 수없이 많았지만 55명 전원이 한 학년을 마치게 된 것도 감사한 일이다.

 부족한 담임 선생을 감내하면서 면학에 힘썼던 아이들의 면면을 떠올리며, 텅 빈 교실에 앉아 나는 조용히 말한다. 겉의 것보다 속의 알맹이를 중히 여기자. '열의는 좋지만 성과는?'을 반문하는 세대를 향하여 나는 부족하지만 '열의'의 뜨거운 뜻을 전하고 싶다.

학급문집 『푸르른 날에』를 발간하면서

1992년 봄방학 때

매 맞는 아이

　매 맞는 아이를 본다. 작년에 우리 반이었던 아이. 어머니가 약을 주면 다 버려버린다는, 선생님이 왜 결석했냐고 물어도 대답 않던 아이. 오늘은 복도까지 맞으며 밀려나온다.

　병든 아이. 약물이라도 복용하는 것이 아닐까 의심스럽던 아이.

　"그 아이가 왜 그럴까요." 오늘도 학교 간다고 나갔는데 학교에 오지 않은 아이를 걱정하던, 막내라도 공부를 시켜야겠다고 십 몇 만 원짜리 학원에도 보냈었던 나이 든 어머니. 아이의 어머니는 지금 매 맞는 아이를 알고 있을까.

　아이가 병들어 있다. 말을 걸어도 대답도 않고 학교에는 하루 걸러 나와 조퇴만 자꾸 청하던 아이. 하루 종일 오락실에서 살아 오락의 왕이라 불리던 아이. 작년에 담임이었던 나는 차마 매 맞는 아이를 더 볼 수가 없다.

　"작년에 제가 잘못 가르쳤어요. 책임을 느낍니다. 죄송합니다."

번갈아 두 아이가 학교를 빠지면서 속을 썩인다는 올해 담임 선생님의 붉어진 얼굴이 미안해서 한 번 웃어주고 자리에 돌아와도 아이의 병든 가슴이 생각나, 병든 눈이 생각나 화창한 화요일의 햇살이 무심하다.

1992년 5월 19일

이별가를 노래하다
슬픈 노래 1

아이들이 버린 음료수 팩이며 빵 껍질 등이 어지러운, 더러는 누런 가래침이 묻어 있는 계단을 내려오다, 3층 복도 쪽에서 만나는 창 너머의 장미란 얼마나 반가운가. 그 붉은 빛이 문득 슬퍼진다. 버림받은 곳처럼 학교만이 쓸쓸이 쇠락해 가는데 장미는 타는 듯하다. 수학 실력이 제일 좋다던 선생님 한 분이 학교를 떠난다.

수업을 하지 말고 질문만 받으라고 했는데 수업을 했다고 교장 선생님께 수업 중에 간섭을 받은 날 그는 교과서를 내 앞에 내동댕이쳤었다. 무지갯빛 포장지 속에 연필 한 자루가 선생님이 남기시는 기념품이다.

"행복이 늘 같이 하시기를. P 드림."

나는 수업시간에 하염없이 자는 아이를 깨우고, 일어나서도 책이 없는지 하염없이 앉았기만 하는 아이를 보면서 말한다.

"선생님 한 분이 학교를 떠납니다……. 여러분들의 빛나는 눈만이 모든 어려움에도 불구하고 선생님들로 하여금 스스로를 의미 있는 존재로 자리매김하여 학교를 지키게 합니다. 좋은 선생님들이 학교를 떠나가는 사회에 희망은 없습니다."

그리고 다음 날 P 선생님의 환송연이 있었다. 선생님들의 노래는 슬프다. 생각하면 훈장 10여 년의 세월이 왜 가슴에 못이 안 박히랴. 떠나는 이의 감회와 남는 이들의 감회가 다를 리 있겠는가.

피로와 우울의 학교를 떠났으나 역시 찌든 술 냄새 퀴퀴한 어느 술집 지하에서 선생님들은 슬픈 노래를 자꾸만 불러댄다. 맥주잔이 어지럽고, 인생의 허무며 사랑의 덧없음을 감상적으로 새긴 노랫말의 의미에 젖어들면서 선생님들은 취해버린다. 두 명쯤은 싸움을 하고, 몇은 춤을 추고, 더러는 진지하게 토론에 열을 올리고, 누군가는 노래를 하고 있다.

타락일까? 안일일까?

매도할 수 없는 진실함이 선생님들의 술자리에 분명히 있다. 교육은 결코 실패할 수밖에 없는, 본질적으로 비극적인 인간행위인 것이고, 대한민국이라는 사회가 교육 사회만은 철저하게 보수의 틀로 꽁꽁 묶어두기로 결정하였으므로 거기 옥죄어 사는 교사들이 슬픈 노래 부르는 것을 어찌 탓할 수 있으랴. 어제 어느 술집에선가 선생님들의 슬픈 노랫소리가 흘러나왔고 내일도 흘러나올 것이다.

그 슬픈 노래가 오래도록 이어질 것이고 사람만이 바뀔 뿐이다.

그렇게 흐르리라.

슬픈 노래.

1992년 5월 30일

긍지의 노래를 부르다

슬픈 노래 2

김수영의 시 「긍지(矜持)의 날」을 읽고 또 읽는다.

> 너무나 잘 아는
>
> 순환의 원리를 위하여
>
> 나는 피로하였고
>
> 또 나는 영원히 피로할 것이기에
>
> 구태여 옛날을 돌아보지 않아도
>
> 설움과 아름다움을 대신하여 있는 나의 긍지
>
> 오늘은 필경 긍지의 날인가 보다
>
> 내가 살기 위하여
>
> 몇 개의 번개 같은 환상이 필요하다 하더라도
>
> 꿈의 교훈

청춘 물 구름

피로들이 몇 배의 아름다움을 가하여 있을 때도

나의 원천과 더불어

나의 최종점은 긍지

파도처럼 요동하여

소리가 없고

비처럼 퍼부어

젖지 않는 것

그리하여

피로도 내가 만드는 것

긍지도 내가 만드는 것

그러할 때면 나의 몸은 항상

한 치를 더 자라는 꽃이 아니더냐

오늘은 필경 여러 가지를 합한 긍지의 날인가 보다

암만 불러도 싫지 않은 긍지의 날인가 보다

모든 설움이 합쳐지고 모든 것이 설움으로 돌아가는

긍지의 날인가 보다

이것이 나의 날

내가 자라는 날인가 보다

—『사랑의 변주곡』, 창작과비평사, 1988.

긍지를 갖기 힘든 나날이다. "단 1분도 수업을 하지 마라"라는 지시와 그리고 이어지는 감시. 그런 학교에서 교사여야 하는 자의 황당함. 이틀 전 아침 1교시부터 이사장님의 순시가 2회나 반복하여 있었고 수업 마치고서 퇴근을 못하게 하고 임시 교무회의가 열렸었다.

개별질문학습이란 절대 열강을 해선 안 되는 것이다. 교실을 돌아다니면서 질문만 받으란다. 아직도 열강을 하는 선생님이 계신다. "가수가 노래를 잘 부른다고 듣고 있는 청중들이 노래를 잘하게 되는가?"라고 몰아친다.

수업을 해서는 안 되는 선생의 존재란 무엇인가. 아무도 나와 동행하지 않았다. 나는 막걸리를 마시고 세 번씩이나 문을 두드리고 나서야 이사장님의 저택에 들어설 수 있었다. 정종 됫병을 앞에 놓고 이사장님과 제법 긴 시간을 이야기를 나누었다. 서로 할 이야긴 거의 다 했던 것 같다. 선생님은 검정고시 출신인데 누구한테 배워 대학엘 갔었는가 그가 물었고. 이사장님은 경기고 나와 서울 공대 들어가신 분이므로 누구한테 배울 필요 없으셨겠지만.

꾸벅 절을 하고 집을 나서면서 나는 말했다.

"저는 수업하고 싶습니다."

1992년 6월 5일

모든 일이 합력하여 선을 이룹니다
12반 아이들에게 처음 쓰는 글

막 고등학교에 입학한 1학년인 여러분들은 참 깨끗합니다. 눈도 맑고 몸이 온통 푸른빛의 덩어리입니다. 고등학교에 입학하던 날 가졌던 그대로의 처음 뜻을 끝까지 지켜나가기 바랍니다.

나는 여러 가지로 부족한 담임일 것입니다. 그러나 12반 아이들과 더불어 좀 더 나은 선생이고자 노력할 것입니다. 12반 아이들도 더 좋은 품성의 학생이 되고자 노력할 것이라고 믿습니다.

앞으로의 고교 생활 3년을 통해 여러분들의 수고하는 깊이와 사고의 높이에 따라 여러분의 사람됨이 결정됩니다. 먼저 바른 사람이 되어야겠습니다. 사람 되는 공부에 힘써야겠습니다.

고등학교가 대학을 들어가기 위한 예비학원이 되어서는 안 됩니다. 공부도 열심히 해야겠지만 사람이 먼저 좋아야 합니다. 교실에서 아이들과 생활하며 인간이라는 것이 무엇인지, 더불어 산다는 것은 무엇인지, 묵묵히 수고한 것이 어떤 보람으로 결실하는지를 경험하기 바랍니다.

내가 조금 손해 보며 남을 위해 조금 더 충실히 일해주는 생활이 진정한 것입니다. 그다음이 공부입니다. 대학입시라는 현실을 직시해야 합니다. 열심히 공부합시다. 면학은 기회입니다. 대학입시를 부담으로 느끼는 소극적 자세 말고 내 실력과 능력을 키우는 좋은 기회로 적극 활용해야 합니다.

조금씩 공부 시간을 늘려나가야 합니다. 공부도 습관입니다. 중학교 때까지는 참 자유스러웠겠지요. 이제는 정말 더 큰 자유를 위해 귀찮고 힘든 공부를 마다하지 말아야 합니다.

오늘의 수고가 내일의 기쁨이 됩니다. 앞으로 1년 동안 선생님과 12반 아이들은 정 있는 생활, 수고하는 생활에 힘씁시다. 모든 일이 합력하여 선을 이룰 것입니다.

1993년 3월

3월보다는 조금 나아진
4월을 희망합니다

4월입니다. 이젠 여러분들의 이름, 얼굴, 생활하는 자세와 성적표 같은 것들이 익숙해져갑니다.

먼저 사람 되자고, 그리고 공부하자고 했던 학기 초의 나의 말에 과연 나는 책임지고 있는지 묻게 됩니다. 교실 바닥에 버려진 휴지, 한 권도 책을 안 읽는 아이, 촘촘하게 별처럼, 좌절 혹은 희망을 적은 생활 노트, 아파 병원에 입원한 아들을 걱정하는 아버지, 민재의 손가락 사이를 드나들던 칼 조각, 평균 이하의 우리 반 성적 전표, 학급신문 원고 속의 시구들.

밝고 건강해야 할 여러분들의 마음 어느 한 귀퉁이를 오늘도 허물고 있는 학업에의 부담을 인정하지 않을 수 없습니다. 그러나 건강해야 할 여러분들의 생활을 주시하면서 가끔씩 섭섭할 때가 있습니다.

인간의 본성에 내재하고 있는 나쁜 것을 역시 여러분에게서도 봅니다. 억압과 통제에는 순종하지만 선하고 자유로운 자발성에는 노력하지 않는 사람됨의 부족함이 문득 느껴져서 섭섭합니다. 어떤 수업이든 겸손하게 정말 열심히 공부해야 합니다. 시험에 안 나오는 선생님의 곁 말씀 한마디가 제일 중요합니다. 때리지 않는 선생님이 슬픈 시선 한 번 주는 것이 무거운 것임을 깨달아야 합니다.

우리 반 주전자에 뚜껑이 없어서 식수를 가져올 수 없습니다. 빈 주전자의 뚜껑을 마련하기 위해서 건의라도 한마디 누군가가 해야 합니다. 수학 선생님께 혼나지 않기 위해 해답을 베끼기보다는 한 문제라도 제 힘으로 풀고, 다 못 풀어 아프게 맞는 것이 백 번 값진 것입니다.

여러분들의 좋은 부분도 많이 봅니다. 착한 아이, 사랑스러운 눈빛, 성실한 노력, 친구를 아끼는 마음, 공 차고 놀 때의 활기. 아직은 철이 안 들어 행동이 뒤따르지 못해 미숙하지만 여러분들이 가지고 있는 참 너른 가능성의 여지를 선생님은 믿고 기다리고 있습니다.

그 호연지기의 푸른 기상을 여러분은 가슴 활짝 펼쳐나가야 합니다. 지금은 비좁고 충충한 12반 교실에서 그 기상을 옹골차게 다져가야 합니다.

정대구 님의 시에 "내가 교사가 아니었다면/ 또 모르겠지만/ 교단에 선 교사로서/ 우리들의 꿈인 아이들을 바라보면서/ 나는 부정적일 수가 없다"라는 구절이 있습니다.

나도 우리들의 꿈인 12반 아이들을 바라보며 결코 부정적일 수가 없습니다. 12반 아이들도 선생님도 거듭 잘못을 저지를 것입니다. 그럼에도 불구하고 곧 바로 섭시다.

3월보다는 조금 나아진 4월을 희망합니다.

12반 아이들에게
1993년 4월을 맞으며

선생으로 사는 길

진흙탕 같은 나날의 끝에
가장 맑은 빛의 연꽃이 핍니다

수학여행 중에 여러분이 쓴 편지글을 훔쳐보았는데(엽서는 공개를 전제로 한 것임) 생각과 자세가 맑고 건강한 글들이 많아서 좋았습니다. 열악한 환경의 여행이었지만 불평만 가득 담아놓은 무성의한 글이 아니라 땀 냄새, 살의 체취 엉켜 있는 초라한 여관방에 누워서 거기 산과 나무와 물, 바람의 소리를 들을 줄 아는 마음이 있어서 반가웠습니다.

'효(孝)'를 큼지막하게 써놓고 "돈 잃어버렸지만 비틀거릴 제가 아닙니다"로 끝맺는 당당함이 재미있었습니다. 거의 모든 12반 아이들이 참 효자구나 생각했습니다. 마침 5월은 감사의 달이지요. 수학여행 가서 갈무리해온 집의 고마움, 어머님 아버님에의 정을 바로 깊이 새겨서 이제부터는 부족한 아들, 흔들리는 아들로서가 아니라 제법 철이 든 굵직한 아들로서 자기 생활 옳은 틀 잡아서 부모님 보시기에 믿음이 가는 아들로 한 키 더욱 자라난 모습 보여야 할 것입니다.

수학여행 갔다 와서부터 아이들이 풀려버린다고 선생님들이 걱정하시곤 합니다. 그러나 학급 친구들끼리의 우애는 물론 깊어졌지만, 진지하게 학업에 매진하는 안정된 학급 분위기를 서로 도와 만들어가야 합니다. 선생님들이 정말 기뻐하는 것은 수업 중에 여러분들의 눈이 배움에의 열의로 초롱초롱 빛나는 것입니다. 그 푸른 정기를 설악의 산 기운에서 스스로도 모르는 사이에 배워 익혔기를 바랐던 것입니다. 공부를 안 해도 되는, 자연과 흥겨움만이 존재하는 3박 4일 동안의 여러분들의 생생한 활기는 참 보기 좋았습니다.

좀 추운 밤이었지만 밤하늘에 치솟던 불꽃놀이 때의 황홀한 오색 빛, 본디 여러분은 그렇게 환하고 구김 없는 생명인 것입니다. 우리 반 대표로 나서 춤춘 아이들의 그 자유로운 춤사위처럼 어느 것, 그것이 대학입시라는 어둡고 두터운 벽일지라도, 그 어느 것에도 구애받지 않고 도약할 수 있는 자유로운 정신이 청춘의 본질인 것입니다.

그러나 응암동에 내려서 다들 지친 모습으로 돌아간 이틀 뒤 아직 가시지 않은 여행의 뒤끝에 하품하면서 중간고사를 앞둔 여러분이 제출한 생활 노트는 초라했습니다. 제출한 아이도 많지 않고, 제출한 생활 노트의 내용도 텅 비어 있었습니다.

우리 반 아이들이 아직도 자기 의지대로 생활 못하고 학업 문제로 흔들리면서, 갈등하고 좌절하느라고 제 생활을 제대로 못 꾸려가고 있다는 것을 선생님도 알고 있습니다. 이번에 제출한 생활 노트 중엔 그동안 한 시간도 공부 안 했는데 한 것처럼 체크한 것을 사과하는 글도 있었습니다. 성적표 받을 때 칭찬받는 아이가 부러웠다고 솔직히 쓰고, 이제는 공부해보겠노라고 적혀 있었습니다.

연꽃은 밑이 보이지 않는 진흙탕에서 핍니다. 그럼에도 불구하고 가장 맑은 빛으로 핍니다. 여러분 나이 때의 선생님도 신념과 이상만큼 생활을 바로 틀 잡지 못해서 힘들어했습니다. 영어도 안 되고 특히 수학은 절망적이었습니다. 헤어나올 수 없을 것 같은 무기력과 거듭되는 좌절의 수렁을 겨우 헤쳐 나온 기억이 납니다. 어둡고 혼란스럽던 혼돈의 시절이었습니다.

분발해야겠다고 각성해야 한다고 몇 번이나 꿈틀대봤지만 선생님의 기억으로는 스스로에게 만족스러웠던 날이 며칠이나 있었는지 항시 부끄러웠고, 매일이 실패였습니다. 계획대로 공부한 날이 정말 적었습니다. 그러나 중요한 것은 한 사내로서의 투지였습니다. 매일 실패했지만 끝날까지 싸워왔던 것입니다. 그 밑 보이지 않던 진흙탕 같은 학업의 나날을 끝내 견디는 것이 결국 수업이고 배움이었던 것입니다.

진흙탕 같은 나날의 끝에 가장 맑은 빛의 연꽃이 핍니다.

1993년 5월

옥토가 아니어도 가을은 옵니다

　일요일엔 예배를 마치고 밭에 나갑니다. 버려진 야산 돌작밭을 일구어 콩밭을 두 뙈기 가꿉니다. 교회 앞 뜰 텃밭엔 열무, 쑥갓, 상추, 깨나무를 심었습니다. 포천 너머 신북면 덕둔리 산골두메 마을로 선생님의 교회가 이사를 간 것인데 농사짓기에 썩 좋습니다.

　지난 주엔 닭똥을 두 수레 실어다 한 뼘만 한 옥수수 밭에 거름 되라고 듬뿍 뿌렸습니다. 아직 어린 옥수수 잎새의 푸른빛은 참 보기 좋습니다.

　사람 먹을 알곡이 차려면 꼭 거름이 필요합니다. 씨 뿌린 지 한 달인데 잎이 무성한 콩밭의 잡초를 제거해주어야 하는데 손이 많이 갑니다. 뙤약볕 아래인데도 제법 키가 큰 콩나무 아래 흙은 촉촉합니다. 밭이랑 몇 개만 김을 매노라면 곧 등줄기에 주르르 땀이 흐릅니다. 고개를 들고 허리를 펴면 바람이 시원도 하고 맑기가 찬 냉수 같습니다. 언덕배기 콩밭, 옥수수밭 아래로 한가로운 산촌의 평화가 정갈해 보입니다.

　콩 심은 데 콩 난다는데 나는 씨콩이 콩나무로 자라난 것을 보고 있습니다. 심기만 해서 거두는 것이 분명합니다. 이 콩나무들을 잘 가꾸면 좋은 콩을 수확하게 될 것이고, 어머님은 그 콩으로 메주를 담그실 생각입니다. 메주는 된장이 되고 간장이 될 것입니다.

어쭙잖은 농사를 지으면서 선생님은 우리 12반 아이들을 생각합니다. 순전한 수고가 건강한 정신을 일깨웁니다. 학업은 수고를 요합니다. 바른 공부로 건강한 사고를 해야겠습니다. 돌이켜 고교생활이 아름다웠다 말할 수 있어야 합니다. 책과 씨름하던 때의 고통을 악몽으로만 추억하지 않자면 배움에의 순수한 열망을 지켜나가야 합니다. 대학입시니, 우리 사회 고교교육의 파행을 지적하기에 앞서 '나는 배움의 본디 자리에 바로 서 있는가'를 항시 의문해야 합니다. 이제 막 떡잎이 움트고 어린 가지 활짝 펼쳐진 6월의 돌작밭을 여러분은 지나고 있습니다.

아직 먼 배움에의 농사 길. 옥토가 아니어도 가을은 옵니다.

1993년 6월

청년 교사 4년차

　수업을 하다 교감 선생님께 불려 나왔다. 애들에게 하나라도 더 가르치려다, 좋은 말씀 말고, 영어를 더 가르치려다 대학입시 성적에 모든 힘을 다 기울이고 있는 학교 방침에 위배되는 짓을 한 것이다.

　수업하다 복도에 불려 나와서 다른 교실들을 둘러보러 가자는 말에 화를 참을 수 없었다. 복도에서 소리를 높였고 아이들이 교실에서 박수를 쳤고 수업 중에 끌려가 교장실에서 오랜 시간 설전을 벌였다.

　인생은 참 묘한 것이다. 사람 만들자는 교육하자던 내가 영어 조금 더 가르치려고 싸움질을 하고 있다. 실제 내가 가르치는 행위가 이사장을 포함하여 간부 선생들에게까지 이익이 되는 것인데, 그들은 나를 탓하고 사실은 공부보다 사람 되는 교육 하고 싶은 나는 그들의 타도 대상이 되고 있다.

　사람도 제대로 만들지 못하고 공부도 제대로 가르치지 못하고 있다. 우리나라 언론은 정말 엉터리다. 내용과 실상이 어떠한지 깊이 취재도 않고, 허울과 틀만 좋은 입시교육의 또 다른 형태인 개별질문학습에 박수를 보내고 있다.

J일보는 한 면 전체를 할애하고 있는데 와서 취재해봤냐고 하니까 교장하고 전화로 인터뷰를 했단다. 교육 관련 기사만은 발로 뛸 필요가 없다는 것이 우리 언론의 관행이다. 교육에 관해선 아무나 작문을 해도 된다. 한 시간 내내 거의 대부분의 아이들은 질문을 안 한다. 두서너 명 아이들만 독선생을 두고 공부하는 것인데 그것이 이사장이 노리는 점이다. 대한민국에선 결국 서울대, 연고대 숫자만 문제일 뿐이니까. 몇 명의 아이들에게만 신경 쓰고, 나머지 아이들은 버리라는 것인데 내가 그 점을 지적했더니 참 순진한 교사라는 것이었다.

이미 나머지 아이들은 처음엔 자습서만 공부하다 나중엔 낙서하거나 열심이 아닌 선생님 시간엔 자기 시작했다. 상당수 선생님들이 질문학습을 은근히 즐기고 있다. 신문 한 장 들고 들어가 내내 놀다 오는 직장이 어디 학교 말고 더 있겠는가. 가장 진보적인 언론이라는 『말』 지조차도 심층을 취재하지 않고 수능 실시와 맞물려서 참신한 실험이라고 보도하고 있다.

고1 독어 시간조차도 전혀 강의를 못하고 있는 실상은 아무도 관심이 없다. 독어를 생전 처음 배우는 아이들에게 1분도 발음과 문법을 가르칠 수 없다니!

나는 영어 교과서의 연습문제를 같은 유형 당 딱 한 개씩 간단히 모범을 보이고 나머지 문제는 스스로 풀라고 했다가 교감 선생님과 싸움까지 했다. 그 설명도 많다는 것인데 나는 자신이 초라하다 못해 비참하기까지 하다.

아내는 어찌 금세 알았는지 전화를 해달란다. "불안해요."

나는 평생 어린 남편일지 모르겠다. 어려서, 어린 채 늙어 죽어가야겠다. 그러면 조금은 덜 초라할지 모르겠다. 심장만은 어린 놈 그것처럼 팔딱팔딱 뛰고 있을 테니.

PS: 음악 선생님이 야쿠르트를 보냈다. 힘내라고 했단다. H 선생은 술이나 한잔 하자고 했고……. 그냥 교실에 갔다가 아이들이 다 떠난 교실에 앉았다가 돌아오니 다들 갔다. 뙤약볕이 따가운 운동장을 걸어 내려오면서 시원한 물, 맥주가 생각나는 것인데 왠지 오늘은 그냥 집에 가야 할 것 같다. 기분이 좋지 않을 때는 술 마시는 법이 아니다.

1993년 6월 2일

푸른 솔의 기상으로
1학년 12반 아이들에게 주었던 글

선생님이 게으르고 나태해서 이제야 글을 씁니다. 선생님도 여러분처럼 좌절하고 무기력해지기도 합니다. 의욕을 잃고 무책임해지기도 합니다. 그러나 반성합니다. 잘못을 알고 다시 새로 시작하는 것이 중요합니다. 선생님부터 우리 반 아이들 모두가 매번 그래야 합니다. 공부해보고자 하지만 뜻대로 안 돼서 여러분들도 좌절을 여러 번 할 것입니다. 그래도 새로 일어나야 합니다.

뜻이 바로잡히면 행실도 바로 잡힙니다. 그렇게 자꾸 쓰러지고 다시 일어나는 동안 힘이 생깁니다. 정신이 올곧아지고 새로워집니다. 중심이 생기지요. 줄기가 솟고 마디가 굵어집니다. 작은 잘못에 대범해지고, 중요한 싸움에는 이기는 일이 많아집니다. 마음먹었던 일들을 하나씩 이루어내게 됩니다.

끝내 학업에도 이기고, 어른이 되어서는 제 일터에서 마침내는 훌륭한 업적을 성취해내는 인물이 될 것입니다. 우리 12반 아이들이 비록 선생님처럼 잘못하는 일이 많아도 끝내 좋은 결과를 맺는 2학기가 되었으면 좋겠습니다.

9월 9일의 선생님의 일기를 보여드리겠습니다.

……우리 반 아이들에게서 희망을 보았다. 13반과의 배구시합. 1반과의 대결에서 2:0으로 승리한 후의 8강전. 상대팀엔 무서운 거포, 1학년을 통틀어 가장 강력한 스파이커가 있었다. 1세트 초반 압도적인 스코어 차로 맥없이 당하다가 우리 반 아이들의 블로킹이 살아나기 시작했다. 아이들 세 명이 네트에 붙어 강한 볼을 막아냈다.

상대의 막강한 화력에 절망하지 않고 온몸으로 막는 감투정신이 고마웠다. 그래도 1세트는 졌다. 그러나 1세트를 무력하게 내주지 않고 스스로 난관에 대처하고자 하는 의지로 후반에 상대를 상당히 추격했다는 사실이 고무적이었다.

2세트는 우리 반이 주도했다. 잇따른 블로킹의 성공으로 가볍게 2세트를 따냈다. 3세트는 막상막하, 강한 창에 결사적인 방패의 투지로 맞서 12:12, 13:13까지 용호상박. 결국 서브할 때 라인을 밟지 말아야 하는 규칙을 범하여 14:13이 되었고, 상대편의 가장 통렬한 일격에 우리 반은 졌다. 그러나 훌륭했다. 아이들에게 음료수 한 병씩을 나누어주면서 퍽 기분이 좋았다. 아이들아, 너희들의 상대가 아무리 강하여도 대처하여 극복하라. 강타를 막는 블로킹으로 너희들은 어려움을 견디어냈다.

운명처럼 지더라도 꿋꿋이 살아라. 끝내 분투했다면 이보다 더한 승리는 없다. 떳떳한 패배는 저열한 승리보다 훨씬 값진 것이 아니냐. 공부도, 그리고 너희들이 앞으로 치러야 할 먼 후일의 모든 일도 그렇게 싸워나가면 된다. 결코 상대의 강함을 회피하지 말고 철벽같이 뭉쳐서 극복해내거라. 쓰러져도 끝까지 공을 향해 몸을 던지는 그런 정신으로, 아이들아, 너희들은 이겨낼 수 있다. 앞으로의 공부와 일도 그렇게 해라. 아직 시작하지 않아 학업의 면에서 부족한 아이들아, 이제 시작하여라. 기초부터 착실하게 블로킹의 벽을 쌓으면 2세트엔 이길 수 있다. 3세트엔 대등할 수 있다. 때가 차지 않아 질 때도 있으리라. 그러나 결코 마음으로 포기하지 않는다면 졌지만 뿌듯한 자신감으로 웃을 수 있다.

선생님의 일기장에 우리 12반 아이들의 파이팅 하는 모습이 참 보기 좋아서 이 글을 썼던 것입니다. 2학기 들어서 처음 본 시험 결과가 별로 좋지 않아서 선생님은 걱정이 됩니다. 그러나 한 번의 시험이 문제가 아니지요. 잠시 흔들리다가도 다시 자세를 바로 하는 저력이 여러분들에게 있으리라 믿습니다.

이 글을 쓰는 오늘 오전에 여러분들은 선생님의 생일을 축하해주었습니다. 폭죽을 터뜨리고 칠판 가득, 2절지 모조지 가득 축하의 글을 써주고 생일케이크에 불 당길 수 있도록 배려해주었습니다. 용채는 긴 축가를 불러주었고 성화에 못 이겨 선생님도 노래를 했고. 참 고마웠습니다.

정(情)만큼 진실한 것, 힘 있는 것이 없습니다. 선생님도 심기일전해서 노력하겠습니다.

　여러분도 열심히 학업에 임해야겠습니다. 12반에선 단 한 명의 아이도 소외되어서는 안 되겠습니다. 같이 어울리는 그룹이 너무 단단하게 무리를 이루면 곤란합니다. 일부러라도 자리를 옮겨 앉고 서로 모르는 것을 가르쳐주고 잘 알지 못했던 친구들끼리도 서로의 어려움을 나누고 돕고 보살펴주어야 합니다. 먼 데서 그냥 지켜보고만 있으면 안 됩니다.

　수업시간엔 실력과 상관없이 선생님께 질문을 서슴지 않아야 합니다. 질문을 독점해서도 미안한 것이고, 방관자처럼 질문을 피해버리는 소극적이고 나약한 자세도 버려야 합니다. 1학년 12반에서 배우는 학동으로서의 기본적인 틀을 꼭 갖추어 2학년으로 진급할 것을 다짐해야 하지요. 스스로 의미 있는 1학년 생활을 갈무리해가야 합니다. 무슨 일이든 의욕을 가지고 당당한 사내로서 성장할 것을 믿습니다.

　여러분들이 오늘 노래하라고 졸라서 선생님이 부른 노래.

　"거센 바람이 불어와서…… 솔아 솔아 푸르른 솔아 샛바람에 떨지마라……"에 나오는 푸른 솔의 기상으로 배움의 날들을 극복하기 바랍니다.

　　추신(오랜 세월이 흘러) : 강성식이는 사법고시에 합격했고 김완재는 카이
　　스트를 졸업, 한전에서 연구원으로 재직하다 휴직하고 미국으로 박사과
　　정 행. 다른 아이들도 다들 잘 살고 있을 것을 믿는다.

1993년 9월 22일

가난하더라도 마음 고운 사람이 되어라

　추운 날이었습니다. 봄이 오나 싶었던 2월의 금요일. 늦은 밤은 그러나 아직 손이 시려왔습니다. 나는 휘경동 버스정류장 앞, 비닐 친 포장마차 좌판 앞에 서서 어묵 국물 뜨거운 것을 마시고 있었습니다. 갑자기 포장마차의 젊은 주인이 내게 가게를 잠시만 부탁한다며 비닐을 열고 나갔습니다. 얇은 비닐천은 투명한 것이어서 바깥이 환하게 비쳐 보이는 것이었습니다.

　주인 아저씨는 누군가의 손을 잡고 있었습니다. 지팡이를 짚은 할아버지를 부축하여 버스를 잡아드리느라고 허둥대는 아저씨의 모습이 추운 겨울밤에 참 따스한 그림으로 다가옵니다. 어묵 국물을 마시다 밖으로 나와 아저씨와 내가 교대했습니다. 아저씨는 미안해하면서 내게 지팡이 할아버지를 부탁했습니다. 가까이서 보니 할아버지는 맹인이었습니다. 여러 대 차를 보내고 나서야 지팡이 할아버지를 차에 태워 드리고 나는 다시 포장마차에 들어섰습니다.

"죄송합니다, 손님. 정류장 앞에서 장사를 하다 보니 저런 거 자주 봐요. 노인네 보이면 그냥 출발해버려요."

자기 장사에 정신이 없을 텐데도 장사 하다 말고 뛰어나갔던 주인 아저씨의 고운 마음이 아름다워서 나는 앞으로 그 포장마차 단골이 되어 줄 생각입니다. 가난해도 열심히 일하고 바르게 생활하는 이들을 보면 고맙습니다.

포장마차를 나와 늦은 겨울 찬바람이 쌩쌩한 겨울 밤거리를 걸으며 우리 반 아이들을 생각합니다. 1년 동안 나는 무엇을 제대로 가르쳤던 것일까. 공부 열심히 하라는 말은 많이 했던 것 같은데, 그래서 개중에는 제법 성적이 좋아진 아이들도 눈에 띄는데, 아이들 제대로 사람 되게 가르쳤는가 되물으면 나는 자신이 없어집니다.

청량리 청과물 시장에 나가 새벽 4시부터 장사를 하는 현석이의 설 안부전화를 받고서 선생이었던 나는 참 부끄러웠던 것입니다. 공부는 못했지만 2학년 때 담임 선생님이라고 저녁 내내 전화를 기다려 전화로도 세배를 드린다는 녀석의 인사를 받으며, 나는 열심히 일해서 꼭 성공하라고 말했습니다.

현석인 선생님 가슴 아플까 봐 찾아뵙지 못한다며 미안해했습니다. '그렇지 않다. 선생님은 고맙단다. 우리 반에서 서울대도 가고 대학 간 애들도 많지만, 현석아, 너는 부끄럽지 않단다.' 나는 속으로 몇 번 씩이나 현석이에게 말했습니다. 그리고 다짐했습니다. 앞으로 공부보다 사람 가르치는 일에 더 열심이자고.

몇 년 선생 했다고 벌써 바른 사람 교육보다 눈앞의 입시교육에 허둥대고 있는 나의 모습이 선명하게 들여다보였습니다. 12반 아이들도 마찬가지입니다. 선생님처럼 여러분들도 공부하느라고 서두르다 중요한 것에 소홀한 때가 많은 것 같습니다. 먼저 사람 되기에 힘써야겠습니다. 그리고 공부해야 합니다. 2, 3학년 올라가서 공부 열심히 해야 합니다. 그러나 먼저 사람됨의 도리를 지키고, 소홀치 않았는지 챙기는 마음 잃지 말아야겠습니다. 혹은 대학을 못 가더라도 자기 마음의 깊은 데에 물어 떳떳한 생활이라면 하등 부끄러워하지 말아야겠습니다. 꼭 자기 일 찾아 열심히 하면 대학 간 것보다 더 훌륭한 일을 해낼 수 있습니다.

졸업한 다음에 전문대 갔다고 학교 이름 대기를 주저하는 아이가 있다면 때려주겠습니다. 여러분들을 떠나보내면서 다시 한 번 말합니다. 12반 아이들이 마음만은 맑고 곱게 빛나는 사람으로 크기를 바랍니다. 바른 사람 되자고 애쓰는 정신만은 심어주고 싶었습니다.

1994년 2월 아이들을 떠나보내면서

쓰레기 봉지 속의 희망

우리 반에서 가장 공부 잘하는 아이 중현이의 성적장학금을 (가정 형편이 충분히 유복한 것을 알고 있어서) 많이 가난한 H와 T에게 주도록 권유했던 것이 마무리가 잘 되었다. 중현이와 그의 어머니가 흔쾌히 허락했고 생물과 유채신 선생님까지 아이의 장학금을 10만 원 보태주었다.

중현이의 것 18만 2000원 + 유 선생님 아이의 10만 원은 밀린 2기분 등록금보다는 많고 3기분까지는 모자란다.

빈 도서실에 H와 T를 앉혀놓고 말했다.

"생활이 어려워도 바른 생활에 힘써라."

문제는 두 놈 다 아르바이트를 한다는 것인데 하나는 편의점, 하나는 경양식집에서 한다. 특히 T는 아예 밤을 새워 편의점을 지키고 있는 것이므로 매일 지각을 하고, 결석도 잦으며, 잠을 학교에서 잘 수밖에 없는 것이다.

경제적인 문제는 어떻게든 수를 찾아내어 도울 수도 있는데 아이들의 생활 자세와 공부가 문제다. 야간에 편의점 아르바이트는 낮에 학교생활을 불가능하게 하니까 차라리 신문배달을 권해봐도 대뜸 '힘들어서 곤란'하고 '새벽에 일어날 자신이 없다'는 것이다. 생활이 어려운 아이들마저도 더 쉽게 돈 벌 생각만을 한다.

성수대교부터 삼풍까지 총체적인 사회의 난국의 깊이가 실로 깊다. 수고하지 않으려 한다. 땀 흘려 단단하게 온몸과 마음을 기울여 일하지 않는다. 온 사회가 바탕과 내실이 없다. 모두 다 편하고 좋은 것만을 바란다. 부끄러운 일이 너무 많다.

아이들의 행동과 그들의 매일 매일이 스승을 부끄럽게 하고 스승도 부끄럽긴 매한가지여서, 부끄러운 하루하루를 안일하게 지내고 있다. 우선 나 역시 부끄럽지 않도록 내 생활과 내 영혼을 지켜가야겠다. 순결한 아이들의 영혼과 본디는 깨끗했을 스승의 영혼이 같이 어우러져 빛나야 한다.

학교에서 청소를 하다 하나의 쓰레기 봉지에서 일곱 개의 쓰레기 봉지를 발견한 적도 있다. 다 차지 못한 쓰레기 봉지를 귀찮아서 그냥 봉지째 버려버리는 것이다. 밤늦게 도서관 청소를 하다 보면 쓰레기 봉지들이 쌓여 있는 경우가 다반사다. 피곤하니 그날 처리 못했으면 다음 날 아침에라도 처리해야 하지만, 그다음을 책임지는 경우는 드물다.

봉투를 엎어 재활용이 가능한 것들을 추려내면 보통 잡쓰레기의 양은 3분의 1로 줄어든다. 다행이고 고마운 것은 우리 반 아이들이 앞 반에서 처리 안 한 쓰레기 설거지를 왜 우리 반에서 해야 하는지 묻지 않는다는 것이다. 거기서 아이들 교육의 희망을 본다.

뿌리 깊게 우리 사회에 만연해 있어 몸으로 굳어 있는 부실을 넘어 묻혀 있는 생명을 찾으러 가야겠다.

1995년 7월 10일

옹이 마디 단단히 옹골차게 챙기며
그 아이들은 언제 어른이 될까

2월 말 봄방학 때면 선생님들의 담임 반 배정이 있습니다. 선생님은 개인적으로 지난겨울 많이 갈등했었답니다. 다 거두고 선생으로서 그저 열심히 가르치겠다는 마음 가지고 새해 새봄을 맞이한 것입니다. 그렇게 맡게 된 반이 2학년 2반인 것인데 문과를 선택한 학생이라면 가져야 할 마음의 자세에 대해 말하고 싶습니다.

선생님 나이, 1년 못 채운 불혹의 마흔을 앞두고 선생님도 인간이어서 가끔 술 마실 때라든지 그럴 때 인생을 생각합니다. 선생님이 선택한 생의 길, "사람이 떡으로 사는 것이 아니라 말씀으로 산다"라는 성경구절이 떠오릅니다. '떡'과 '말씀' 사이엔 많은 차이가 있습니다.

세상 사는 데 필요한 많은 것들이 있는데 자본주의 사회에선 '돈'과 '힘', '실력' 같은 것입니다. 그 대척점에 '정신'과 '마음', '수고'가 있습니다. 세상이 참으로 똑똑해져서 영혼만으로 버티기 어려운 시대가 온 것이 사실입니다. '사람' 하나로 살던 시대가 가고, 온갖 것 다 충실해야 부끄럽지 않은 어려운 시기가 요즈음입니다.

수학을 못해서, 혹은 문과가 쉽다니까 등등의 이유로 2반 아이들이 오늘에 이른 것인지도 모릅니다. 꼭 아해 같은, 정말 곱게 자란 아이들을 보면서 솔직히 선생님은 천둥 벼락 치듯 말하고 싶습니다.

"이눔들아, 정신 차려라. 공부할 거면 분명히 하고, 책 읽으려면 밤새워 읽고, 돈 벌려면 모질게 시간 모으고, 예술 하자 하면 투혼 갖추어라."

바짝 몸 당기고, 무겁게 마음 깔고, 힘 있게 제 길 터 가도 만신창이로 얻어맞으며 살다, 정신 차리면 초라한 것이 사람 사는 이치랍니다. 촌음을 아껴 배우고 익히다가 문득 먼 동 트는 기적에 사람 사는 일의 짧음을 탄식해야 할 시기가 청년의 시기입니다.

생활 노트를 보면 다 착하기만 한 놈들이어서 걱정입니다. 내 맘 같아서야 보듬어 안고 이 푸념 저 고민 들어주며 착한 선생 노릇 1년 하고픈 예쁜 놈들뿐입니다. 신비한 놈이라고 불러달라는 놈이 모의고사 보면서 잡니다. 푹 재우고 싶다가도 너무 평범해서(딴 놈처럼 자니까) 깨워봅니다. 공부 잘한다는 놈들은 고작 글이라는 게 논술 연습입니다.

반짝인다 싶어 보면 제 우물 못 넘어서 치우쳐 있고, 비판적이다 싶으면 깊이가 없습니다. 왜 욕을 먹어야 하는지 이유도 모르는, 안 가르치면 자버리는 식의 청춘은 허망합니다. 세상에 정말 질긴 생명은 옥토에서 나는 것이 아닙니다. 비틀어지고 목마르지만, 찬 공기 푸른 하늘 바라보며, 속으로 쑥쑥 제 키 키우면서 옹이 마디 단단히 옹골차게 챙기며, 찬 겨울 담담하게 지새우는 나무의 청정한 기상 같은 것입니다.

교실 밖 칠하던 날, 칠하기보다 작업 끝나고 교실 정리하는 일이 무척 힘들었답니다. 어떤 일이든지 끄트머리 버티기가 힘듭니다. 어두운 쓰레기장에서 아무도 보지 않는 쓰레기 봉지 마감하는 일이 얼마나 고단한 일입니까.

몸의 고단함이 온 마음으로의 빛의 광휘로 빛나기를 꿈꾸는 것이 옛 문인들이 꿈꾸던 이상이었던 시기가 있었습니다. 겉으로야 온 세상이 옛날 같지 않고, 대학 입시 넘어서기도 힘겨운 세상이지만 선생님은 아직도 글 모르는 훈장이어서 2반 아이들 앞에 놓고 "더 커라, 더 야무져라", "더 깊이, 더 높이 보아라." 흰소리합니다.

위대한 무슨 정신인가를 구축하고 싶어서가 아니라 구멍가게 하더라도 외제 편의점에 이길 만한 서비스 정신, 한 여자 조용히 사랑해도 끝까지 사랑하는 사내, 온통 취해서도 하늘 노려보며 둥근 달 완미할 줄 아는 품격, 좁은 데서도 영원을 품어 너그러운 발걸음, 높은 데서마저도 온갖 야유에 미혹되지 않고, 큰 세상 변혁해가는 정신을 바라는 것입니다.

그 아이들이 언제 어른이 됩니까.

1996년 2학년 2반 아이들에게 늦은 3월에

선생으로 사는 길

4월 산

아이가 산이 무섭다고 해서 1년 남짓 창 너머로 산이 보이는데 산을 앞에 두고도 산에 오르지 못한 것이 핑계이긴 합니다. 야트막한 구릉 정도이리라, 미리 짐작한 얕은 생각이 먼저입니다. 그래도 산을 두고 산에 오르지 못한 것이 숙제 같은 것이어서 아빠 손을 잡고 아파트 철망 개구멍 넘어 산비탈 접어드는 것이 얼마나 고마웠던지요.

아비 된 자로 아이에게 나무와 꽃과 바람과 산과 같은 자연을 그의 벗 되게 하고픈 마음은 본능 같은 것입니다. 진달래 한 무더기 보면 울컥 가슴 무너지는 나이가 되면 제 자식 가슴 어데 한 귀퉁이에라도, 매양 가장 깨끗하고 변치 않을 무엇인가를 남겨주고 싶은 마음이 됩니다.

커서 애비 부족했던 많은 것을 깨달을 터이므로, 그래도 사람이었던 아비의 측은한 정(情) 말고도 제 정신 오롯하게 기댈 든든한 정신의 그루터기 남겨두고 싶은 것입니다.

그런 생각으로 나는 개나리 흐드러진 노랑 터널을 지나며 "개나리, 개나리, 노랑꽃"을 아이에게 문득 문득 던졌을 것입니다. 정말 다행하게도 아이가 산길을 좋아합니다.

"아빠 힘들지?" "응, 아빠 힘들다. 기윤이 힘들지 않아?"

오솔길이 아이 뛰놀 만큼 넓은 것이 전혀 부담스럽지 않을 만큼의 그 산의 담채(淡彩). 굵게 한 손 붓질인 듯 먹빛 나무줄기들이 들어서 꽉 찬 숲의 정취.

거기 어려 있는 연둣빛에 감격해서 나는 아이에게 "나무가 많다" 이상의 말을 할 수 없었습니다. 오를수록 어린 산의 연초록이 진해가는 것이 얼마나 한 복됨이었는지. 아이와 맞춤 맞게 세워진 정자에 앉아, 이마의 젖은 땀을 맨손으로 닦아주면서 나는 아이 자그마한 심장 깊숙이에, 새로 난 잎새 연한 놈의 고운 순수를 영 박아 오래도록 새겨두고 싶습니다.

태어나 처음 산에 오른 아이가 넘어져 손 잡아줄 때도 울지 않고, "내려갈까, 더 갈까" 묻는데 "위로……"를 말해주는 것이 또 고맙습니다. 오를수록 사람 영혼 작은 것을 혼내주는 것처럼 아파트 뒷산 작은 뫼가 웅혼합니다.

약수터 정해진 길 뒤편 험한 길을 아이 작은 엉덩일 받쳐 또 한 언덕을 넘어섰는데 그 너머에 들꽃의 밭이 있었습니다. 제비꽃 보랏빛 붉은 위로 노란색 들꽃 수도 없이 피어, 나는 말을 잊습니다. 어데 서울 변두리 은평구 신사동에 그 산이 있을 줄 알았겠습니까. 그 산에 들꽃이 무더기로 살아 빛날 줄을.

나는 내 식의 신앙대로 하나님의 섭리인 줄로만 압니다. 그 들꽃 밭 바로 한 어구 뒤 옛 약수터엔 물이 끊겨 있었습니다. 아직 유리잔 하나 놓여 있는 것이 오히려 더 쓸쓸했습니다. 아이에게 맑은 물 한 바가지 마시게 하고 싶었던 것이 내 솔직한 심정이었지만 그랬습니다.

"기윤아 이거 안 사왔으면 큰일 날 뻔했다."

기윤이가 마신 것은 무슨 포도향 함유 혼합음료였고 난 칠성사이다였지만 아이는 배가 빵빵해지도록 그걸 마셨고 난 아이가 마신 그게 예수님이 어느 혼인집에서 마련해주신 그 물맛이리라 소망합니다.

몇 번인가 넘어지며 그때마다 어린아이 손바닥 상하지 않았으리라 믿으며 산길을 내려왔습니다. 아파트 가까이엔 콘크리트 하수구가 있었는데 '모험 왕'인 아이가 그 길로만 가다 더 이상은 갈 수 없었습니다. 아이가 배로, 무릎으로 콘크리트 벽을 기어올라 아비에게 건너왔습니다.

우리 아이와 우리 반 아이들이 제 마음의 산을 발견하고 그 산길을 힘차게 오르기 바랍니다. 스스로 산이 되는 아이들의 꿈을 꿉니다.

1996년 4월

13년 전의 교실에서

J가 커닝을 하다 적발되었다. J는 부모가 없다. 슬픈 눈빛으로 시골학교를 그리워하던 심성이 여린 아이로 작년에 서울로 이모네로 전학 온 이후 적응을 힘들어하던 중이었다. 얼마 전 이모부가 J를 부탁한다며 들러 면담도 했었다. 아들처럼 J를 생각한다는데 아이는 수업 중에 매시간 잠을 잔다. 공부를 했을 리가 없다. 아이를 때리면서도 마음이 편치 않았다.

혼자 청소하라고 했다. 그리고 J를 도와서 청소해줄 아이들은 남으라고 했다. 청소를 끝내고 혼자 오똑하니 앉아 있는 아이에게 친구들이 도와주었느냐고 물었더니 10명 가까이 남아서 청소를 도와주더란다.

4살 때 돌아가신 아버지. 작년에 돌아가셨다는 "어머님께 부끄럽지 않아야지" 말을 하다 내가 슬퍼진다.

아이가 우는데 우는 아이와 함께 그의 여린 마음이 느껴져서 나도 자꾸 눈물이 나려 한다. 아이야, 더 단단해져야 한다. 굳세게 모진 세상을 이겨나가려무나.

1996년 1학기 중간고사 보던 5월에

이틀 후에 이번엔 K가 커닝을 하다 적발되었다. 또 마찬가지로 때려주고 둘이만 교실에 남아 이야기를 나누었다. 그림 그리는 아이들은 공부할 시간이 없다. 그래도 공부도 해야 하는 것인데 그만큼의 열심이나 자기 극복할 힘이 아이들에겐 없다. 그래서 이틀 전에 주의를 주었는데도 부정행위를 저지른 것이다.

담임으로 이런 때가 제일 부끄럽다. S 선생님이 술 많이 취해서 나를 비난했었다.

"선생님은 이도 저도 아니다."

아이들을 자유하게 하지도 않으면서, 아이들을 생각하는 것처럼 행동한다. 입지가 모순적이라는 것이다. 항시 어느 한 쪽으로, 치열하게 살지 못했다는 자책감이 내게 숨어 있으므로 나는 깊이에 있는 나의 여린 살을 베인 듯했다.

아이들의 부정행위를 겪을 때마다 나는 '사람됨'보다 '실력 쌓기'에 아이들을 휘몰아가고 있는지 생각하게 된다. 아이들에게 수고하는 삶을 가르치고 싶을 뿐이다. 수고하여 '빛'을 드러내는, 건강한 '삶'을 꿈꾸게 하고 싶은데 그 의지가 현실에 부딪혀 일그러진 왜곡을 낳을 때 난감하다.

선의가 빚을 수도 있는 '죄'. 그러나 무수한 실패와 절망의 모습들이 총체적으로 지향하는 것은 '구원'이고 '소망'일 것이라는 생각을 잊지 못한다.

1996년 중간고사 기간에

월요일 야간자율학습.

6개의 교실에서 진행되는 자율학습은 엄격하지 않으면 난장판이 되기에 자는 아이 손바닥도 때리고 책 사이에 껴둔 무협지도 찾아내야 한다. 보지 말라는 소리 하고 돌아서자마자 만화책을 꺼내드는 아이들.

방과 후 5시부터 밤 10시까지 앉지 못했다. 아이들이 다 가버린 교실. 2개 반만 마무리가 되어 있고, 나머지 4개 반의 창문이 다 열려 있고 전등도 켜 있다. 마무리하고 간 아이들이 둘이나 있음에 교육의 의미가 있으리라.

1996년 5월 27일

종아리 두 대씩이 꽤 아픈 모양이어서 아이들이 길길이 뛴다. 한 아이가 복도로 내달리며 소리를 지른다. 교실에 들어가면서 뒷문을 발길질도 했다.

아이들의 무기력과 무의욕.

이 아이들을 어찌할 것인가. '아이들 중심에서 생각하기'의 이상과 현실로서의 아이들의 실상과의 괴리는 수업 중의 교사만이 볼 수 있다. 아이는 종례 후 교무실에 내려오라는 담임의 지시에도 응하지 않고 귀가해버렸다.

아이가 내일 학교에 올까. 아주 미운 아이는 아니어서 개인적 체벌이라면 차라리 안 때렸을 아이였다. 그래서 마음에 걸린다. 이사장의 지시로 단 1분도 수업하지 말고 질문만 받으라는 학교에서 학생들의 학습권과 교사들의 수업권을 말했더니 "너 빨갱이지?"라고 교장이 묻는 대한민국의 사립학교에서 공부하기 싫어하는 아이들을, 학교에서 말리는

데도 가르쳐야 하는 교사의 남루함에 심란한 채로 지하철을 탄다.

눈이 몹시 아프고 피로하다.

1996년 5월 28일

화창한 장마가 계속되고 있다. 반 아이들 일로, 학교 일로, 마음이 편치 않다. 가끔은 좋은 일도 있었다. 그러나 피폐한 생활을 계속하고 있음에 틀림없다. 중심 지키려 부단히 애쓰지 않으면 모든 생활이 망가져버릴 수밖에 없는 학교생활.

어처구니없게도 하늘엔 새털구름까지 나부끼는 7월. 왜 이리 마음이 암울하기만 한지 모르겠다는 정관석 선생님의 핏기 없이 깡마른 얼굴이 초췌하기 이를 데 없다. 그래도 정신은 지켜야 한다. 아이들에게의 글도 결국 정리하지 못하였다.

한 줄의 글을 쓴다는 일이 왜 이리 어려운지. 다 넘었다 싶었는데 또 한 고비의 고개가 들어서는 것이다. 지우고 싶었던 이즈음. 하늘빛이 그리도 청명하였고, 몹시 심상했지만 오히려 마음 가벼워진 오늘이 신비이리라.

다시 장마전선이 북상해 오고 있어 날이 어두워가고 어둡고 흐린 날빛의 어스름이 정다워라.

1996년 7월 12일

가출했던 아이들이 돌아와서 기뻤다. 아이들의 빈자리는 하늘이 무너진 것과 같다.

아이들이 돌아와 내 이야기에 귀를 기울이고 새 다짐을 하는 일의 영롱함이란…….

내가 바라는 꿈. 꿈이란 지독히도 현실이어야 하고, 그다음에 투철하게 현실을 이겨낸 확연한 의지이면서 미래여야 한다.

1996년 8월 30일

아닌 것은 아니다. 아이들의 생활자세, 한국 사회 소년들의 정신과 생활풍토의 나약함은 좌시할 수 있는 수준이 아니다. 단호하지 않으면 안 되겠다.

술이 취해서도 아닌, 토요일 수업 후의 내 눈물. "진심으로 너희들을 대했는데," 말하다가 가슴에서 울컥 치밀던 그것을 말릴 수 없었다. 빈 교실의 적막. 교실 가득 맑은 가을 햇살. 아이들이 다시 돌아와 잘못되었노라고들 하는데 왜 아이들을 마주 볼 수 없었던가.

생의 짧음과 사람됨의 부실함과 덧없음. 일그러진 요즘 아이들의 휘청거리는 청춘에 어처구니없다가 사무치는 허망.

내 왜 선생이 되었던고. 사람 기르는 일의 지난함과 부질없음에 목이 메던 토요일을 회고하며 느끼는 이 부끄러운 쓸쓸함.

1996년 9월 4일

좋은, 절로 미소가 나오는 아이들이 있다. 선생이란 잘못을 저지르는 아이들을 꾸짖느라 대다수의 착한 아이들의 좋은 심성을 잊고 지낸다.

도서관에서 야간자율학습 감독을 하는데 5반의 순박하고 우직하면서도 가끔 웃기는 토종 한국 아이가 이미 음료수가 많이 놓여 있는데도 저처럼 큼직한 음료수 한 병을 책상에 놓으며 말한다.

"선생님은 인기가 좋은가 봐요. 내 것 먹어야 돼요."

뛰고 노는 아이들이라 목이 마를 것이어서 놈의 반 쪽을 살펴봤더니 놈은 벌써 다른 아이의 물을 얻어먹고 있다.

"먹은 걸로 하자. 먹은 거야."

아이에게 애들과 나눠먹으라고 음료수를 돌려주는데 안 받으려고 한다.

그래. 아이들이 있었는데 아이들을 잊고 지냈었구나.

눈 마주치면 마음의 절 서두르는 아이들이 있는데 자꾸만 몇몇 아이들의 잘못된 행동에 그 마음들이 가릴 뿐인 것을. 속 끓는 세월의 편협함에 그동안 너무 붙들려 있었던 것이겠지.

너희들이 선생을 가르치고 있구나. 자꾸 쇄신하며 살아야지. 저만치 한참이나 쳐져 있던 선생의 탄식을 떨쳐버리고 이제 새로 눈떠야지. 더 넓은 너그러움으로 내 아이들을 껴안아야지.

1996년 9월 11일

그리고 월요일. 반 아이 하나가 교실에서 담배를 피우다 적발되어 학생과에 불려와 서 있다. 수능 모의고사 보는데 수학 문제 위에다 소묘(데생)를 하던 아이, 그 시험지 곱게 오려서 편집해 게시판에 걸어주었었는데. 수학 문제보다 석고상에 더 손이 가리라.

공부와 멀어진 대다수 문과 아이들. 마음과 실천의 거리감을 극복하기 위해 요구되는 많은 날의 수고를 마음 깊이 새겨두고, 몸으로 겪어야 하는 것을.

아이들은 거듭되는 실패와 좌절에 무기력하기만 하다. ⋯⋯어데다 무릎을 꿇어야 하나. 한 발 재겨 디딜 곳조차 없다. 이러매 눈감아 생각해 볼 밖에. 겨울은 강철로 된 무지갠가 보다.

나라 없는 시절의 한 젊은이가 한 치 운신의 폭 허용되지 않는 절박한 상황에서 꿈꾸던 '강철 무지개'의 비전을 오늘 아이들에게 요구하는 것이 부질없는 짓일까.

문득 마음의 책갈피 넘기다 보면, 일렁이는 고운 빛, 아름다운 꿈들로 가득한 아이들아. 그러나 '한 발 재겨 디딜 곳조차 없다'의 투철한 현실 인식을 토대하여 감히 '강철 무지개'를 꿈꾸는 일이 어찌 덧없는 꿈이기만 하랴.

1996년 9월 24일

사람들을 모아서 썩은 나무가
아니라고 말해야겠다

사람들은 모두 그 나무를 썩은 나무라고 그랬다.

그러나 나는 그 나무가 썩은 나무는 아니라고 그랬다.

그 밤, 나는 꿈을 꾸었다.

그리하여 나는 그 꿈 속에서 무럭무럭 푸른 하늘에 닿을 듯이 가지를 펴며 자라가는 그 나무를 보았다.

나는 또다시 사람을 모아 그 나무가 썩은 나무는 아니라고 그랬다.

그 나무는 썩은 나무가 아니다.

—『천상병 전집』, 평민사, 2007.

창 유리는 얼룩져 있다. 베란다엔 먼지와 머리카락이 어지러이 엉켜 있다. 나는 자리에서 일어나 파란 플라스틱 동이에 물을 퍼 담았다. 가득 쏟아져 내리는 햇볕이 눈부신 창유리를 닦았다. 그리고 베란다를 물로 씻어 내렸다.

맑게 닦인 창문 너머로 고운 눈밭이 내려다 보였다. 조용했다. 겨울 하늘은 구름 한 점 없이 깨끗했다.

시인은 꿈 속에 무럭무럭 가지를 펴며 자라가는 나무를 보았다고 했다. 썩은 나무가 아니라고 해야겠다. 아픈 상처는 있지만 썩은 나무로 못 박혀 지내선 미안하다. 일하면서, 고생하면서 슬픔이나 허무를 이겨나가야 하겠다. 사람들을 모아서 썩은 나무가 아니라고, 세상사 어느 하나 갈피 잡을 수 없어도 자꾸 곧추 서자고 이야기할 수밖에 없겠다. 그 나무는 썩은 나무가 아니다.

2000년 4월 14일 분회 창립 노조회보에 실은 글

2장

잠자는 아이들아,
콩나무들아

피었다 지더라도 그다음 잎새 푸를……

시골 교회 마당엔 큰 목련 나무가 있습니다. 4월이면 그 나무에 꽃이 피는데 하얀 목련 송이가 수백 송이 열립니다. 나무 아래 서서 올려다보면 파란 하늘 가득 순백의 꽃등이 헤아릴 수 없을 만큼 핍니다. 나는 한 나무에 그렇게 많은 꽃이 만발한 것에 가슴이 메어 그 나무 아래 서서 고개를 뒤로 꺾고 한참을 바라보는 것인데 어찌나 아름다운지 부끄럽습니다.

그리고 오늘 그 나무 아래 무수히 떨어진 목련 꽃잎을 밟고 서서 한 송이도 남지 않은 겨울 같은 목련 가지들을 보는 것입니다.

사방엔 봄이고요. 먼저 꽃이 피고, 무너지듯 꽃이 지고, 나중에 잎새들이 푸르를 것입니다.

선생님들도 시대의 추이에 따라 우리 정치가 아주 조금씩 기회를 주는 만큼은 우리 교육에 희망을 열어가고 있습니다. 아이들을 생각하고 선생님들의 나태를 꾸짖는 좋은 선생님들이 계십니다. 내가 선생 돼서 참 고마운 것은 좋은 선생님들을 많이 만날 수 있었다는 것입니다.

선생님들은 관념만 드높은 선비나, 도량 좁은 훈장도 아니었고, 언론이나 교육부 또는 학부모 학생들에게 자질 심사 대상이거나 죄인 취급받아야 할 분들은 더욱 아니었습니다.

누추한 우리 교육의 일선에서, 마음속 깊이 세상 어떤 이들 만큼은 고귀한 이상을, 나름의 방식으로 실현하려고 애쓰는 분들이셨습니다. 진흙밭 가슴속에 연꽃 한 가지씩은 다들 품고 계셨습니다. 빛도 없이 욕먹기를 끼니 먹듯 하며 사는 생활에 하도 익숙하여서 단지 침잠하여 계시는 것이 무기력한 모습으로 보일 따름일 것입니다.

선생님들은 화가 나지만 가만히 계십니다. 아이들이 이렇게 커서는 안 될 일임을 모르시지 않으면서도 오래 기다리는 일에 이골이 난지라 다소 신중하실 따름입니다.

우리 학교에도 어렵사리 조촐한 규모의 노조가 설립되었습니다. 같이 하진 못하지만 아이들을 위해서 노조가 바른 방향으로 가기를 조언해주시는 많은 분들이 곁에 계십니다. 노조는 가보지 못한 먼 길을 갈 것입니다.

아이들에겐 힘겹지만 단단하고 야무진 배움의 바탕과 드높은 예지의 길. 선생님들에겐 학교가 지향했지만 실현하지 못했던 바른 교육의 길. 처음엔 관념의 실타래로 시작하지만 매일 매일 길 닦아 훤한 신작로 터 놓을 것입니다.

다수의 선생님들이 노조를 잘 몰라서 같이 갈 수 없다고들 합니다. 머리만 있고 팔 다리는 없도록 강제되어진 장애를 가지고, 그래서 분회 활동 자체가 불법이라는 지적에 쓴웃음 지어야 하는 옹색한 지경이 오늘 우리 사립 고등학교의 노조가 처해 있는 현실입니다. 그래서 그냥 주저

앉아 지내야 한다면 참으로 쓸쓸한 일일 것입니다.

"그리하여 피로도 내가 만드는 것, 긍지도 내가 만드는 것. 그러할 때면 나의 몸은 항상 한 치를 더 자라는 꽃이 아니더냐."

양계 일 거듭 실패하면서 시인 김수영이 독하게 내지르던 '긍지의 날'을 떠올려봅니다. 선생님들을 침묵하게 하는 그 정황이 무겁습니다. 그러나 그 힘이 버겁다고, 아이들의 바람과 좌절을 같이, 매일 같이 겪으면서 세상의 구원과 그 미래인 아이들을 맡아 사는 선생의 책무를 잊을 수 없습니다.

피었다 지더라도 그다음 잎새 푸르를 순백의 꿈을 잊을 수 없습니다.

2002년 4월 22일 분회보 재발간에 부쳐

어느 봄의 일기

4월 22일

기석이 화분에 씨앗을 심자고 한다. 아이들과 함께 배봉산에 가서 배낭에 흙을 파왔었다. 기윤의 숙제는 씨앗 심고 관찰하기였으므로 나팔꽃 씨앗도 구해놓았고.

어렸을 적, 창틀에 매달려 올라가 피던 나팔꽃의 기억. 밤이면 잠들었다 아침에 열리던 하얗고 파란, 빨간 꽃잎들. 그리고 꽃이 지면 모으던 꽃씨들.

봉투 위로 만져지는 굵은 씨앗의 단단함. 이 씨앗을 심으면 꼭 나팔꽃이 피었음 좋겠다. 아침마다 햇살 투명하게 찾아들면 빛나던 꽃. 우리 아이들이 그처럼 선명하게 아침마다 깨어나기를 바라며 베란다에 버려져 있던 화분을 찾아 배낭의 흙을 담아 씨앗을 심었다.

아이들의 맑은 눈망울. 아이들아, 심는 대로 거둔단다. 물 주고 가꾸어야 해. 너희들 마음처럼 무럭무럭 넝쿨 잎은 키 자라 어느 아침 활짝 꽃을 피운단다. 그 봉오리 꽃잎은 어둠을 이기고, 새벽을 열어, 찬란한 새날을 노래한단다.

씨앗을 심고 장모님 댁으로 향했다. 김치 해놓았으니 가져가라는 전갈. 어두운 동부간선도로를 지나며 장모님 생각을 했다. 심장병 때문에 몇 번인가 응급실로 실려 가셨던 분. 며칠 전엔 손가락 마디가 부어오르고 이빨까지 많이 아프시다 하셨는데.

아파트 문을 여니 좁은 실내엔 불이 꺼져 있고 서둘러 옷을 입고 나오시는데 얼굴빛이 많이 안 좋으시다. 장모님의 피땀인 김치와 몇 가지 반찬을 들고 나오는데 처형도 장모님도 왜 그리 힘들어 보이는지. 애달픈 마음. 병드신 장모님께 받아들고 오는 김치.

삶은 그 갈피마다 슬픔을 숨기고 있다.

5월 6일

이웃 A 중고의 노조분회 창립 모임이 있었다. 다른 어느 때보다 이 모임엔 참석하고 싶었다. 노조 월례 모임, 도서관 감독하는 날 말곤 외부 모임에 거의 참석하지 못하는 나이지만 꼭 가서 축하하고 싶었다.

가장 이웃 학교여서, 노조원이 스물여섯이나 되는 것이 남의 일 같지 않아서, 정말 기쁜 쾌거였던 것이다. 우리 학교 노조가 제자리걸음인 것이 항상 마음 아프기에, M 노조의 창립은 참신한 각성과 분발의 기회이기도 했다.

M 고등학교에서 해직 당하셨던, 이제는 멀리 어느 중학교인가의 선생님이신 분의 축사가 감명 깊었다. "운동보다 사랑이 우선되어야 한다"는 요지였다.

복직교사가 해직되었던 학교의 합법적인 노조 창립식에서 말하는 '사랑'. 어려운 시기를 겪고 나서의 따사로운 후일담으로서의 '사랑'일 수도 있겠다. 그 점도 없지 않겠지만 변혁운동이 일반적으로 수반하는 사람의 소외, 감정보다 이성을 우선하지 않을 수 없는 조직이나 이념의 비인간적 측면, 세계를 보다 나은 선한 공동체로 지향시켜나가자는 역사 이래의 모든 수고들의 비극적 성격, 세계 구원의 가없는 허망함을 겪고 나서의 허허로운 '사랑'이리라. 그의 사랑에 공감한다. '사랑의 진정성'만이 감사이고 위로일 뿐이다.

그럼에도 불구하고 나는 K 선생이랑 돈내기를 했다. K 선생은 노조하는 짓이 노조원이 계속 줄면 줄었지 늘지는 않을 것이라고 말했다.

줄거나 늘면 서로 만 원씩 주기로 하자고 제안했다. 사람마다 제 입장에서 제 삶을 사는 것이야 어쩌겠는가. 딴 사람들 사는 일에 별 간섭 않는 것이 내 삶의 작은 원칙이라고 생각하는 나이긴 하지만 K 선생의 그 말은 의미심장했다. 노조를 보는 다수 선생님들의 생각을 읽고, 또 노조의 보잘것없는 일 솜씨를 두고 냉철하게 던진 말일 것이었다.

나는 K 선생에게 말했다.

"병신들 꼴값하네, 라고 생각하는 것 같아."

나의 발언은 어쩌면 지나친 자기비하일 수도 있겠다. 아니면 노조에 크게 개의치 않고 있는 선량한 선생님들의 마음을 어지럽히는 생각일 수도.

세상에 누추를 더하고 싶지 않다.

내 생각의 누추를 경계하고 싶었던 밤.

5월 28일

교장실에서 급히 나와야 했다. 휴대폰 너머 어미 없이 아빠를 기다리는 기석의 "아빠 왜 안 와?"라는 울음 섞인 목소리를 거칠게 막고 다시 돌아와 교장 선생님의 말씀을 경청해야 했다. 집에 가 있어야 할 시간에 여섯 분 노조원과 교장 선생님의 실랑이는 답답하고 안타깝다.

'교원 지방직화 반대'라는 현수막을 아침에 걸어둔 것인데 교장 선생님, 김 교감 선생님, 학생부장 선생님이 점심시간에 철거했고 노조는 현수막의 반환과 재부착을 요구하고 있었다.

교장 선생님은 노조의 요구를 다 들어줄 테니 그것만은 말아달라고 하셨다. 우리 교육의 미래에 시선을 돌려주시라고, 교장 선생님과의 인간적 다툼을 원치 않는다고. 사실은 한 달 내내 걸어두었어야 할 현수막을 사흘 동안이라도 걸어두기 위해 애를 쓰고 있는 현실이 어처구니없었다.

이사장님의 시선을 과연 피해 갈 것인지. 그 현수막의 존재에 우리 학교 선생님들이 관심이나 있을 것인지. 아이들의 불안이 먼저 걱정스러웠던 저녁에 나는 그러나 26일의 전국교사대회에서 참교육상을 받은 아무 개 변호사의 조용한 수상소감을 떠올렸다.

"제겐 여러분 좋은 선생님들이 하늘입니다."

선생님들에겐 학생이 하늘이어야 하리라. 참된 교육을 지향하기 위해 겪어야 하는 어처구니의 현실. 어린 두 아이를 데리고 아스팔트 바닥 땡볕을 견디며 노래하던 어머니 교사. 일요일임에도 제주도에서, 전라도에서 올라와 자리를 함께했던 교사 동지들. 그들의 꿈이 바르고 참된 교육일진대.

5월 29일

교장 선생님께서 현수막을 내주셨다. 현수막은 별로 보는 이 없는 담벼락에 다시 걸렸고, 이틀 후 조용히 내려졌는데 그 시종은 역사에 남을 일도 아니었다. '교사 지방직화'의 논의는 일단 보류된 듯하다.

C 선생과 L 선생과 술을 마셨다. 학교와 거기 결국 기생해 살아남아 있는 추레한 나. 다 뿌리치고 혼자 남았는데 팔꿈치 가득 어디서 부딪쳐 까진 상처에 피가 흐른다.

상처 입은 45세 교사의 밤이 지나고 날이 밝으면 우리 아이들의 맑고 투명한 나팔꽃은 피어날 것이다. 또 그 씨앗은 굳고 야무질 것이다.

2002년 늦은 봄

아무도 몰래 살아남아 있는
라일락나무의 향기

처음엔 시원한 등나무 그늘이었을, 이제는 버린 집기들과 쓰레기들의 하치장이 되어버린 후미진 교사 서편 구석이 제 쉼터입니다.

등받이 없이 뒹굴고 있던 의자도 하나 구하여 놓았기에 수업 없는 시간이면 나는 거기 가서 쉬곤 합니다. 자루 부러져 흉한 모습의 대걸레, 아이들이 창밖으로 버렸을 하얀 휴지들, 온갖 종류의 버린 것들의 다양함이 놀랍습니다.

며칠 전엔 하도 새 것이어서 한 송이 들꽃같이 느껴지는 헝겊필통을 발견하여 내가 쓰려고 가져오기도 했습니다. 거기 앉으면 쓰레기 숲에서 아무도 몰래 살아남아 있는 라일락나무의 향기도 느낄 수 있습니다. 그것은 꺼져 가슴 깊이 가라앉아 잊고 지내던 옛 상처의 기억 같아 아릿합니다. 구석져 잘 보이지 않지만 개나리도 피어 있습니다. 폭포처럼 눈부시게 쏟아져 내리는 노란 꽃무더기가 아니라 서너 가지 가녀리게 펴서 애잔합니다.

가끔 초등학교 아이들이 모험을 찾아오는 곳이기도 하여 반갑기도 한, 그 외진 데서 나는 학교를 생각합니다. 새로 노조에 가입하신 선생님들을 맞이하는 조촐한 모임이 있었습니다. 소주잔을 나누며 고맙고도 뿌듯한 동료애를 잠시 누렸습니다.

얼마나 좋은 일입니까?

교장 선생님 말씀대로 우리 학교는 사립학교입니다. 학교에 몸담고 있는 누구도 학원장님의 의사에 반하는 짓을 하고 싶지 않습니다. 그럼에도 불구하고, 온갖 어려움을 모르지 않으면서도 같이 자리를 해주신 분들이 고맙습니다.

사립학교에서 근무하는 누구나, 알고는 있지만 굳이 거론하고 싶어 하지 않는 부분이 있습니다. 사립학교 설립자와 그의 후대가 학교 설립 이후 학교 운영의 주체가 되어 무한적 자유와 권한을 향유하는 부분입니다.

한국 사립학교의 전근대적 사학 운영으로 인한 교육기관의 사적소유화와 사학의 재정, 인사, 학사 운영상의 각종 문제점이 그것입니다. 감히 사립학교 교사된 자로서 자기 학교의 문제점을 지적하고 끊임없이 재검토를 요구한다는 것은 적어도 현 단계의 한국 교육 현실에선 무모합니다. 그래서 다수의 선생님들이 평생을 침묵하고 계시다 아무도 모르게 쓸쓸히 교단을 물러나십니다.

대한민국은 교육이 가장 문제여서 외국에 자식을 내다버리기까지 하는 나라입니다. 아직도 오직 진학률 하나로도 사학은 건재할 수 있다고 믿는 교육자가 살아 있고, 자식이 명문대에 가기만 한다면 모든 희생을 감수할 준비가 되어 있는 학부모님들이 줄 서 있습니다.

처음엔 시원한 등나무 그늘이었을, 이제는 버린 집기들과 쓰레기들의 숲에, 그러나 아직도 아무도 몰래 라일락 나무가 살아남아 서 있습니다.

그 꽃향기 흩날리던 교정의 기억.

돈이나 출세보다 아이들을 선택하여 디뎠던 첫 걸음. 박봉에 보잘것 없이 걸어온 선생의 길. 이제는 어느 것에서도 자유롭고 싶을 만큼의 세월이 흘렀습니다. 그것이 해야 할 일이라면, 아이들을 위한 일이라면 무모해도 좋을 것입니다. 가끔 초등학교 아이들이 모험을 찾아오는 곳이기도 하여 반갑기도 한, 그 외진 데서 나는 학교를 생각합니다.

2003년 5월 어느 날

작은 우물에서 매양 같은 물 퍼 올리다

조용한 타국 시골 마을서 열심히 일하시는 선생님의 모습을 떠올려봅니다. 잊었다 생각하고 지냈었습니다. 자리 잡으시면 연락하시리라 믿곤 있었지만 선생님의 목소리 얼마나 반갑던지 이내 글 드리리라 했으면서도 이제야 편질 드립니다. 만나고 헤어지는 일에 익숙해질수록 귀한 연(緣)의 소중함도 더 절실하게 느껴집니다.

어제 저녁엔 ○○뷔페에서 구청장이 자립형 사립고 유치위원 간담회를 연다고 하여 동문들, 노조 선생님들이 몰려가서 항의했습니다. 물론 고성, 몸싸움이 오갔고 쓸쓸한 마음으로 귀가했는데 오전에 좋은 소식도 있네요. 어제 밤엔 이사장도 동문들과 K 선생님과의 회합에서 적극적인 학교 이전 노력을 약속했답니다. 선생님들 수고하셨다는 치하도 하였답니다.

오늘은 교총 대표 선생님과 교장, 교감까지 불러 모아 학부모들에게 유인물도 배부하도록 지시하는 등 학교 이전을 공론화 했답니다. S 그룹의 ○○ 고가 뉴타운에 입지하겠다고 서울시장, 한나라당을 등에 업고 적극적으로 나서는 막바지 시점에 와서 이제야 정신이 든 것인지 아직도 의구심은 남습니다.

어제 점심 먹으며 A 선생과 B 선생의 논쟁이 생각납니다. A 선생이 이제 선생님들도 학교 이전에 적극 나서야 한다고 C 부장에게 역설하자 C 부장이 교감 선생님은 한 개도 모르시고 교장 선생님도 잘 모르시는 일이라고 말씀하셨고 B 선생이 절대 안 될 짓에 쓸데없이 노조가 나설 필요가 없다고 하자 A 선생이 분개하셨습니다. 당신은 나한테 그렇게 말하면 안 되지. 생각을 현실로 만들어나가야 한다고 말한 사람이 당신일진대.

나중에 저는 A 선생에게 말했지요. B 선생의 상황에서 그의 판단은 그럴 수 있다. C 부장은 복도에서 왜 밀실에서 논의하고 있는 주체들에게 결단을 촉구하지 않고, 이사장이 간부회의에서 한마디만 하면 발 벗고 나설 것임을 알면서도 무슨 일을 그렇게 하냐 그걸 끌어내야 되는 것 아닌가 되물었습니다.

그런 곡절 끝에 지난겨울 이래로 끌어오던 논의가 이제야 물밑에서 떠올라 현실로 싸움의 본론에 접어들어 가고 있네요. 뉴타운의 성패가 자립고와 외국어고에 있는 것처럼 떠들어대는 주류 언론과 물신에 맹목적인 지역 주민들의 탐욕이 압도적인 현실을 극복하고 재단과 노조가 협력하여 학교 이전에 성공하여 지역에 더 좋은 학교 만든 훌륭한 사례가 된다면 이보다 더 좋은 일이 어디 있겠습니까. 그것이 대립만이 엄존하는 세상에서 상생(相生)의 복된 일이 구현되는 현실을 만들어가는 작업일 것입니다.

가끔 조용한 타국 시골 마을서 열심히 일하는 선생님의 모습을 떠올려봅니다. 힘드시리라는 생각을 하면서도 세상의 모든 이해와 탐욕에서 떠나 오로지 본질과 진리를 궁구하는 본디 철학에 골몰하실 선생님의 내면에 시선이 갑니다. 사람마다 천분이 달라 매일 허덕이며 시정의 잡배들에 정 느끼는 일이 좋아 감히 저는 꿈꾸지도 못하는 삶을 선생님이 결단하셨으니 정진 있으시길 기원합니다.

작은 우물서 매양 같은 물 퍼 올리다 언제 떠나야 할지 모르는 삶을 소홀히 하고 있는 나를 깨닫고 흠칫 놀라곤 합니다.

그때마다 스러질 한순간의 빛들, 아픈 느낌, 맑은 그리움들을 부끄럽지만 글로 형상화시켜야겠다고 다짐합니다. 평생 극복하지 못하고 가져가야 할 창작에의 열등감을 떨쳐버리기로 한 것이 올해에 주목할 만한 제 생활의 변화랍니다.

제 생각과 정서를 어떻게든 글로 마무리하기로 했습니다. 어떤 비판도 감수하고 스스로의 시선에 충실하기로 마음먹으니 부끄럽지만 아이처럼 글도 보여주게 돼서 가까이 있는 선생님들에게 가끔 제 글을 드립니다. 영원히 저는 아마추어이겠지만 자꾸 글을 쓰기로 했습니다.

내 사랑하는 이들의 마음 들판 한구석에라도 작은 나무 한 그루 남기고 가고 싶은 것도 욕심이겠지요. 첨부터 끝까지 범부라서 저는 제 애틋한 정을 떨치지 못하네요. 그저 능력 못 미치는 대로 더 이상의 욕이라도 남기지 않는다면 다행일 것입니다.

아내와 아이들과 매일 시간에 쫓겨 허둥대고 피로해하는 아내가 가슴 아프고 그런 생활이 반복되고 있지만 결코 기윤이네 식구들은 언젠가 올 여유로운 생활에의 소망을 잊지 않고 있답니다.

어제는 출근하면서 차가 엄청 막혔는데 공상을 하고 오니까 금방 온 것 같았습니다.

우리 아이들 엄마의 이메일 내용입니다.

나의 공상: 실현 가능함.

배경: 시골집, 방 3칸.

집 앞에 텃밭: 봉숭아꽃이 가득 피어 있음.

관희 방: 한식 책장과 앉은뱅이책상 외에 아무것도 없음.

내가 밀짚모자 쓰고 텃밭을 가꾸고 있음.

아빠는 책 보고 있음. 하얀 모시 한복 입음.

나는 고구마 삶아 먹고 늘어지게 낮잠 잠.

C 선생이 돈 많이 법랍니다. 내년에 간다고. 연우와 사모님과 선생님이 오순도순 행복하게 생활하시는 날이 금시 오기를.

대한민국의 정치현실은 비참해서 언급 않겠습니다. 우리 사회와 역사가 갈 방향으로 가기 위해선 아직도 먼 세월이 필요하겠구나 거듭 확인할 뿐입니다. 금속노조 한진중지회 지회장이 유서를 남기고 자살하였다는 기사를 보았습니다. 고공 크레인에서 생활하던 아버지를 생각하며 그의 자녀들이 보낸 편지도 함께 보았습니다. 아직도 노동자들이 자살하는 나라여서 알콩달콩 사는 것마저도 부끄러운 것이 가슴 아픕니다.

그의 아이들을 생각하며 그날 꼭 추도시 한 편 써야겠다고 생각했는데 아직 못 쓰고 있고, 술 취해선 그의 아이들에게 꼭 도움 주겠다고 다짐해놓고서 실천을 못하고 있습니다.

돌아보면 가슴 아픈 일 많습니다.

어제까지 웃으시던 J 선생님이 병원 가시더니 학교에 돌아오지 못하십니다. 병원에서 가망 없다고 퇴원을 종용했답니다. 처남 보증 섰다가 집도 날리시고 마음고생 많으셨답니다. 3~6개월 남으셨다지요.

D 선생도 가정이 깨지는 불행을 겪었답니다. 무심한 저는 아침에 어제 밥 안 먹고 술 먹어 힘들다고 D 선생이 부은 얼굴로 얘기하기에 별 생각 없이 밥 좀 먹지 그랬냐고 했다가 "혼자 있으니 먹는 게 부실해서 그래요" 라던 A 선생의 말이 생각나 아차 했습니다. 매일같이 술, 담배 같이 하며 살면서도 동년배 교사의 가정의 불행도 알지 못하며 살고 있습니다.

영문학을 공부하며 생의 비극적 본질, 구원 없음이 싫었습니다. 진정한 문학이 가 닿는 사람됨의 궁극, 사람들이 사는 세상의 비극성을 결코 극복할 수 없는 사람됨의 비참을 나 자신에게서 봅니다.

거듭 실패하는 혁명을 거듭 혁명할 수밖에 없다. 연민하며 긍정하는 길 밖에 없다. 그레엄, 그린이 말한 거짓말쟁이나 바보로 살아가는 수밖에 없다 하면서도 쓸쓸합니다.

그래도 새 날, 새로운 삶을 꿈꾸게 하시는 하나님께 감사합니다. 용서해주시리라 믿는 마음이 신앙일까요. 역사와 사람들이 결국은 선한 방향으로 가리라는 소망을 가지고 생활하고 있습니다. 그래서 저는 철저하지 못한 사람일 것입니다. 어느 지점에서 실족하고 있는 것인지, 도약인지 키르케고르를 읽던 열정이 그립습니다.

머리카락이 엉킨, 시커멓게 때 낀 안방 화장실 세면대를 보고 마구 소리 질렀습니다. "정도가 있지." 아내는 식탁 뒤에 숨어 있었습니다. 아내는 웃기기도 합니다. 아마 생이 웃음으로 그 가혹함을 위로하는 것이겠지요.

미국 저희 누님의 눈이 5분의 4가량까지 안 보여 절망적이기도 했던 한 해가 벌써 12월입니다. 다행히 그 후 몇 달의 고통이 지나고 이제 5분의 1만 안 보이고 다시 일을 열심히 하고 계십니다.

그렇듯 생은 고개를 넘었다 싶으면 또 고개를 마련하여 고개 오를 때가 차라리 낫다고 말하게 합니다.

어렵다 싶을 때는 아직 덜 어려운 것일 겁니다. 건투를 빕니다.

2003년 12월 6일 선생님을 존경하는 후배 올림

부모님들께 드리는 첫 글

3월엔 처음이라는 큰 눈이 내려 아픈 일을 겪은 이들도 있었고, 황사가 오더니, 대통령의 탄핵으로까지 이어지는 어지러운 봄입니다. 그래도 맑게 갠, 본디 그래야 하는 좋은 봄날이 결국 오리라는 소망을 잃고 싶지 않습니다.

안녕하신지요. 저는 올 한 해 1학년 11반 아이들과 같이 생활할 담임 선생입니다. 58년생, 47세의 평범한 영어교사로 늦게 결혼하여 초등학교 6학년, 3학년의 두 아들이 있습니다. 학기 초가 되면 아이들의 담임 선생님이 어떤 분일까 궁금해지는 학부형이기도 하지요. 십수 년 교직 생활에 많이 지쳐, 달라진 아이들의 모습에 당혹해하기도 하고, 가끔은 사람 기른다는 일이 헛된 수고가 아닌가 허망한 생각도 합니다. 그러나 다행히 겨울 보내고 또 새로운 아이들을 맞으면 그 싱그러움이 반가워 마음 환해지고 힘이 납니다.

어느 때보다 어려운 시기에 고등학교에 입학한 아이를 둔 부모님들의 마음을 압니다. 모든 배움의 첫 자리는 가정이지요. 학교와 교사의 한계를 절감할 때가 많습니다.

아이들이 집에선 어떤 생활을 하는지, 속 깊이 숨어있는 어려운 문제는 없는지, 무엇을 꿈꾸고 바라는지 가능하시다면 글로 써서 보내주시기 바랍니다. 구체적이고 상세할수록 도움이 될 것입니다. 알면 보이고 사랑할 수 있다고 들었습니다.

아이들의 성장과 완성을 믿습니다. 그리 속 끓이던 아이들이 많은 방황과 좌절을 딛고 스스로의 길을 터 가던 일을 기억합니다. 매일 물 주어도 크지 않던 키들이 한 해 지나 돌아설 때면 훌쩍 커 놀라곤 하지요. 무엇보다 스스로 의욕을 가지고, 스스로 읽고, 스스로 문제를 풀어나가도록 격려해주어야겠습니다.

요즘 아이들은 너무 많이 보고 듣기만 해서 스스로 공부하는 능력이 부족합니다. 방과 후에도 학원 수업 등으로 스스로의 시간이 없어서입니다. 학원 마치고 집에 돌아와 그 모든 수업의 예·복습을 해내기란 실로 어렵답니다.

다행히 해냈다고 해도 심신이 피폐해져 학업에의 의욕이 없어지고, 스스로 읽고 풀어냈다는 자신감보다는 그냥 지겨운 시간을 견뎌낸 것일 뿐이어서 매사에 귀찮고 짜증난다는 수동적인 태도와 자세로 생활한답니다. 절대 다수의 아이들이 학교에서 앞으로의 세상을 힘차게 살아나갈 자신감보다는 패배한 상처를 안고 세상에 던져집니다.

1학년 때부터 자기 생활을 틀 잡아 꾸려나가면서 자력으로 제 문제를 풀어나갈 수 있도록 시간과 기회, 여유를 마련해주시기 바랍니다. 방과 후 학원 수업은 가능한 최소한으로 한정하여 보내시기 바랍니다.

토, 일요일 한나절 정도 부족한 과목을 보강하는 정도가 바람직하지만 아이가 학업에 부족함을 느껴 스스로 하고 싶다면 평일의 절반(월수금 반이나, 화목토반 택일하여)을 실력 보완에 쓰고 나머지 절반은 자학자습의 시간(사설 도서실보다는 학교 야자실 활용하여)을 아이에게 마련해주어야 학교, 학원 수업을 소화할 수 있습니다.

　학생들은 엄청난 양의 수업시간(학교+학원)에 억지로 듣기만 하고 있는 것입니다. 스스로 읽고 생각하여 개념을 분명하게 숙지할 시간을 마련해주어야 합니다. 상당수의 아이들이 하루 종일 선생님이 푸는 것을 구경만 하는 것이라 막상 처음 보는 문제는 풀어낼 엄두를 내지 못합니다.

　물론 주말의 한나절은 친구들과 만나 놀거나, 푹 잠을 자게 명확하게 일정시간을 자유롭게 사용하도록 배려해야 합니다. 한 나절의 쉼과 자유를 거두고, 저녁 무렵엔 약간의 공부와 한 주일의 정리를 하도록 하여 절도와 자제력을 키워나가도록 부모님의 애정 실린 조언과 배려는 필요합니다.

　무엇보다 아이가 스스로의 생활을 스스로 꾸려나가면서, 스스로에 대한 자신감을 갖도록 하는 공부가 진정한 공부입니다. 긴 안목으로 아이의 장래를 배려해야겠습니다.

　당장의 불안(학원이라도 보내야 안심이 되는)에 조급해 마시고, 생활과 공부의 틀을 스스로 만들어나가, 최선을 지향하지만, 차선이라도 실천하는 경험을 통하여 스스로를 믿는 자존감을 쌓아갈 수 있도록 힘 주시고 격려해주십시오.

　학교와 부모님의 요구에 못 이겨 하루 종일 공부하는 아이보다는 제 스스로 어제보다 30분을 더 쓸모 있게 운용해나가는 아이가 훗날 의미

있는 삶을 살아갈 것입니다.

통제나 금지보다 절도와 결단력, 자제력을 갖추어나가도록 조금은 너그럽게 기다려주시길. 특히 아버님께서는 여유로운 대화 더 자주 나누어 의욕과 동기 유발해주시고, 적어도 주말엔 공부보다 책 읽기를 권해주시고, 세상 이야기, 인생 이야기도 문득 들려주셔서 아이가 공부할 필요와 의욕을 가질 수 있도록 권해주시는 것이 바람직합니다.

아이가 스스로 기꺼이 깊이 깨닫고 싶어 하는 공부를 할 때 성취가 있음을 믿습니다.

첫 글 외람되진 않았는지요. 우리들의 꿈인 아이들을 믿습니다.

2004년 3월 11일 담임 올림

수고 없이 단단하고
야무진 놈으로 클 수 없다

　봄인가 싶게 무덥던 봄이어서 갑작스러운 봄 추위가 더 춥게 느껴졌을 것입니다. 어둔 하늘에서 내리던 비. 그 비 맞고, 나무들의 새로 난 잎새들이 떨고 섰습니다.

　우울한 마음으로 교실에 갔다 내려오는데 그 잠깐 사이, 등 켜진 듯 하늘이 환해졌습니다. 금세 따사로운 봄바람 불어올 듯 마음 가벼워집니다.

　혹 우리 아이들이 난데없는 찬 비 맞고 떨고 있는 것은 아닐는지요. 중학교 때까지 예쁘고 착한 마음 하나로 즐겁게 지내다가 고등학교 들어와서 갑자기, 학교 수업 + 2시간 보충수업 + 학원 수업 + EBS 방송까지 들어야 하는 각박한 상황에 놓인 것입니다. 그래서 2004학년도 대한민국 고 1들은 "힘들고/ 졸리고/ 피곤하여" "모든 일이 졸라 귀찮고 짜증납니다." "매일 똑같은 일상이어서 생각할 것이 없는데" 담임 선생은 글까지 쓰랍니다.

　대학 나와도 취직 힘든 세상으로 등 떠밀려 나가기 위해, 추운 세상

대비하는 어떤 준비도 되어 있지 않은 여린 심성 그대로 학원이나 갔다 와서 컴퓨터 게임이나 하면 만족인 편한 생활습관 몸에 익숙한 채로 난생 처음 맞아보는 몹시 찬 봄비.

그래도 요즘 소년들에겐 참 좋은 점이 있습니다. 비록 지금 생활을 엉터리로 해도, 오늘 대충 지내더라도, 어떻게 대학도 가고, TV에 나오는 예쁘고 재밌는 삶을 나도 결국 누리리라는, 걱정스럽지만 낙관적인 생각이 그것입니다. 어둡지 않고 건강해서 다행입니다.

어린아이가 아무 수고 없이 단단하고 야무진 놈으로 갑자기 성장해버리는 일은 없습니다. 혹독한 경쟁의 논리가 지배하는 대한민국 고교생활을 어떻게 버텨 살아남아야 할까요? 이겨내되 저 혼자 잘 먹고 잘 살아야 한다는 생존의 법칙만 철저히 익혀낸 천민으로서 말고.

일단 힘든 나라에 태어나 고등학교 3년 동안 다부진 몸과 마음을 갖춘 청년으로 클 기회 가진다는 여유로운 마음의 자세가 필요합니다.

'보석 같은 꿈 한 자락 내게 있다. 그 꿈을 현실로 만들겠다'라는 당찬 생각 가지고 게임하는 자세로 인생이라는 큰 게임에 필요한 아이템을 확보하자고 들면 재밌어집니다.

그 게임에 이기기 위해 몇 가지 구비해야 할 아이템을 생각해보았습니다.

동기 부여	기획하기	실천력	자제, 절도	추진력, 인내	밝고 긍정적인 정서와 유연성
매일 매순간 꿈과 의미 부여하여, 시켜서가 아니라 내가 하고 싶어 해보기	하루하루 내 생활에 구체적인 형태로 시간 확보 및 배분하여 현실적이고 효율적으로 생활하기	차선이라도 성취해내는 겸손하고 꾸준한 노력, 조급한 욕심이나 나약한 좌절 극복하며 해내기	과감히 스스로와 생활을 내 의지에 따라 만들어갈 수 있도록 끝없는 훈련하기	중간에 포기 말고, 한두 번의 실수나 좌절에 굴하지 않고 끝까지 밀고 나가기	못한 것보다 해낸 것에 점수 줘서 자신감 확보. 쉴 때 쉴 줄 아는 융통성 발휘

생각을 새롭게 해보기 시작하는 것입니다.

　　ex) • 시험 → 지겨운 것 → 나쁜 점수 : 새로운 생각 = 시험 → 일종의
　　　　　기회 → 보람
　　　　• 엄마 → 공부 강요, 잔소리 → 짜증 : 새로운 생각 = 엄마 → 보살
　　　　　펴드릴 대상 → 사랑

　공부라든지 나 자신에 대한 인식을 달리해야 어제의 중학생이 한 키
더 큰 믿음직한 고교생으로 성장합니다. 생각이 달라지면 세상이 변합니
다. 지루하고 우중충하던 하루가 보람 있는 하루로 뿌듯해집니다.
　생활 노트를 살펴보다 보면 같은 나이의 우리 반 아이인데도 생각의

너비와 깊이, 생활의 충실도가 너무 차이 납니다. 아직도 유아적인 수준에 머물러 제 한 몸, 제 생활을 제 힘으로 꾸려나가지 못한다면 오늘부터라도 그런 나를 분연히 떨쳐내야 합니다. 야무진 아이로 끊고 맺음 분명한 똑똑한 아이로 스스로를 만들어나가야 합니다. 심성 곱고 착한 예쁜 아이의 시절에 머물러 있을 수 없습니다.

게임의 현란한 세상에 도피하거나, 만화나 TV로 소일하는 시간 죽이기로 일관하는 생활은 이제 진부합니다. 답답한 현실을 판타지의 몽상으론 타개할 수 없음을 절실하게 느껴야 합니다.

대한민국의 아이들은 모두 다 각기 나름대로의 힘든 상황을 이겨내면서 성장하고 있습니다. 예전 같으면 귀찮고 짜증냈을 상황을 이제는 더 넉넉한 마음으로, 슬기롭게 대처해나가야 할 것입니다. 어렵다고 느낄수록 오히려 투지 끌어 올리며 뱃심을 길러야 합니다.

공부를 해야겠는데 무얼 먼저 해야 할지 황당한 상황이 곧, 자주 생길 것입니다. 유연하고 낙관적인, 새로운 세대의 강점을 활용해야 합니다. 시험 한 번 치를 때마다 좌절하고 꺾이는 경험을 할 것입니다.

나중에 어른 되어 큰 뜻 펼치거나, 사업할 때, 어려운 일 맡겨졌을 때의 상황을 준비하는 것입니다. 인생의 고비마다 탄력 있게 반응하고 유연하게 대처해나갈 기본을 닦아야 합니다.

고교 3년은 그 준비 과정입니다. 고작 대학입시의 벽에 막혀 허덕인다는 생각보다 한 수준 높이 생각하여야 할 것입니다.

힘을 길러나갑시다. 가능한 한 빨리 철들어, 추운 봄비에 떠는 연한 잎새에서 시원한 그늘 넓게 드리우는 큰 나무로 커서 온 세상을 따스하게 품어야겠습니다.

......

가여운 내 아들딸들아.

가난함에 행여 주눅들지 말라.

사람은 우환에서 살고 안락에서 죽는 것.

백금 도가니에 넣어 단련할수록 훌륭한 보검이 된다.

아하, 새벽은 아직 멀었나 보다.

— 김관식, 「병상록」에서

2004년 4월 28일

야자(夜自)

자유와 해방의 시공(時空)

　　1학년, 2학년이 각각 한 교실 씩인 본디 의미의 야간 자율학습 현장에서 아이들과 밤을 지냅니다. 대다수 지방 소재 고등학교와 상당수 서울의 고등학교가 전교생을 강제로 밤 10시까지 교실에 잡아두는 대한민국 고교 교육 현실에선 현재 우리 학교에 재학 중인 1, 2학년 학생들은 상대적인 자유를 누리고 있는 셈입니다.

　　강요하지 않았는데 스스로 원하여 방과 후에 남아 공부하거나 책을 읽는 모습은 아름답습니다. 보충까지 끝난 오후 4시 혹은 5시에 집에 돌아가 쉬고 싶지 않은 강철 같은 몸이 어디 있겠습니까. 인터넷의 바다, 리니지 2의 환상 공간에서 스트레스 풀고 싶지 않은 마음이 어디 있겠습니까. 그런 몸과 마음을 다잡고, 집 혹은 학원으로 가지 않고, 스스로 책과 대면하고 앉아 있는 1학년 27명, 2학년 19명의 소년들이 장합니다.

　　다소 외롭고 버거운, 비인간적인 면이 있어서 그렇지, 선생님과 같이 자리하고 있는 야간 자율학습실에서의 자학 자습만큼 효과적인 공부는 없다고 단언할 수 있습니다.

강제로, 원치 않는데 잡혀 있는 갇힌 감옥으로서의 야간 타율 학습이 아니라면 자발적으로 순전히 본인 의사에 따라 문자 그대로의 야간 자율학습실과 그 시간은 자유와 해방의 공간과 시간일 수 있습니다.

우리 학교만 하더라도 이미 전자 도서관이 마련되어 정갈한 실내에 책상과 서고와 최신형의 컴퓨터가 갖추어져 있어, 약간의 간행물과 좋은 질의 양서만 최소한으로 더해진다면 공부할 학생은 공부하고, 책 읽을 학생은 독서에 전념할 수 있는 여건이 준비되어 있습니다.

청춘의 한 시절, 욕구를 다스리며, 나태를 견제하며 스스로 학업의 기초를 닦고, 혹은 양서를 밤늦도록 탐독하는 일은, 멀어 가물거리는 인생 길의 의미와 진실을 찾아가는 긴 여정에 불을 밝히는 첫 작업입니다.

무심한 마음으로 전념하여 어둔 밤 영어 독해하고 수학 문제 풀다 문득 지식만이 전부가 아닌 듯하여 두터운 책, 높은 품격의 양서 한 권 찾아 읽다 까만 밤이 목에 차올라, 아쉽지만 읽던 책, 풀던 문제집 접고 일어서야 할 것입니다.

늦은 10시 넘어 학교를 나설 때마다 뿌듯해야 합니다. 오늘을 이겨내고 ○○동의 야경을 넓은 시야로 내려다보며 뜻을 키워가야 할 것입니다.

누구를 제쳐야 내가 산다는 치졸한 경쟁의식을 넘어서, 온전히 공부의 깊이에 가 닿아 보았다는 젊은 날의 수고 없이는 양서 한 권 작심하고 독파하려다 닫고 온 것이 아쉬워, 집에 돌아오자마자 다시 그 책에 파묻혀 한두 번 쯤 밤을 지새운 경험 없이는 어찌 어찌하여 대학에 입학하고 졸업하였다 해도 취업의 벽에 부딪쳐야 하는 각박한 경제 상황의 한반도의 청년들이 살아가야 할 미래는 암울하기만 할 것입니다. 스스로 확보한 자생력과 자신감 없다면 대한민국은 난제 첩첩한 겨울나라일 뿐입니다.

유럽의 고급한 지성이 디자인한 문화와 산업에 한없이 열등하기 만한 척박한 토양. 중국의 광대한 땅과 노동력이 전방위적으로 압도해 들어오고 미국의 군사력과 자본이 일방적으로 억압하는 세계질서가 우리를 옥조이는 현실에서 역설적으로 야자는 자유와 해방의 준비 과정이며 기회여야 합니다.

아이들까지 돈을 최고의 가치로 당연시하는 천박한 자본의 논리를 뒤엎고 궁색한 생존의 차원에서 왜곡되고 있는 저급한 경쟁의 고리를 잘라버려야 합니다. 뜻 깊은 삶에의 열정에서 샘솟아 나온 자발적인 의욕에 기초하여 진검 승부하는 자세로 예지의 날을 벼르며 내실을 기르는 시간이 야자의 시간입니다. 그 수고가 결국은 민족과 사회의 구원으로 귀결된다는 믿음을 가져야 합니다.

학교 수업 마치고 책과 싸워야 합니다. 책에는 독해지문, 수학-과학 문제, 노동과 사회의 이해, 경제, 환경과 미래 등등 청년들이 맞서 대처해야 하는 온갖 숙제들이 제시되어 있습니다. 내가 읽고, 내가 풀어내는 과정이 야자의 시간입니다.

그 시간이 판타지와 게임의 질곡에서 해방되어 참된 내가 태어나는 순간입니다. 동족상잔의 피 흘림 이후 50여 년이 지나도록 남의 나라의 군대에 안보를 기대야 하고 아직도 등 떠밀려 남의 나라 전쟁터에 아들을 보내야 하는 못난 겨레의 낮은 자리에서 떨쳐 일어나 다부지게 분단을 극복하고 통일의 전초를 마련해내야 합니다.

늦은 밤까지 학원에 의지하여 입시의 치졸한 논리에 휘둘려 스스로 공부할 시간, 좋은 책 읽을 시간도 마련하지 못하고 하루 종일 학교, 학원 선생님 설명만 듣다 내가 읽고 내가 풀지 못하여 매사에 의욕 없이 무기력하게 자신감 잃고 좌절해버리는 어리석음을 반복해선 안 됩니다.

야자의 내 자리를 비우지 않아야겠습니다. 내 눈으로 읽고, 내 생각을 갖춥시다. 풀어야 할 문제를 인식하고 그 해결을 궁리해봅시다. 지식과 진리의 궁구(窮究)는 옹골찬 신념과 의지를 전제합니다.

신념과 의지는 본디 주어져 있는 천분일 수 없습니다. 오늘 내가 나를 단련하고 다져가는 연습을 하며 그 바탕을 마련하자는 것입니다. 고교 3년 동안의 각고의 승부가 꼭 대학입시의 결과로 끝장나는 것이 아님을 명심해야 할 것입니다.

백금 도가니에 넣어 단련한 보검에게 새벽은 그리 멀지 않다고
다시 김관석의 시를 빌어 야자실에서.
2004년 9월 15일

선생으로 사는 길

잠자는 아이들아, 콩나무들아

목련 봉오리가 살짝 부풀어 올 정도로 따뜻한 12월 초를 지나 오늘은 예년 겨울과 비슷한 살짝 추운 아침. 1교시에 아이들 시험 공부 시키고 있는데 창밖으로 연주황 햇살이 새어 들어와 눈부시다. 어제 쓴「잠자는 아이들아」시를 읽어주었더니 몇 명의 아이들이 박수를 쳐준다.

잠자는 아이들아

잠자는 아이들아 아이들을 깨우면

선생님을 흉내 내며 잠자는 아이들아 공부해야지 따라하며 까부는 아이들아

덜 깬 눈 빨개진 이마를 가리며 교실을 나와

제 교실 들어가 쉬는 시간에 또다시 이어 자는 아이들아

졸리면 작은 의자 위에 무릎을 꿇고 수업 받던 형이 있었단다

좋은 대학 가고도 노동의 가치 앞세우며 새벽길 배달일 했었지

열에 떠서 터질 듯 붉은 얼굴로 뜨거운 이마 세우고 밤을 버티던 형도 있었고

혼자 남아 시험지에 눈물 떨구며 나는 왜 안 되는 것일까요 울던 형도 있었지

공부는 꿀 같다고 시를 쓴 형도 있더구나

새벽 남대문 시장에서 점원으로 일하다 사장님 차로 퇴근길에 등교하던 형은

꼭 성공하여 선생님 찾아뵙겠다고 편지를 보내왔고

말을 걸어보면 다 착한 아이들아 푸른 배추 같은 아이들아

벗겨보면 하얀 속 환한 미소로 웃는 아이들아

일어나서 깬 눈 찬 이마로 공부해보자 너희들의 꿈을 알아, 쿨한 세상을 살자면

내가 깨달아 내 힘으로 먼저 읽고 질문해보아야지

더 많은 문제 읽고 나만의 식을 만들어 내 손으로 풀어보아야지

틀리는 것 두려워 말고 많이 틀려보자 틀리면 지우지 말고

풀 수 있을 때까지 끝까지 풀어내는 거야

아침부터 밤까지 너무 많이 듣기만 하여 받아 쓰고 외우려고만 하는 아이들아

ㅇ 자 ㅁ 자에 색칠만 하는 아이들아

그려진 빈 칸 메우지 말고 밑그림 없는 백지에 내 그림을 그려봐

항시 새로운 지문, 배우지 않은 지문을 찾아

단어 뜻 모르지만 전후 맥락 파악하여, 의미 찾고 이해하고 판단 내리자

지식은 놓치더라도 사람은 남기자 아이들아

자버리면 접수만 놓치는 것이 아니라 너희들의 청춘도 놓치고 말아

학교 얘기하라면 잤던 기억 밖에 없다면서

학교를 욕하는 노래를 부른 형도 있었어

눈 부릅뜨고 수업을 들어야 욕할 수 있단다

바담 풍을 말해도 바람 풍을 들어야 더 나은 세상의 나무로 크지

숱한 시험 모진 세파 귀찮아 졸라 짜증난다 게임만 하지 말고

맨몸으로 겪어 단단하고 야무진 차돌이 되어 못된 세상 한 팔매로 깨어 버리자

돈이면 다 된다 쉽게 말하지 말자 천한 10억 벌기 유행이라지만

10만 원 생활비 너무 많아 5만 원 남겨 남을 돕는 삶도 있음을

학교에선 누군가가 가르치고 있음을 잊지 말아라

정신이 살아야 경제가 산다, 사람이 살아야 더불어 잘사는 세상 올 거야

잠자는 아이들아 떠드는 아이들아 너희들이 우리의 꿈이구나 현실이구나

눈 떠 빛나려무나

아이들은 규정할 수 없는 존재다. 아무리 유익한 가르침을 줘도 금세 잊어버린다. 탄식이 나올 정도로 가르침이 먹히지 않아 슬픈 적도 많다. 그러면서도 어느 때인가는 무척 착하고 여리며 순해서 그동안의 아쉬움이나 섭섭함을 한숨에 잊게 한다.

오늘 아침 조간에 청소년기의 두뇌에 관한 글이 실렸다. 황당할 정도의 행동을 보이는 청소년기의 이유는 우리 뇌의 중요한 부분이 급속하게 늘어나면서 겪는 혼란 때문이라는 것이다. 합리적인 판단이나 차분한 조절 등을 감당하는 성숙한 기능을 처리하는 뇌의 중요 부분이 이 시기엔 조화롭게 충분히 기능하지 못한다는 것이다. 그래서 이 시기엔 주위의 어른들이 제어와 보완을 해줄 필요가 있다는 것이다. 청소년들을 방임하는 것이 좋지 않은 이유가 거기에 있다는 것이다.

그들을 이해하고 배려하고자 한다면 조언과 바른 방향 제시가 부모님과 선생님의 몫이라는 것. 놔두라고 나이 들면 다 한다고들 하지만 주변의 도움이 전혀 없을 때 청소년들의 방황과 혼돈이 그들의 심성과 생활에 큰 문제와 상처를 남길 수 있다는 것이다.

바로 전에 「잠자는 아이들아」를 듣고 무엇인가 깨달은 듯하던 아이가 또 금세 잠이 들었다. 아이들을 깨운다. 아이들이 자는 것은 수면의 부족 때문이기도 하고 지루한 공부와 시험이라는 현실을 피하기 위한 본능적인 방어기제이기도 하다.

재우고 싶지만 자는 아이들을 깨운다. 착한 심성에 깊이까지 더하기를, 더 똑똑하기를 바라지만 욕심이리라. 듣고 잊어버리는 아이들. 콩나물에 물 준다고 매일 크는 키가 보이던가.

어느 날 훌쩍 키 큰 콩나무들을 보는 기적을 바라 오늘 물 주는 헛수고를 거듭해야 하리라.

2004년 12월 11일

봄비 내리는 고3

1. 아직도 시험 보는 꿈

다시 고3이 되었습니다. 어쩌면 나는 평생 수험생으로 살아갈 운명이었는지 모릅니다.

아직도 나는 시험 보는 꿈을 꿉니다. 제대 못하는 꿈은 이제 꾸지 않습니다. 그런데 대학 시험 보는 꿈은 끈질깁니다. 꿈속의 나는 어느새 시험장에 있습니다. 암담한 심정으로 시간은 흐르는데 몇 문제 못 풀고 이번 시험은 실패구나, 꿈이었으면 하고 바랍니다. 깨어보면 꿈이어서 다행이라 생각합니다. 아직도 시험 보는 꿈을 꾸는 나는 꿈에서처럼 다시 시험 보는 일은 없을 것입니다. 그러나 또 36명 몫의(그리고 어찌된 일인지 또 1명 몫의) 꿈에 시달릴 것입니다.

다시 고3 선생이 된 나는 1월부터 하루 종일 36명의 수험생을 돌보는 일에 쫓깁니다. 수업 시간에 1분도 쉬지 않고 아이들을 다그치고 달래던 정신의 고삐를 늦추고 학교에선 불법인 연초 한 대를 피면서도 해야 할 일을 생각합니다.

오늘치의 생활 노트 아직 다 점검하지 못했구나. 게시해야 할 좋은 글 있었지. 도서목록과 내용 소개 타자 쳐 코팅했어야 하는데. 좋은 생활 메모에 실을 만한 글이 있었는데 오늘은 도저히 수록 못하겠군. 10등 넘어선 아이들의 모의고사 성적분포표도 당연히 만들어야지…….

2. 수도권의 전문대라도의 현실과 inSeoul의 꿈

A가 자기 내신 알고 싶다고, 전 경상도 전라도로 못가요. 집에서 가까운 ○○대 갈 순 없을까요 물었습니다. A에게 너무 신경 못 쓴 것이 사실입니다. 공부 절대 할 것 같지 않던 B가 점심시간에 어휘수첩에 단어를 적고 있는 것을 보고 놀랐습니다. 생활 노트 작성법을 정확하게 모르겠다고 도움글 달래서 종례 후 불렀는데 마음이 참 흐뭇했습니다.

교무실 책상에 앉아 프린터로 도움글 세 장을 빼서 유리판 위에 자를 놓고 칼로 오려 풀로 붙여주며 말했습니다. 기본계획표 세워 적어두고 매일 매일 실천 그래프에 실제로 한 생활을 꼭 점검해보아라. 공부가 마음대로 쉽게 되는 것이 아냐. 어려울 거야. 그래도 전혀 안 하는 것과 조금이라도 한 것과는 엄청 차이나. 우선 집에서 통학 가능한 수도권 전문대를 목표로 시작해보자.

"공부 니들이 하는 거지, 엄마가 하냐" 말했다가 학기 초의 고3 학부모 개인면담 일이 줄어들긴 했습니다. 면담 3일째인 토요일까지 한 분의 아버지만 볼 수 있었을 뿐입니다. 그래도 아이들이 책임지고 열심히 공부해서 합격발표 듣고 기쁜 어머니의 전화 목소리 들을 수 있을 것입니다.

36명 아이들 중에 15명만 inSeoul 하는 꿈을 꿉니다. 나머지 아이들도 통학 가능 수도권의 전문대까지는 전원 합격하는 꿈을 꿉니다. 5명 inSeoul도 힘든 현실을 알기에, 사실 나는 1년만 더 하면 될 것 같은 아이라도 많이 키우려 합니다. 아니 수능시험엔 좋은 성적 못 받아서 전문대 가더라도 저놈이면 사회 나가서 제 한 몫은 바르게 해낼 놈이라고 속으로 굳게 믿는 아이를 하나라도 더 키우고 싶습니다.

3. 꽃이 늦었던 봄입니다

1월부터 고3을 시작해서 그런지 4월인데도 아이들과 퍽 오랜 세월을 지낸 듯합니다.

꽃이 없어 황당한 축제로 봄은 이미 시작되었다지요. 토요일 오후의 도서관은 조용합니다. 봄비 내리고 바람은 불어 창문을 흔듭니다.

올해 3학년 4반 아이들은 고마울 정도로 열심히 공부하고 있습니다. 그래서 기도하면서까지 공부하는 몇몇 착한 아이들의 성적의 추이가 걱정스럽습니다. 세상일이 꼭 열심만으로 이루어지는 것이 아니라는 것을 나이든 나는 압니다. 그래서 바라던 만큼이 아닐 현실을 받아들여야 할 경우에도 그들이 견뎌내기를 소망합니다.

늦어도 봄은 오고 꽃은 핍니다.

아이들의 열정이 아주 깊이로부터 차오르는 것을 느낍니다. 아직은 겨울인 나뭇가지들 위로 여린 연둣빛이 번져 아련합니다. 1학년 때를 생각해보면 3학년인 아이들은 듬직하기까지 합니다. 저 아이들이 청록 푸른 잎 청청할 아름드리나무로 크겠지요.

이른 봄의 미세먼지와 황사처럼 아이들의 불안과 초조, 한때의 좌절은 매양 겪는 봄의 일상입니다. 이 비 그치면 맑은 날도 오고, 모의고사 점수도 조금씩 오를 것이고, 입시의 높은 문을 활짝 젖히고 사과처럼 환하고 붉은 웃음 웃을 날이 올 것입니다. 고3 1년 동안 심신이 피로에 시달리는 고생을 겪은 아이들이 훌쩍 키 크고 단단해진 육체와 정신의 높이로 담담하게 스스로들의 현실을 딛고 서서 당당하게 내일을 향해 갈 것입니다.

4. 소년이며 청년인 아이들에게 말합니다

점수에 맞춰 대학 가라는 것 아니다. 준비된 청년으로 고교를 졸업하자는 것이다. 대학입시의 결과가 문제가 아니다. 재수가 무서운 것이 아니다. "이제 내 몫은 내가 책임집니다. 귀찮아하고 짜증내지 않습니다. 내가 살고 싶은 삶을 열어나가기 위해 이제는 적어도 내가 내 의지대로 내 하루를 생활해낼 수 있습니다"라고 바르게 건강하게 말할 수 있어야 한다.

고3 수험생활의 1년은 튼실한 청년으로의 성장과 도약의 전기이면서 토대일 수 있습니다. 나는 아직은 소년들인 고3 아이들의 꿈과 좌절을 온몸으로 겪습니다. 대한민국의 독특한 교육현실을 무겁고도 절실하게 겪습니다. 곱게 자라다, 갑자기 닥친 입시라는 차갑고 냉정하며 각박한 현실과도 싸워 끝내 이겨내는 야무진 사내아이들, 그러나 영혼 깊이에는 맑은 감수성이, 높은 꿈이 결코 시들지 않을 소년들을 기다립니다.

현실과 이상을 아울러 겪으며 성장하여, 항시 더 나은 새로운 세상을 구체적으로 변혁해내는 유연한 힘과 지혜를 동시에 갖춘 청년들을 꿈꿉니다. 그래서 나는 밤에 또다시 시험 보는, 몇 문제 못 푸는 꿈을 꿀 수밖에 없을지도 모릅니다. 그러나 악몽에서 깨어난 새벽에 나는 푸른 채소 같은 싱싱한 꿈으로 다시 일어나 하루를 시작할 것입니다. 아침 6시 아파트를 나서면 한 그루 진달래의 붉은 빛이 눈부십니다.

2005년 4월 9일

승산이 없으므로 시작해야 하는
일도 있을 것입니다

분회보를 드리면 걷어가 버리거나, 받으면 얼른 숨기던 시절이 있었습니다. 노조의 존재 자체가 인정되지 않았던 옥조이던 상황에서 이젠 교총회원이 아니어도, 전교조를 탈퇴해도 스스럼이 없는 정도까지는 학교가 변하고 있습니다.

누가 뭐래도 학생들 앞에서만은 떳떳한 스승이기 위해, 싸우기 위해서가 아니라 우리 교육의 바른 미래를 위해 학교에서 고생하는 모든 선생님들과 '함께 가는 길'을 열어가려는 오랜 수고가 오늘도 이어지고 있습니다.

그러나 오늘 우리 학교의 내 자리에서 한걸음만 떨어져 대한민국 교육의 현재를 돌아보면 '공교육의 붕괴'를 개탄하는 아우성이 들립니다.

요즘 세상에서 보기에는 선생이란 자들은 철밥통 차고 앉아 촌지나 챙기는 존재입니다. 학교는 학원보다 경쟁력이 현저히 떨어지지만 법이 보장하는 안전망에 안주하여 자기혁신에 소홀한 거의 유일한 부문입니다.

대부분 학교의 내부에서도 내세울 것은 대학 진학률밖에 없는데 그마저 뜻대로 되지 않습니다. 교장 선생님도 부장님도 선생님들도 힘이 없습니다. 학부모들이 학교를 불신하는 것은 상식입니다. 성의 있는 학부모도 열심히 가르치는 선생님도 보기 드물어져 스승의 날은 피차가 불쾌한 날이 되었습니다.

가장 아픈 것은 우리 선생님들의 희망이며 보람이었던 학생들의 변화일 것입니다. 스승에게 들이대는 아이들의 휴대폰보다 아픈 칼이 어디 있겠습니까. 깨워도 또 자는 아이들을 매일 겪으면서 내재화된 절망이 이미 희망을 말하기엔 너무 늦었다고 말합니다.

다행인 것은 예나 지금이나 압도적인 입시 현실만은 엄존한다는 것입니다. 거기 기대어 당분간 아이들을 맡아 데리고 있다가 점수에 맞춰 대학에 넘겨주고 있는 무기력한 모습이 우리 고등학교의 거짓 없는 실상입니다.

자본이 곧 권력이며, 교육은 인적자원의 효율적 활용에 그 목적이 있다는 신자본주의의 절대지침에 입각하여 교원평가는 꼭 강행해야 한다는 압도적 정세하의 2005년이지만, 여느 때처럼 교사들은 자기 목소리 내지 않고 묵묵히 무조건 견디면서 기다리고 있습니다.

건강 관리하면서 취미로 적당한 운동도 하고 가끔은 맛있는 음식과 술도 마십니다. 아무도 정년 채워 조용히 학교에서 사라져버리는 선생님들의 삶을 허망이라고 말하지 않습니다. 그렇게 우리 교사들은 이 어려운 시절에 안분자족하여 혹은 굴종의 삶을 살아, 가는 똥 길게 싸며 끈질기게 살아남을 수 있을 것입니다.

국민 여론이 아무리 교육의 개혁을 희구해도 사립교육법은 건재한 것이 현실입니다. 나서서 변혁을 외치는 일은 여전히 어리석은 짓입니다. 대한민국 교육문제의 해법이 없다는 것은 이제 누구나 다 압니다.

강남 부동산 값 잡는 일과 누구나 잘못됐다고 욕하는 우리 교육 바로 잡는 일은 우리와 무관할 수 있습니다.

"프랑스에서 태어났더라면 좋았을 것"이라고 책 읽기 글 쓰기 좋아하는 한 학생이 말하기에 한용운 선생님의 말씀을 전했습니다. "조선의 청년들은 행복하다. 할 일이 많은 나라이므로."

저는 어느 반 수업시간에 말했습니다.

"교육행위는 도로(徒勞), 쓸모없는 수고일 수 있다. 예수님도 현실적으론 실패한 교육자였다. 오죽 못 가르쳤으면 제일 맏제자였던 베드로마저 스승을 모른다고 했겠느냐. 죽어서야 그 가르침은 영원히 살아 이어지지만."

우리 학교 노조도 아주 조용합니다. 학교 이전 문제가 거론된 이래로 활동을 자제하기 시작하면서 노조는 학교의 평화로운 일상의 한 부분이 되었습니다. 상생(相生)의 좋은 분위기는 우리학교만의 힘일 수 있습니다.

왜 가르치며 사는지 다시 묻는 일부터, 처음으로 돌아가고자 합니다. 승산이 없으므로 시작해야 하는 일도 있을 것입니다.

2005년 6월

생활 노트의 의미에 관한 사적(私的) 진술
아이들을 가진 모든 어버이들과 선생님들을 위하여

1. 둘째 아들의 슬픔

제목: 나의 고민

오늘은 학교에 11시에 갔다. 난 요즘 들어서 맨날 슬프다. 왜냐면 바로 학교 때문이다. 친구들이 맨날 변태 얘기라든지 욕을 너무 많이 하고. 공부도 재미없어졌다. 학교에서도 울음을 참곤 했다. 오늘 선생님 전화가 왔다. 차마 입으론 고민을 말할 수 없었다. 그래서 이렇게 쓴 것이다. 그리고 엄마 아빠가 나 때문에 회사에서 빨리 오시고 약속도 깨버리고 너무 죄송하다.

선생님. 학교에서 친구들 욕 좀 어떻게 할 수 없을까요? 전 3반이 부러워요. 3반에 나와 친한 친구 은규, 태흥이가 있는데 그리고 3반은 욕도 안 하는 걸로 듣고 있어요. 우리 반도 그렇게 평화로운 반이 되었으면 좋겠어요. 엄마 아빠도 건강하셨으면 좋겠고 우리 반도 평화로운 반이 되었으면 좋겠어요.

엄마 아빠도 나 때문에 이러는거 정말 싫어요.

저 꾹 참고 있는데 눈물이 막 나오네요. 언제까지 이럴까요? 저는 엄마도 회

사 끊고 편하게 살았으면 좋겠어요. 하지만 저 혼자서 해결해야 되는데 이렇

게 가족한테 피해 안 주고 싶은데……. 실은 저 저저번 주 금요일부터 그랬

어요. 이렇게 하고 싶지는 않은데 계속 눈물이 나오네요. 내일은 과연 잘 해

낼 수 있을까요? 제발 안 슬펐으면 좋겠어요.

선생님, 과연 어떻게 해야 할까요. 선생님, 이걸 꼭 읽어보았으면 좋겠네요.

도장 말고 말로 적어주시면 고민이 4분의 1은 채워질 것 같아요.

갑작스럽게 울기 시작하여 얼마나 서럽게 흐느끼는지 아침에 아이와
나 둘 다 학교에 갈 수가 없었습니다. 우는 아이를 붙들고 잠을 재웠습니
다. 흐느끼다 잠들고 깨어나면 또 우는 아이를 붙들고 나도 울었습니다.
아이의 울음과 잠은 저녁까지 계속 되었지요.

4학년 둘째 아들은 제 반의 회장이었고, 3학년 때는 친구들과 축구하기
위해서 1시간은 학교를 빨리 가는 밝은 성격에 욕심도 많고, 키도 자기 반
에서 가장 크고 생각도 조숙한 아이여서 설마 둘째가 학교를 안 가고 하루
종일 우는 일이 있으리라곤 상상도 할 수가 없었습니다. 학교를 갔다가도
그냥 오거나 남들보다 아주 늦게 학교 가는 날들이 몇 주 지나갔습니다.

담임 선생님은 병원을 말씀하셨지만(나도 병원을 알아보았음) 학교 가는

아침 말고 태권도 가는 오후 이후 친구들과의 너무도 판이한 생활을 볼 때 정신적인 문제는 아닌 듯했습니다.

중1인 형이 동생의 반 친구들을 거의 다 만나고 다니며 혹시 왕따나 괴롭힘의 대상인지도 확인했지만 또래보다 다소 의젓하지만 오히려 인기가 좋은 아이라는 것만 확인했습니다.

무서울 정도의 슬픈 한 달 정도의 시간이 지나 아이는 재미없어하지만 정상적인 학교생활을 해나갔습니다. 그리고 5학년이 되어 역시 또 새로운 반의 회장이 되어 4학년 때와는 달리 애들도 좋고 선생님이 숙제 많이 내준다고 투덜거리면서도 학교 가기가 즐겁답니다.

나는 아이의 글에서 "선생님이 이걸 꼭 읽어보았으면 좋겠네요. 도장 말고 말로 적어주시면 고민이 4분의 1은 채워질 것 같아요"라는 대목이 잊히지 않아 우리 반 아이들의 글 줄 한 줄 한 줄마다에 소홀할 수 없습니다.

비어 있는 노트의 쓸쓸함을 내 글로라도 채워나갈 수밖에 없습니다. 내 자식이라면 이대로 버려둘 수 없는 아이들이 봄마다 우리 반의 새 아이들입니다.

2. 생활 노트에 조언하면서 느끼는 짧은 생각들

① 아이들을 정말 깊이 만나려면 1:1로 치열하게 / 사람: 사람으로 맞서지 않는다면 피상적일 뿐입니다.

교무실에서 얼굴 맞대고 상담할 수 있는 시간이 36명의 아이들에게 얼마나, 몇 번이나 돌아갈 것인가 하는 생각. 마주하고서 아이들은 열심히 하겠다고 하고 선생님은 대개는 일방적으로 가르칠 뿐. 부모가 더 성의 있어 마음에 걸리는 아이나/ 몇몇 공부 잘하여 그놈은 대학을 가주어야 하거나/ 행실이 좋아 정이 더 가는 아이에게 기회가 갈 수 밖에 없음을.

② **진짜 아이들의 생활을 보려면 매일 매일 방과 후엔, 토요일엔(특히 놀토엔) 일요일엔 무엇을 하며 지냈는지 구체적으로 보아야 합니다.**

실상을 보면 아이들이 토, 일의 절반을 살린다는 것이 얼마나 힘든 일 인지, 24-8=16시간의 절반을 살린다는 일이 대한민국의 고3에게 얼마 나 한 무게의 고역인지, 논술을 위한 책 읽기가 가능한 일인지. 일요일에 쉬고 싶을 때 책 읽어 쉰다고 생각하고 언어 문제의 좋은 지문들 부담 없이 읽으라고 백 번을 말하여도 아이들은 글 읽기를 문제와는 상관이 없다고 생각하고 그럴 마음의 여유가 없고.

아이들의 평일의 고투(잠을 1시간이라도 더 줄이려고 낮에 학교에서 그리 졸 면서도)를 생각하면 주말의 시간을 관리하지 않는 아이들이 참으로 안타 깝고 아쉽고 자기 아이라면 그렇게 대범할까 문득 가책도 오고.

③ **공부 좀 하는 놈들의 지독할 정도의 각박한 생활을 보면 내가 다 숨 이 막힙니다.**

그렇게 애쓰는데도 우직하고 순박한 착한 놈일수록 그놈의 모의고사 성적은 오르지를 않아 수능이 IQ와 순발력, 잔머리의 얍삽함을 요구하 고 있음을 알기에 최소한의 요령이나 잔꾀를 효율성이라는 이름으로 은 근히 요구하게 되고.

아이는 좌절하고 그런 아이를 어떻게든 부둥켜안고 수능 볼 때까지만 버텨보자고 달래보면서도 혹시나 아이가 좌절할까 봐 두렵고 그래서 수 시에 혹시나 해서 매달리다가 상처투성이가 되어 정시까지 망치고 남들

눈이 없을 때 생활 노트에 눈물 흘릴 때 차라리 모르고 안 보고 넘어가는 것이 더 나은 것이 아닐까 회의가 들고. 그냥 모의고사 성적 나올 때 400 이상이 늘어나면 다행이고 안 나오면 운이 나빠 애들 잘 못 받은 탓이나 하며 살아야 하는 것 아닐까 싶고.

④ 그러나 아이들이란 선생님의 마음과 정성을 먹는 나무라는 생각을 합니다.

선생님의 아주 조금의 마음과 정성에도 아이들은 금세 받은 만큼 정직하게 감동하고 심지어는 친구에게 자랑까지 합니다(고3 남학생인데도). 그래서 눈길 한 번, 말 한마디라도, 욕이라도 듣기 좋게 하게 되었습니다. "마음은 착한데 몸이 안 따르는 아이야"는 내가 생각해도 욕인지 잘 모르겠습니다. 아이들은 얼마나 선생님의 글을 기다리고 있는지 모릅니다. 제출했던 생활 노트를 받는 순간 대부분의 아이들은 얼른 선생님이 뭐라고 썼나 살펴봅니다. 긍정적인 단 한마디의 평가에도 아이들은 성취감과 자신을 가집니다. 끝까지 포기하지만 않는다면 아이들은 끝없이 희망하며 꿈을 꿉니다.

⑤ 물론 요즘 아이들은 터무니없이 낙관적이며 유연하고 현실적입니다. 생각보다/겉보기보다 약하지 않습니다.

끝까지 마음을 열지 않는 강퍅한 부분도 아이들에겐 있습니다. 학급문집에 담임 욕만 2쪽에 걸쳐 조그마한 글씨로 빽빽하게 남긴 아이도 있습니다. 아이들이란 오늘 다짐하고, 내일 안 하고 또 그다음날도 안 하고…… 가슴에 안겨 왈칵 울었다고 해서 확 바뀌는 것 결코 아닙니다. 1학년 때 형사에게 끌려가는 순간의 바로 직전까지도 마지막 진실을 요구하는 선생님께 거짓을 말한 아이가 고3 되어 오늘도 내 수업시간에 선생님이 제일 좋다고 말하는 것이 꼭 또 거짓말하는 것은 아닐 것입니다. 시대만큼 아이들도 모호합니다. 양면(兩面), 다중(多重), 복합(複合)이라고 표현하는 것이 맞나 모르겠습니다. 그 아이들의 어느 면을, 어느 부분을 살려내느냐가 선생의 몫이라고 생각합니다.

⑥ 분명한 것은 이제까지 우리나라의 교육은 실패자만을 양산해왔다는 사실입니다.

우리나라 특히 고등학교에선 명문대(사실 엄밀하게 얘기하자면 서울대만.―연대 간 아이도 일정 부분 실패를 인정하므로)를 들어간 몇몇을 제외하고는 당당한 자신감 가지고 졸업하는 이가 드문 것이 현실입니다. 고등학교 문 나설 때까지 공부 못하는 놈은 말할 것도 없고, 공부 잘하는 극소수의 아이들까지도 스스로를 자책하고 갈등하고 좌절하고…… 아이들의 내면은 지옥일 수도 있습니다.

⑦ 그 지옥을 들여다보며 16년 넘게 살다 보니, 무의미한 매일 매일을 무기력하게 무책임하게 사는 너무 많은 아이들을, 또 한 해 또 한 반 죄스럽게 떠나보내기 싫어집니다.

현실을 눈 부릅뜨고 쳐다보고 망할 놈의 세상이 괴롭히면 최소한도 제 생각 가지고 짱똘 하나는 던져낼 놈으로는 단단하게 다져서 세상에 내보내고 싶습니다. 대학입시마저도 담금질에 활용할 수도 있겠다 싶습니다.

아이들에게 그들의 학업 수준과 그때까지의 생활태도, 내면의 깊이까지를 현실적으로 냉정하게 파악해보자고 합니다. 그리고 그들의 꿈과 희망을 듣습니다. 그래 이 단계에서의 네 학업, 네 생활, 네 생각을 한두 단계만 업그레이드 시켜나가자. 그것만 해내면 누가 뭐래도 너는 떳떳하다. 수고하자. 정성을 다하자. 그 고생을 선생님과 같이 하자. 도와주겠다. 마침 핑계(대학입시라는)도 채찍도 당근도 있는 셈입니다. 나는 inSeoul을 기치로 아이들을 담금질합니다. '아니면 말고'라는 똥배짱도 있습니다. 열심히 생활하고 생각하며 분명 하루하루 조금은 더 야무지게 조금은 똑똑해지는 아이들의 성장을 보면서 대학은 보너스고, 진짜는 단 하루라도 제 생각과 의지대로 살아내는 버릇과 힘을 아이들이 갖추는 것입니다. 제대로의 고생을 한 해라도 해본 아이들은 스스로를 믿는 당당한 자부심으로, 제 힘으로 다부지게 세상의 문을 열어젖힙니다.

2005년 학급운영사례 발표 글 모음집에 실은 글

3. 학생 혹은 집의 아이에게 주는 생활 노트 도움 글

생활 메모 : 매일 최소 4, 5줄의 (스스로의 생활과 내면을 돌이켜보며) 글로써 보는 습관을 형성합시다. 가장 중요한 나의 하루하루를 기록하는 일에 하루 10분.

생활의 모든 내용 수록 : 조·종례 내용, 진학 정보, 성적표(모의고사 포함), 시험 범위 등

선생님에게 보여주기 위한 생활 노트가 아닙니다. 결코 피하지 말고 나의 현실 직시하며 내 미래를 위한 나의 고3 생활의 가장 진실한 피땀의 기록일 수 있도록 정성껏 매일 작성!

기본 계획표 (월-일요일까지의 생활의 틀) : 매달 작성, 가끔 보완

	월	화	수	목	금	토		일	
11							11		
10							10		
9							9		
8							8		
7							7		
6							6		
5							5		
4							4		
3							3		
2시							2		
							1		
							12		
							11		
							10		
							9		

1월 첫 주의 실제 생활 그래프 : 매주 작성하여 매일 어제를 점검 기록

	월	화	수	목	금	토		일	
11							11		
10							10		
9							9		
8							8		
7							7		
6							6		
5							5		
4							4		
3							3		
2시							2		
							1		
							12		
							11		
							10		
							9시		

4. 나의 하루 생활을 바로 하기 위한 노트 활용법

생활 노트 활용의 필요성

매달 기본 계획을 짜보고, 실제 생활을 점검함으로써 방과 후 시간의 활용을 계획하고 실제 생활을 점검하고 분석하는 습관을 익히면 **내 삶은 내가 산다**는 자기주도적 생활의 바탕을 마련할 수 있습니다.

덤으로 매일 매일을 충실한 내용으로 채워갈 수 있습니다.

생활 노트의 구성, 그 내용

① 매달 **기본 계획표** 작성

주 단위의 방과 후 생활 시간표 작성(물론 필요시 수정)

평일 6시간, 토요일 10시간, 일요일 16시간 기준

② 매일 실제로 실천한 생활의 내용을 **실천 그래프**에 수록

생활한 그대로의 내용 수록

    ex) • 그래프에 1칸 당 1시간 단위로 수학(2시간), 수행평가 과학(2시간),

            TV시청(1시간), 독서(1시간), 낮잠(2시간), 외식(2시간) 등등

③ **생활 메모**

매일 나의 생각과 느낌을 간단히(최소 3, 4줄) 써봄

공부한 내용만 쓰는 것이 아니라 자기 하루의 생활 전반에 대해 솔직하게 성찰

④ **학습, 진학 관련 자료 부착 및 모음집**으로도 활용

조·종례 사항, 때마다의 학사 일정 등

시험 시간표와 시험 범위, 시험 준비 계획, 학교 시험 및 모의고사 성적표 등을 부착

진학 정보 및 전공에 대한 여러 자료 등을 모음

⑤ **학습 목표**를 설정하여 **실천 결과 기록**

동기 부여하고 성취의 기쁨 누리기

    ex) • 1월 어휘 확보 800개 풀기 – 주당 200개/매일 30개

- 독해 문제 200제 풀기 – 주당 50제/매일 12제
- 1월 수학 문제 320제 풀기 – 주당 80제/매일 20제 등의 목표 설정 후 실천 양 기록
- 1월부터 수능 전날까지 어휘, 독해, 수학 문제(수업, 자학자습 포함)의 번호를 계속 매겨나가면서 암기 혹은 문제풀이하면 성취 의욕 생기고 보람참

생활 노트의 운용

① 무엇보다도 거짓 없이, 구체적으로 기입

② 미루지 않고 매일 작성하며 항상 가지고 다니기

③ 적극 활용토록, 피동적으로 억지로 쓰지 않기

④ 불필요하게 시간 들이지 말기(자기 전 10분 혹은 아침 등교 후 10분)

⑤ 생활 노트는 스스로의 생활과 학업을 들여다보기 위한 거울로 활용

⑥ 의욕과 동기 부여를 위해 긍정적인 시각으로 하루를 성찰하고 정서적인 노트 만들기

2006년 4월 17일

어미 사자의 마음으로
어린 사자에게 말한다

1. 들꽃처럼 절로 필 아이들인데

　지난 일요일 오후 아내와 나는 아파트 뒷산 배봉산에 올랐답니다. 직장 일에 치어 운동이 몹시 부족한 두 사람에겐 모처럼의 호사입니다. 사람 많은 곳을 피해 샛길로, 포장된 계단 길 피해 흙길로, 능선에 올라 바람 맞으며 둘이 걷는 길의 호젓한 여유가 싱그러웠습니다.

　능선 따라 제법 긴 산책로가 이어지고 뜻밖에 야생화 꽃길을 만나 나는 더욱 즐거웠습니다. 꿩의 다리는 키 큰 여린 줄기 위로 하얀색 작은 꽃 우아했습니다.

　하늘매발톱의 꽃은 청보랏빛으로 예쁜데도 내겐 와일드(wild)했습니다. 붓꽃이 고흐의 그림을 나와서 실제로 여기 저기 피어 있었습니다. 들에 나가면 흔히 보는 노란 꽃잎의 작은 들꽃들의 이름을 우리는 잘 모릅니다.

그중 큰 꽃잎의 노랑꽃은 매미꽃이었습니다. 금낭화는 산 속 깊이서 만나곤 했던 어여쁜 붉은 미소를 수줍게 지은 채였고, 자신 있게 내가 이름을 외친 것은 붉은 보랏빛 패랭이꽃밭을 보고서였습니다.

아직 꽃 피지 않은 야생화들이 범부채, 원추리, 구절초 등등의 이름표를 달고 조용히 피어 있었습니다. 언뜻 보기에 쑥스러워 고개 숙이고 있는 그들의 이름이 반가와 매번 되뇌면서 왜 나는 우리 반 아이들의 이름이 생각났는지요.

우리 반 개똥이, 쇠돌이, 힘찬새, 꺽정이…… 그 고3 아이들을 내가, 세상이, 그놈들 스스로가 너무 괴롭히고 있다는 생각이 듭니다. 저 들꽃처럼, 산의 바람처럼 자유롭게 냅둬도 저절로 자라 언젠가 꽃 필 생명들인데 윽박지르고 단단해지라고, 치열하게 세상과 현실과 맞서라고 다그치고 있다는 생각이 들었습니다.

얼마나 대단한 꽃을 피우고 이름을 떨칠 것을 바라 나는, 세상은 그들의 일요일 오후를 빼앗고 있는 것일까요?

2. 현실은 현실대로 냉철하게 인식하고

중간고사 이후로 아이들이 많이 흐트러지곤 합니다. 해가 갈수록 고3 아이들이 더 착해져서 그러는지, 마음은 그렇지 않은데 그놈의 몸이 안 따른다고 아이들은 고백합니다.

워낙 안 하던 공부 길이 쉬운 길 아니라고, 백 번은 얘기했었지만 막상 5월의 보릿고개 길 넘어서는 것이 아이들에겐 막막한 모양입니다.

3, 4월 두 번의 모의고사를 치르고 5월에 중간고사의 성적이 나오고 (6월 전국모의고사 성적을 확인하고 나면 완전히) 상당수의 고3은 절망합니다. 스스로가 보기에도 고3 와서 무척 달라진 생활을 정말 열심히 했기 때문입니다.

아이들은 크게 올라야 할 점수가 오르지 않으므로 낙심하여 스스로의 자질과 가능성을 의심합니다. 공부할 맛과 힘이 안 생긴다고 서서히 무너져 내립니다.

2006년 5월에 대한민국의 고3들이 상대하는 입시 현실의 강퍅함을 절실하게 느끼고, 냉철하게 그 현실의 세기와 강도를 바로 인식하고 있는 고3과 학부모가 드뭅니다.

무수한 외국어고, 강남 8학군의 학교들, 목동. 중계동 등의 일부 강북 학교들, 지방도시의 고교들은 이미 중학교 때부터 명문대 입학을 위하여 밤11시까지 방학도 없이 진학을 위한 공부에 아이들을 오로지 시험 공부에 몰아넣어 가혹하게 훈련시켜왔던 것입니다.

그들이 입시에 들여온 돈, 시간, 노력들의 집적과 그에 따른 학업의 성취는 그 부작용과 비인간적인 면에도 불구하고 분명히 우리 아이들이 고3 몇 개월 만에 쉽게 극복할 정도의 수준이 아닙니다.

그 판을 뒤엎고 소위 sky 명문대나 누구나 알 만한 inSeoul의 대학을 비집고 들어가는 것은 지난한 수고를 요합니다. 제대로 종합대학의 면모를 갖춘 수도권의 대학에 턱걸이하는 일마저도 결코 쉬운 일이 아닙니다.

11년 동안 조금씩 오래도록 뒤떨어져가고 있던 학업의 수준을 고3 9개월 동안 만회한다는 것이 원래 무리한 일임을 냉철하게 인정해야 합니다. 고3을 오래 담임한 선생은 그 상황을 충분히 압니다. 그래서 이맘때 흔히 고3 입시의 중간점검 시기라는 6월 모의고사가 다가오면 냉정해집니다.

특정 대학에 들어가야 한다고 못 박지 말기 바랍니다. 서울·연고대부터 수도권의 전문대까지 모든 대학이 내가 선택할 수도 있는 대학인 것입니다.

'능력과 자질이 없어서 내가, 내 자식이 그것밖에 못돼서 그런 대학밖에 못 가나?' 실망하거나 자책해선 안 됩니다. 이미 대한민국의 입시 상황은 한 학생이 수업에 충실하게 임하여, 정상적인 학업 정진을 하여, 자연스럽게 원하는 대학에 합격할 수 있는 상황을 넘어서 있습니다.

사회경제적인 모든 구조와 조건들이 철저하게 학생들의 진학에 영향을 미치고 있습니다. 시험에는 철저하게 준비된 너무 많은 고3들이 존재합니다.

3. 섹시돼지 캐릭터 가수 포코의 희망

사실 공부는 대학 가서 해야 하는 것입니다. 여러 가지 이유로 1, 2학년 때까지 각박한 입시 현실과 떨어져 살다가 고3 때 와서야 공부 시작하는 아이들이 대다수인, 서울 20개 구 중에 가장 사회경제적으로 어려운 우리 구의 아이들이 진짜 공부의 길에 들어서는 것은 고3부터입니다.

몇몇 아이들은 짧은 9개월 동안 지옥 같은 피나는 노력에 성공하여 명문대나 inSeoul 대학에 진입하기도 합니다. 그러나 다수의 아이들은 녹번역에서 천안까지 집에서 통학 가능한 대학다운 4년제 종합대학에 진학하기도 만만치 않습니다.

남서울 대학은 천안에 있습니다. 그 남서울대학교 벤처동아리 기업인 'DJ upper'의 캐릭터 사업의 꿈에 관한 기사를 경향신문에서 보고 반가웠습니다. 1, 2학년 때 학생벤처창업 모임 활동에 열심이다 고3 때 와서야 공부 시작하여 열심히 했으나 가고 싶던 인하대에 들어가지 못하고 남서울대학교에 간 작년 우리 반 현철이가 생각나서입니다.

중소기업체에서 프레젠테이션도 하고 현재 포코 노래가 싸이월드 배경음악으로 하루 수십 건씩 팔리고 하루 3000명이 방문할 정도이며 스케치북도 펴내고 완구 사업에도 진입할 예정으로 성공적인 활동을 하고 있다는 기사였습니다.

좋은 콘셉트와 패기로 "꿈은 클수록 좋잖아요. 디즈니와 캐릭터 사업으로 전 세계에서 경쟁하는 것이 목표입니다. 키티 샵처럼 포코 샵을 구축하는 게 1차 목표고요"라고 합니다. 아이디어와 추진력을 봐서는 이들의 꿈이 허황되게 보이지만은 않았다고 기자는 썼습니다.

간판 따러 대학 가는 시대가 아닌데도 어제 수업 시간에 "니네 대학 간판 따러 가냐?" 물었더니 아이들은 너무 쉽게 긍정합니다.

나는 언젠가 성공회대학교 유통정보학과에 우리 반 아이가 합격하기를 바랍니다. 아직까지 한 해에 연대는 우리 반에서 3명이 간 적도 있지만 성공회대학교엔 단 한 명도 합격생을 배출 못한 것이 아쉽습니다. 왜 성공회대학교 유통정보학과엔 성적이 안 되는 아이들만 가서 무조건 떨어지는 것일까요?

대학 가서 진짜 공부할 생각이 아니라 어느 대학 가서, 그 대학 출신들이 거의 세습하는 자질과 능력을 쉽게 인정받아, 안정된 사회적 위치를 확보하여 수월하게 기존 체제에 안착하고 싶은 것이, 우리나라 학부모들과 학생들의 바람이기 때문일 것입니다. 교사와 공무원이 가장 인기를 누리고 있는 것과 맥락이 같습니다.

작년에 성적이 아주 안 좋은 아이 몇에게 청운대 베트남어과를 추천했지만 아무도 가지 않았습니다. 특기도 없는 경영학과 말고 분명하게 내 특기 삼을 인도네시아, 인도, 포르투갈어를 배워 더 큰 세상을 진취적으로 열어가기를 권했지만 갈 수 있는 성적을 받은 아이들 중에는 외대 용인에 가겠다는 아이가 없었습니다.

성적 나쁜 아이들도 청운대를 가더라도 경영학과를 가고 맙니다. 솔직히 얘기해서 간판으로 인정받을 만한 대학은 극소수의 몇 개 대학입니다. 이왕 간판으로서는 의미가 없으니 발전 가능성을 보고, 다른 시각에서, 더 넓은 시야로 구체적이고 진취적인 전공의 학과를 선택하기를 바랍니다.

허울만의 4년제 대학 갈 바에는 지방으로 가더라도 제 전공이 분명한 과라면 산골두메라도 상관 말고, 알찬 수도권의 전문대 특정학과를 진지하게 탐색하여 내 것 가지고 내 삶과 일을 펼쳐나가라고 말하고 싶습니다.

4. 어미 사자의 마음으로 어린 사자에게

아프리카 초원에 붉은 황혼이 지고 있었습니다. 아가 사자는 어미 사자에게 정답게 안겨 있고 어미의 어깨에 얹어진 아가 사자의 한 손이 사랑스럽습니다. 어미와 새끼는 불타는 초원을 길게 바라보고 있습니다.

저 세상을 아가야, 당당하게 사자답게 살아가야 한다.

결코 낙관적이지 않지만 그러나 담담한 어미 사자의 위엄 있는 눈매와 세상 아직 모르고 따스한 엄마에게 기대어 꿈꾸듯 초원을 바라보는 맑은 눈의 아가 사자를 보며 우리 아이들이 생각났습니다.

그래서 이미 결정된 구조의 대학 입시의 성공 여부에 목숨 걸거나 그 결과로 스스로의 가능성을 회의하는 젊음들이 안타깝습니다. 제대로 공부를 한 것이 고작 몇 개월이었는지 돌이켜보면 실망할 것도 좌절할 만큼도 아니라는 것을 금세 깨달을 수 있는데 우리 아이들은 고3, 5월이 지나갈 쯤에는 서서히 공부보다, 이 세상 모든 것보다 소중한 미래를 비관하기 시작합니다.

이제야 제 생활을 스스로 계획하고, 스스로 실천하여 조금씩 성취하는 재미와 기쁨을 맛보기 시작한 것인데 모의고사 성적이나 중간고사 성적이 손톱만큼밖에 안 올랐다든지 거의 발전이 없다고 자책하며 스스로를 하찮은 존재로 규정합니다.

대학입시의 결과는 빡세게 공부하기 시작한 시기가 언제부터인가에 많이 좌우됩니다.

고3 때 와서야 공부 길에 나서서 흔히 말하는 괜찮은 대학에 들어간 극히 예외적인 몇 명이 되지 못하였다고 막 접어든 진정한 배움 길, 인생의 먼 길을 닫아버리는 어리석음을 저지르지 않기 바랍니다.

이제 시작인데요?

대학 그리고 그 이후의 창창한 세상, 더 많은 우여곡절의 세월을 더 길게 더 깊이 있게 기다리고 준비하기를 권합니다. 초원의 사자처럼 스스로를 귀중하게 여기기 바랍니다.

오늘 하루 생활을 통하여 한 뼘 성장한 것을 즐거워하는, 더 다부지게 영혼과 정신의 무게를 늘려가는 청년 사자를 꿈꿉니다. 점수 몇 점에, 도토리 키 재기 같은 대학 간판 놀음에 미리 스스로를 가두지 말기 원합니다.

어미 사자의 심정으로 말합니다.

2006년 5월 23일

3장

겨울방학이 없다,
봄은 있는가

꽃이 진다고
그대를 잊은 적 없다

1. 꽃이 진다고 그대를 잊은 적 없다

밤 8시 20분의 3학년 20반 교실. 열심히 공부하는 아이들을 잠시 쉬게 하고 2층 도서실에 들렀다가 1학년 교사로 향했습니다. 어둠 속에서 길게 드리운 형광 빛이 창백합니다. 1층을 둘러보고 2층 교무실에 들어섰더니 뜻밖에 이 선생님이 계셨습니다. 차 없이 응암동에서 상계동까지 퇴근 시간만 1시간 40분 걸리는 어려움을 알기에 "아이는?" 놀라 묻는 내게 "할아버지가 보세요" 웃습니다. 아이의 나이는 5살입니다.

선생님은 전교 학생들의 학비 지원 신청 때문에 보름째 밤늦게까지 일을 하고 계셨습니다. 마감 시한이 이미 여러 날 지난 시점이라서 이젠 학부모에게 직접 전화 걸어 주민등록등본을 가져오라고 하신답니다.

교육청에 전화 걸어 이제 막 기초생활수급자가 된 경우라고 봐줄 수 없겠느냐고 사정도 하고, "학비를 받아야 하는 학생인데도 신청서도 안

낸 아이도 있어요" 말합니다. "학비 지원을 받을 수 있는 요건을 갖춘 아이가 하이서울 장학금을 받으면 다른 아이 하나가 수혜를 받지 못하는데……." 안타까워 하십니다.

세상엔 그렇게 늦은 밤 홀로 남아 세상의 가난과 고통을 덜기 위해 애쓰시는 마음들이 있습니다.

우리 아파트 담벼락 밑 응달에 동백나무 두 그루가 서 있습니다. 겨울 다 지나고 3월도 끝물인 지난 주에서야 붉은 꽃 몇 송이 피었답니다. 밤이면 그 꽃들의 심홍이 하도 좋아서 잠시 머물곤 합니다.

모진 겨울 기어이 참아내고 핀 꽃들인데 꽃 피었구나 싶은 오늘 밤에도 두어 송이 꽃은 질 것입니다.

꽃이 진다고 그대를 잊은 적 없습니다.

2. 오늘도 꽃이 핍니다

9시 33분 공부 잘하는 아이들이 숨소리 하나 없이 공부하는 교실 문을 열고 나와 궁금해서 5층 3학년 4반 교실로 올라갔습니다. 5층 올라갔다가 복도에 불 켜 있는 교실을 발견했었습니다.

어둠 속에 섬처럼 떠 있는 교실, 그 안에 두 명의 아이가 공부하고 있었습니다. 이제는 한 아이만 남아 단어를 외우고 있습니다. 이 시간에 단어를 외우고 있는 아이는 공부를 많이 해둔 아이는 아닙니다. 고3 와서 늦은 공부를 해보겠다는 아이일 것입니다.

"그래, 열심히 하고 있구나. 그렇게 열심히 하면 된다. 열심히 해."

방긋 웃는 아이의 웃음이 꽃 같습니다.

올 겨울은 따뜻했습니다. 내겐 50세를 맞이하는 겨울이었지요. 아내는 병든 몸으로 산에 오르기 시작했습니다. 가난한 교사의 아내는 심한 직장생활 끝에 병을 얻었습니다. 다음 칸의 생이 열리는 것이 보였습니다. 병고가 남은 날들의 벗일 듯합니다. 나쁜 일이 있으면 좋은 일도 있습니다.

아내는 산과 친해졌습니다.

지는 꽃처럼 한 움큼씩 무더기로 빠지던 아내의 머리카락들. 아내의 머리에 남은 얼마 안 되는 머리카락의 숱이 짙어집니다.

"골룸 같지?" 묻던 아내는 그 몇 오라기의 머리카락에 꽃핀을 꽂고 웃었습니다. 아픈 아내의 웃음도 꽃입니다.

10시 8분, 4층 20반의 아이들 중에서는 3명이 남고, 2층 도서실의 아이들이 10여 명 올라와 자리를 잡습니다. 12시까지 공부할 작정입니다.

"고생했다. 잘 가라. 어서 오너라."

나는 16명의 고3들을 두고 선뜻 일어나기 미안하여 10시 35분에서야 자리를 뜹니다. 늦은 밤 조용히 학업에 정진하는 아이들처럼 예쁜 꽃도 없습니다. 그들은 뿌듯한 꿈입니다. 저 아이들처럼 50세의 선생도 힘을 내야겠습니다.

오늘도 꽃이 핍니다.

2007년 3월 끝 무렵

혼의 풀무질

길이 끝나는 곳에서도 길이 있다

교감 선생님이 스쿨메신저에 띄운 글을 읽고서 그 대척점의 희망을 떠올려 보았습니다. 작금의 대한민국, 그 교육의 황폐와 비인간이 가슴 아픈 고3 담임교사로서 나는 희망의 새싹을 어디서 찾을 수 있을까 우울했습니다.

아마도 정권이 바뀌면 본고사도 부활되고(어쩌면 고교등급제도), 그리고 우리 학교는 입시성적이 아니면 살아남을 수 없는 학교가 될지도 모른다는 불안을 생각하면 아마도 길은 끝난 것일 수도 있겠습니다. 우리의 사회와 교육은 하루하루 무한경쟁의 고삐를 더욱더 죄어갈 모양입니다. 그 시류에 충실하여 교사들도 아이들을 더욱더 강하게 단련시켜 그 경쟁의 꼭짓점인 명문대학교에 입학시켜야 할 것입니다.

악몽이겠지만 나는 이 대목에서 조승희가 생각납니다. 아메리칸 드림의 실현 직전에서 추락한, 성공할 뻔했던 이민 가정의 비극에서 나는 우리 사회와 민족이 지향하는 교육의 무서운 가능성을 봅니다.

영화 〈괴물〉에 나오는 '괴물'은 한강에 몰래 방류된 경쟁과 효율이라는 독극물 때문에 생겨난 돌연변이였습니다. 아마도 조승희에게 총이 주어지지 않았다면 그래서 이번 참극이 벌어지지 않았다면, 반지하 월세방 살던 부부가 하루 종일 바지를 다려 주급 650달러를 받는 세탁소 직원으로 일하며 두 아이들을 명문 프린스턴과 그보다는 못하지만 좋은 대학인 버지니아 공대에 보낸 일은 우리 교육의 희망 사례로 전파되었을 만합니다.

한강에서 태어난 괴물이 태평양을 건너가 벌인 일을 가지고, 심한 비약일 수 있습니다. 사람이 아니니 괴물의 출현에도 놀라지 않고, 경쟁과 효율을 지고의 선으로 아이들을 몰고 가는 우리 사회와 사람들의 단단한 무의식이 더 무섭습니다.

대한민국 사회와 그 교육이 각박해질수록 그 대척에 서 있는 대안학교들의 정신을 돌아보는 것이 그냥 이상적이라든가 비현실적이기만 한 것은 아닐 것입니다.

풀무학교 설립자 이찬갑 선생님은 말씀하셨답니다. "일만 하면 짐승이고, 공부만 하면 도깨비"라고 하시면서 일과 공부, 인문과 실습이 조화되는 교육을 실천하셨다고 하십니다.

자신의 이해타산을 셈하며 시류에 눈을 번득이는 힘있는 이들이 아니라 평범한 평민들이 깨어날 때 우리의 삶이 바뀌고, 세상이 바뀐다는 것이 그의 생각이었습니다. 그의 학교엔 교장도 사환도 두지 않아 모든 것을 학생들과 함께 하며 무두무미(無頭無尾, 우두머리도 병졸도 없는 모두가 주인)의 정신을 몸소 보였다고 합니다.

남들이 성적에 가려 보지 못한 인간의 개성과 능력을 보고, 그랬기에 명성과 권위와 제도권이란 이름으로 우등생만을 선점해 열매만 거두려는 경쟁에도 동요하지 않고 무소 뿔처럼 자신은 뿌리를 가꾸겠다는 것이 그의 교육혼이었답니다. 그 학교에선 아침엔 늘 "밝았습니다", 낮엔 "맑았습니다", 저녁엔 "고요합니다"라고 인사한답니다. 내년에 학교 개교 50돌을 맞는 풀무학교가 있어 학교가 있는 충남 홍성 홍동면 갓골일대 200여 만 평의 들녘에선 농약을 전혀 쓰지 않고 채소를 길러내고 홍성은 유기농의 메카가 되었다고 합니다.

우리 학교의 대안으로 농고를 만들자는 얘기가 아님을 아실 것입니다. 학교가 입시 위주 교육으로만 흐르지 않기를 바랍니다. 교장, 교감 선생님, 부장 선생님들의 열심과 탁견이 일방적인 의사결정으로 외길로 향하지 않기를 바랍니다. 우리 학교의 모든 선생님들은 의견 교환, 활기찬 토의토론 등에 막힘이 없어 소통이 자연스럽기를 바랍니다. 우두머리도 병졸도 없는 학교이기를 바랍니다.

봄길이 꿈같습니다. 길을 놓칠 듯도 합니다. 시인의 상상력은 말합니다. "길이 끝나는 곳에서도 길이 있다 / 길이 끝나는 곳에서도 길이 되는 사람이 있다."

경쟁과 효율이 아니라 열정과 수고, 그리고 따뜻한 마음의 연대가 그리운 새벽입니다.

2007년 4월 22일

마시지 않고는
치워질 수 없는 잔

아이들 진학 문제에 매이지 않았던 첫 겨울이었습니다. 후배 선생님이 블로그라는 글창고가 유용하다고 유혹하는 바람에 수능 끝나고서부터 옛 글들을 정리하기 시작했습니다.

복잡한 많은 일들이 심란해서 오로지 옛 글들을 타자 치는 일에만 골몰하니 편하데요. 그러나 처음엔 재미있는 작업인 것 같았는데 점점 괴로워집디다. 삶의 조각들이 모여 좋은 그림의 모자이크가 되어야겠지만 특히 2007년, 2008년의 글들은 깨진 유리들의 날이 모질어 차마 싣기 아파서 일단 삭제 후 유보하고 있습니다. 현재의 구체가 없는 과거의 감상이 무슨 의미가 있을까요.

어제는 1987년의 6월항쟁의 시기의 글을 담으면서 군사독재의 압제 하에서 그 시절의 청춘이 희구했던 민주화된 나라의 현재의 모습을 확인하며 허탈했습니다. 중1, 2학년 선생님들이 일제고사 보이면서 갈등하고 있겠다 싶어 마음이 아팠습니다.

내가 지금 무엇을 하고 있나 돌아보았지요. 20여 년이 지난 지금의 나와 아직은 대학생이었던 내가 선명히 대비되었습니다. 부끄럽지 않은 삶을 살아야 했는데 완전 부끄럽다고 고백할 수밖에 없었습니다.

12월 17일 저녁 6시부터 9시까지 서울시 교육청 앞 길바닥에 앉아 해직, 파면된 선생님들과 앞으로 당할 선생님들의 고운 마음들과 당당한 용기를 보고 들었습니다. 몹시 추운 밤이어서 한기가 지독했습니다. 촛불은 아름다운데 아이들을 빼앗긴 선생님들의 마디마디 말씀들이 하도 진실해서 눈물 자꾸 고여서 혼났습니다.

나이 50 넘은 선배 교사로서 참된 선생님들을 지켜주지 못하는 무력함이 어처구니없었습니다. 집회 후에 활동가로 일을 많이 하는 선생님께 고작 더 많은 선생님들이 희생되는 것이 능사는 아니라고, 해도 도움 안 되는 말이나 했습니다.

대학을 졸업한 우리 반 아이들의 취업 소식이 암울합니다. 힘든 경제 사정으로 힘겨운 학부모들과 아이들을 사교육의 고통으로만 몰아넣는 이 정권의 후안무치와 적반하장은 상식의 수준을 넘어서 박정희며 전두환까지 그리울 정도이고.

개인적으로는 구차하게 살기 싫어 학교를 박차고 나간 후배 선생님의 일로 난감합니다. 어제는 아이들의 엄마가 수술 받은 지 2년을 채운 날이어서 또 6개월을 허락받는 정기검진일이기도 했습니다.

아침 일찍 검사를 시작해서 오후 5시에 뼈주사를 맞는다니 하루 종일 병원에서 지내고 있는 것입니다. 저녁 7시에 집회가 있다는데 못 갑니다. 8시 쯤 병원에서 돌아온 아내와 아이들과 김치찌개와 술 한 병 먹었습니다.

식사 후 산에 가려고 아파트 밑에서 아내를 기다리는데 까만 하늘 아래 내가 좋아하는 느티나무 늠름했습니다. 그래서 다 포기하고 조용히 살다 조용히 죽어가는 것은 어리석다는 생각을 했습니다.

거의 두 해 동안 패배감에 사로잡혀 글을 쓸 수 없었습니다. 못난 스스로를 직시하자는 투지가 일었습니다. 집회에 자주 들르지 못하고, 우리 학교의 싸움에도 소극적인 나를 용서하기로 했습니다.

내가 할 수 있는 만큼만 하자. 역행하고 퇴행하는 세상을 거슬러 본디 가야 할 방향을 지향하는 것만으로도 충분하다. 내가 할 수 있는 일이란 있는 그대로의 나와 생활을 피하지 않고 온전히 겪는 일 뿐이다.

예수는 십자가에 못 박히기 직전 겟세마네에서 "이 잔을 저에게서 거두어 주소서"라고 기도합니다. 자고 있는 제자들을 확인하고 돌아와 다시 "이것이 제가 마시지 않고는 치워질 수 없는 잔이라면 아버지의 뜻대로 하소서." 기도합니다. 마시지 않고는 치워질 수 없는 잔, 그 잔을 지나가게 할 수 없다면, 뜻을 따를 수밖에.

까만 겨울 하늘 아래 늠름한 느티나무처럼 내 하루의 잔의 의미를 매일 기록하기로 했습니다.

2008년 12월 23일

취해서 꿈을 꾸다

만나야 하는데 만날 수 없었던 사람을 만나러 종로에 나갔다. 학교를 사직한 A 선생을 도울 수 없어 그동안 많이 갈등했었다. 도울 길이 없어 마음이 많이 아팠다.

전화를 했더니 그의 목소리. 같이 자리를 하고 싶어 했던 L 선생과 셋이 만나기로 했다. 날이 찼다. 먼저 도착한 둘은 이미 소주 한 병을 거의 비우고 있었다.

A 선생이 밝게 웃어준다. L 선생이 말한다. 마지막 날을 같이 할 수 있는 사람들이 진짜 친구라고. 쭈꾸미의 매운 맛과 소주는 잘 어울린다. 1월 2일 신년 하례식에 불참하면 결근 처리하겠다. 사정이 있으면 연가를 내라는 경고문자가 오는 학교에 대해 담담하게 말한다.

L 선생은 고3 체능반을 내년에 맡기로 했으니 3년째다. 수업을 도저히 할 수 없는 반 아이들을 다리 다친 태권도 아이 하나 제외하고 야구부 제외한 17명 전원 4년제 대학에 입학시킬 만큼 철저한 L 선생에게 학

교는 단 한 번도 고3 보통반의 담임을 맡기지 않는다. 단지 그가 체육 선생이라는 이유만이다.

소주 6병을 마시고 일어났다.

백기완 선생 일행들은 소주를 짝으로 마셨다는데. 맥주 먹으면 취해버린다는 L 선생 덕분에 다시 종3의 골목길로 접어들었다. 굴보쌈 삼합에 감자탕은 서비스라는데 값이 헐하면서도 푸짐했다. 둘은 다시 소주를 마시고 나는 맥주를 마시기로 했다.

술에 취하니 인생이 꿈같다. 술자리는 2차가 가장 향기롭다. 취하면 세상과 사람들이 아름답다. L 선생이 학교 하나 사는 꿈을 이야기했다. 부자 여동생이 전라도 시골학교 하나 인수할 수도 있을 것 같다고 했다.

나는 우리 애들 엄마가 기도를 하는데 뭔지 아냐고, 자기 남편에게 학교 하나 세워주는 게 꿈이라고. 너무 심한 꿈이라서 나는 얼마든지 기도하라고 했다고.

아이들과 한마음으로 진짜 사람 만드는 교육하는 아름다운 학교에서 하루라도 살아봤으면 좋겠다고 말했다. 입시교육, 미친 교육 버티며 힘겨웠다고. 나머지 교직을 3년을 버틸지 5년까지는 버틸 수 있을지 모르겠다고.

학교 떠난 A 선생 보고 다시 돌아가자고 꿈결인 듯 취해서 나는 말했던 것 같다. 아름다운 학교가 기다리고 있다고.

2008년 12월 30일

중1 둘째의 학원 오디세이

　겨울이면 캄캄한 새벽에 일어나 학교에 나가다가, 방학이어도 보충수업 하러 일찍 나가다가 집에서 아침을 맞으니 이상했다. 둘째를 깨우려니 안쓰러워 더 자라고 했더니 어젯밤 1시 넘어서야 잤고 밤새 기침을 했다는데 일어나 세수를 하고 있다.

　다른 아이들은 학원에서 선행수업하고 있는데 자기는 학원에 전혀 안 나가니 학교에서 하는 방학 중 프로그램이라도 나가야 한다는 것이 둘째의 주장이었다. 그런데 방학인데도 9시까지 가야 하다니 한숨을 쉬면서도 학교로 간다.

　중학생이 된 둘째는 다들 학원에 다닌다고 정권도 바뀌어서 자기는 형과는 다르니 학원에 나가야 한다고 내 눈치를 보다 학원에 다니기 시작했었다. 1학기 말 고사를 마치고 2학기 중간고사까지 학원을 다니다, 그러나 둘째는 결국 학원을 자기 손으로 끊었다.

　친구들과 다니던 학원을 끊자 아이는 불안해했다. 아이가 스스로의 힘으로 공부하는 것에 자신감을 가질 수 있어야 했다. 혼자 공부한 기말고사 성적이 안 좋을까 봐 나도 은근히 마음 졸였었다. 다행히 둘째는 스스로를 잘 다스려나가는 아이였다.

아이는 학원을 안 다니는 불안을 잘 극복해냈다. 아직도 둘째의 친구들 중에 학원 안 다니는 아이는 단 한 명도 없다. 아이는 컴퓨터 시간을 밤 10시로 잡아놓고 있다. 그때가 돼야 아이들과 게임을 할 수 있어서 기다린다.

중1인 둘째의 생활 노트를 보면 재밌으면서도 슬프다.

7월 28일(월)

아 이게 얼마 만에 쓰는 생활 노트인가. 요즘 너무 안 써서 미안해, 노트야. 이제 매일 쓸게! 학기 말이 끝나고 나는 학원을 다니기 시작했습니다. 하지만 학원이 역시 쉬운 게 아니더라구요. 엄청난 양의 숙제, 엄청난 수업 시간 등……. 하지만 월수금이라 다닐 만합니다. 전과목 하는 아이들은 화목토까지 하는데…….

7월 29일(화)

…… 요즘에 너무 학원에 시달려서 좀 갇혀 있는 느낌이 났는데 오늘 놀아서 좀 풀린 듯했다. 하지만 학원 숙제는 남아 있다. 놀면서 풀어주고 숙제도 없애주면 얼마나 좋을까…….

7월 30일(수)

오늘도 역시 학원에 찌들었다고 할 수 있다. 정리를 해보면 하루의 2분의 1은 학원이다. 오늘은 서울시 교육감 선거를 했다. 저번에는 악이 승리했지만 이번에는 정의가 승리할거라 생각한다. 주경복 파이팅!

8월 12일(화)

오늘 학원을 안 가니 참 평화로웠다. 아 뭐랄까 세상을 다 가진 느낌이랄까. 무지 행복했다. 오늘 따라 날씨는 어찌나 시원한지 놀기도 참 좋은 날씨였다. 정말 생각이 긍정적이면 기분도 좋고 뭐든 좋다…….

10월 14(화)

……이번 시험 되게 잘 본 거 같다. 하지만 여기서 만족하지 않는다. 더욱 열심히 해야지. 시험이 끝났지만 단 5일 만에 일상으로 돌아와버리고 말았다……. 난 단지 좀 쉬고 놀고 싶었지만 이거 너무하다. 진짜. 중1 좀 쉬게 해주지. 지치지도 않나. 난 세상에 대한 불만이 많다. 내가 세상을 조종하고 싶다.

10월 15일(수)

오늘 학원에서 보충을 도망쳤다. 스릴 넘치고 괜찮았지만 집에 전화가 오고 말았다. 샘이 엄청나게 화나신 듯 했다. 난 왜 그런지 이해가 안 간다. 난 너무 힘들어서 도망쳤다. 잘못하긴 한 것 같다. 아 요즘 너무 학원 가기가 벅차다. 힘들고 그만 다니고 싶은 마음이 든다.

10월 16일(목)

학원 안 가니 온 세상이 하얗게 보인다. 학원 안 가는 게 안 다닐 때는 어떤 기분인지 몰랐지만 옛날 애들이 했던 말들이 이제 이해가 간다. 역시 해봐야 그 일의 고통을 알 수 있는 것 같다. 오늘은 푹 쉴 것이다. 너무나 행복하다. 이런 세상만 있었으면 좋겠다.

10월 17일(금)

아 진짜 어이없다. 왜 내가 남아야 하는지 모르겠다. 진짜로 힘들다. 그만하고 싶다. 정말로……. 5시에 가서 10시 40분이 말이 되나. 저녁도 안 먹고 11시까지…….

10월 18일(토)

힘든 한 주가 끝나면 즐거운 주말이 있기 마련이다. 그리고 또 이번 주는 의미가 있는 날이기도 하다. 내가 학원을 끊는다는 거다! 이번 주말은 덕분에 학원 숙제 없이 편안하게 즐길 수 있는 것 같아서 너무 기쁘다. 하지만 좋은 일만 있을 리가 없는 법. 방심하지 말고 하루하루 열심히 생활해야겠다.

10월 19일(일)

오늘은 행복하게 맞는 아침이다. 아침 햇살은 없지만 내 마음만은 들떠서 햇살만큼 밝다…….

11월 28일(금)

어제 참 힘든 하루였다. 그렇기 때문에 '오늘은 뭐 기쁜 날이 오겠지'라고 생각했는데……. 별 다른 일이 없었던 거 같다. 아! 맞다. 아빠가 잃어버린 내 기술가정 책을 사 오셔서 정말 감사하다. 그리고 또 뭐 좋은 일이라고 하기는 뭐 하지만 그 어렵던 과학 해수단원을 겨우 겨우 조금 이해하는 데 성공했다.ㅋ ㅋ. 뭔가 모르게 엄청 뿌듯하다. 시험 때까지 열공 go go

11월 30일(일)

내가 진짜 태어나서 오늘같이 공부 열심히 한 날은 없을 것이다. 장하다, 기석이. 일어나서 밥 먹고 주머니 속의 고래 목표 200쪽 달성하고 혼자 공부 좀 하다 아빠와 수학 이어서 영어까지 그리고 저녁 먹고 또 국어! 진짜 보람차다. 근데 솔직히 국어를 집중하지 못하여서 끝내지는 못하였다. 하지만 진짜 오늘 하루 후회 없이 잘 지낸 거 같다.

12월 16일(화)

오랜만에 생활 노트를 쓴다!! 모두가 알겠지만 난 2학기 기말고사가 끝난 중학생이다. 그 뜻은 바로 힘들 게 없다는 것이다!!! 하하. 근데 암울한 것은 오늘부터 공부 시작!!이다 ㅎㅎ 이제 뭐 2학년이니까 더 열심히 공부해야 하는 건 당연하다. 2학년 때도 이 성적 유지하면서 쭉 앞으로 뻗어나가는 기석이가 되고 싶다. 파이팅 이기석!! 엄마도 파이팅! 아빠도 파이팅! 형도 파이팅! 우리 가족 모두 파이팅!

12월 19일(금)

아 요즘 막 애들이 학원 다니면서 중2 것들을 배운다고 하니까 막 뭐랄까 위기감이 생긴다. 그래서 학교에서 계속 생각해본 결과 꼭 무조건 학원을 안 다니고도 선행을 할 수 있는 걸 깨달았다! 바로 인강이다. 정말 이번 방학은 인강 듣고 싶다. 월, 수, 금 인강 듣고 화, 목을 아빠 영어 수업을 받는 것이다. 어쨌든 이번 방학 놓치고 싶지 않다.

12월 22일(월)

……내일 공정택이 추진하는 일제고사를 보는데 정말 더러워서 보기 싫지만 의무적으로 봐야 되기 때문에 어쩔 수 없이 본다. 난 아빠의 피를 물려받아 정의로운 피가 넘친다. 일제고사를 완전히 안 볼 수는 없지만 간접적으로 조금 조금씩 저항할 것이다…….

12월 23일(화)

오늘 일제고사를 봤다. 난 그냥 차분히 봤다. 생각보다는 쉬웠지만 실수를 하는 등. 하지만 난 신경 안 쓴다. 그리고 PD수첩을 봤는데 해고당한 초등학교 교사들이 나오는데 정말 어이없어서 욕만 나온다. 아 선생님과 아이들이 엉엉 우는 장면이 나오는데 가슴이 울컥했다…….

후기 : 둘째가 사전에 동의를 구하지 않고 그의 글을 게재한 것에 강력히 항의했다. 그의 책상에서 글을 쓰다 생활 노트를 발견했던 것이다. 내 노트북 비밀번호를 알려줘야 했고, 그의 검열 하에 몇 줄 삭제해야 했다.

2009년 1월 1일

촌지(寸志)를 받다

포항공대에서 공부와 술에 찌든 채 갇혀 지내던 반장 Y가 귀경하여 반창회를 알려왔었다. 새해의 둘째 날이었구나. 돈의 무서움을 아는 아이들이라 연신내의 고깃집을 포기하고 일인당 9천 원의 고기뷔페로 장소를 급변경했단다.

1년 동안 못 보다 다시 보았더니 다들 예쁘고 멋있어졌다. 반가이 선생님을 보고 웃어주니 기쁘다. 낙지랑 조개를 냄비에 넣고 고추장 풀어 끓여내니 국물이 시원하다.

재수했던 HK가 그러나 밝게 웃으며 말한다. "열심히 한다고 수능 점수가 올라가는 게 아니더라구요."

군입대 사흘 남겨둔 SD는 학교 다닐 땐 내게 냉담한 듯했는데 뜬금없이 "선생님 수업 열심히 들으면 영어 성적 올라가잖아요." 말한다.

학교에서처럼 여전히 착하게 웃는 L은 '福' 자를 한가득 메시지로 제일 먼저 보내왔었다.

SD보다 보름 정도 늦게 군대 가는, 겉만 보면 완전 조폭 K는 1학기보다 2학기 성적이 더 좋았다고 제대하고 나면 공부를 더 해볼 생각이란다.

어울리지 않게 조폭 K를 괴롭히는 여린 몸매의 예쁜 SJ는 1학기 마치고 휴학했다고, 약간 취해서 "선생님 저는요, 제가 정말 하고 싶은 일을 찾고 있어요."

매일 지각을 해서 주번을 한 달도 넘게 했던 I는 수도권의 신학과에 진학했었는데 전과를 하겠다며 사귄다는 누나의 사진을 휴대폰으로 보여준다.

1분도 쉬지 않고 공부했던 J는 카레 집에서 또 열심히 알바 하다 가장 늦게 도착했다.

"헤어졌다며?" 우리 동네 시립대여서 나는 J의 CC와 술 한잔 하기로 했었는데…….

역시 재수를 한 HJ 놈은 수능 성적 나오고 나서 고3 담임인 내겐 안 왔지만 평소 사모한 여선생한테는 들렀다는 사실도 확인되었다.

1차 고기뷔페 계산은 술값까지 12만 2천 원을 계산했더니 지들이 걷어놓은 회비 있다고 만 원짜릴 마구 들이대며 안 된단다. 2차 맥주 집과 노래방 가려면 돈 부족할 거다 넣어둬라 말해놓고 밤거리를 걸었다.

세 남동생들 밥 해주며 학교 다니면서도, 제법 수도권의 국립대학에 들어간 C에게 동생을 물었더니 "고3 축구하는 동생은 고대로 진학이 결정되었어요." …… 잘 되었구나.

3천 원짜리 피처로 여럿이 나눠 마시는 맥주는 참 시원타.

"얘들아, 선생님께 주목~ 종례하자. 너희들은 더 먹고 더 놀다 가거라. 선생님은…….."

일어서서 아이들을 보면 문득 뭉클해진다.

"한동안 못 볼 거다. 오늘 헤어지면 군대도 가고, 갔다오면 사랑도 하고 취업 공부에 매달려야 하고, 자리 잡으면 장가도 가서 애도 낳게 되고.

아이들아, 사십이 되어서야 정신이 든단다. 당장의 세상의 상황이 너희 젊은이들에게 너무 불리하고 안 좋아서 담임으로서 너희들을 험한 세상에 내놓는 것에 걱정이 앞서는구나. 그러나 선생님은 너희들을 믿는단다.

열심히 생활하여 끝내 훌륭하게 성장하여 제 길 터가고 제 땅에서 제 몫을 해내리라 굳게 믿는다."

열두엇 아이들 모두 일어나서 "파이팅!"을 외치며 맥주잔 두툼한 것을 부딪쳤다. 따라 나오겠다는 아이들을 눌러두고 밤거리를 걷는데 등이 서늘하다. 반장 Y가 쫓아와서 지들이 쓴 편지라며 노란 봉투를 건넨다.

안녕, 소년들아! 이제 청년으로 자라야지.

지하철역 근처 선술집에서 L 선생을 기다린다. 아이들을 가장 사랑하는 내가 존경하는 좋은 선생님인데 반을 못 맡은 지 몇 년 째다.

나는 온건한 전교조고, 그는 강경한 전교조로 인식이 되어서 이사장보다 아래인 교장 선에선 담임을 줄 수가 없다는 것이 대한민국의 교원 인사다.

그를 기다리며 편지를 읽으려고 봉투를 여니 정말로 감사드린다며 저희들 성의를 꼭 받아주시길 바란다고 써 있다. 작은 봉투가 하나 더 있다. 열어보니 만 원짜리 7개가 들어 있다.

정초부터 제자들의 촌지를 받았으니 운수 대통인 한 해이리라.

2009년 1월 2일 밤

도대체 우리 선생님이
무엇을 잘못했나요

19년 선생으로 살면서 우리 교육 잘못된 것 몸으로 겪으면서 그래도 선생으로 살았던 이유는 아이들 때문이었습니다. 제가 있는 학교에선 한 때 3, 4년 동안씩이나 수업을 못 하게 했던 적도 있었답니다. 수업을 하면 큰 죄여서 수업을 감행했던 시간 내내 제가 수업하던 교실 문 뒤에 이사장님이 서 있었고 수업 후 교장실에 모든 간부 선생님들이 불려가 앉아 있었답니다. 그래도 참 좋았던 것은 당신이 수업을 했냐고 묻기만 했었다는 것이지요. 교장이 한 해에 네 명씩이나 바뀌던 시절이었습니다.

개별질문학습이라는 이름의 수업 모델을 교사들에게 강요했지만 독어를, 일어를 고등학교에 와서 처음 배우는 아이들에게 질문만을 받아서는 수업이 불가능했으므로, 선생님들은 교실 문을 잠그고 수업을 했으므로 수업하는 교사들을 감시하기 위해 교실 문에 구멍이 뚫리기도 했고 아예 칠판을 없애겠다는 소리도 들렸지요. 그런 수업을 강요한 까닭은 공부 잘하는 몇 명에게 집중적으로 질문할 기회를 주겠다는 것이었습니다.

저는 술 먹고 이사장님과 독대하여 강의하지 않고 질문만 받는 수업으로는 사람과 인생에 대해 가르칠 수 없다고 아이들은 대학입시와 관련이 없는 질문은 할 수 없다고 항변했답니다. 학교는 입시학원이 아니라고 학교에선 더불어 사는 삶을 민주사회를 향한 꿈을 키워주어야 한다고 말했습니다.

경기고등학교 나와 서울공대를 졸업한 이사장님은 검정고시 치른 제게 누가 가르쳐주어서 명문대학 들어갈 수 있었냐고 스스로 공부하지 않았냐고 물었지만 저는 머리 좋은 아이들 말고 다수의 보통 아이들 돌봐주는 것이 선생님들의 책무라고 말했습니다.

그 면담 이후에 핵심을 제시할 10분에서 15분을 허락 받아서 쉬는 시간 10분이라도 더 활용하려고 제 수업 시간은 앞 시간이 끝나면 곧바로 쉬는 시간에 수업이 시작되었지요. 그런 식으로 10분 벌어 25분에서 30분 수업을 하고 아이들은 나머지 시간엔 궤도에 적어간 내용을 필기했답니다.

새로 바뀐 교장 선생님께서는 꼼수를 써서 할 수업을 다 하는 제게 화가 나 필기용 궤도를 집어던지기도 했고 수업권을 주장하는 제게 빨갱이냐고 묻기도 하셨습니다.

그렇게 저는 아이들을 가르칠 수 있었습니다. 참으로 다행히도 이사장님은 제게서 아이들을 빼앗지 않으셨습니다.

술자리에선 며칠 전에 화를 냈던 교장 선생님께서 제 목을 껴안으며 자신의 젊은 날의 모습을 제게서 본다고 노래하자고 말씀도 하셨고 용케도 우여곡절의 시간들을 견뎌 저는 올해 쉰둘의 교사로 살아남았답니다.

물론 비리에도 적당한 선에서 타협했고 시위에 적극적이지는 않았던 대가로 아이들만은 빼앗기지 않았고 학교를 떠나지 않을 수 있었지요. 저는 나쁜 선생으로 지옥에 떨어지더라도 어떻게든 제 아이들과 학교에서 교실에 남아 아이들을 가르치고 싶었답니다. 아이들은 하늘이고 교사로서의 제 생명이었답니다.

치사한 얘기지만 참교육도 대의도 교사로서의 양심도 제겐 아이들과 바꿀 수는 없는 것이었습니다. 그래서 저는 선생님들에게서 아이들을 빼앗는 죄악을 저지르는 요즘 세상이 무섭습니다.

학업성취도 평가를 이유로 아이들 줄 세우는 시험 문제 푸는 것을 최우선으로 무조건 강요해서는 안 된다고 젊고 바른 선생님들이 일제고사가 아니라 선택할 수 있는 시험이 가능하다고 안내한 것이 아이들과 교실을 교사에게서 빼앗아가는 현실은 어처구니라고 죄악이라고 지적합니다.

지금의 일제고사가 학업성취도를 평가하여 뒤처진 아이들을 돌봐주려는 착한 마음에서 우러나온 것이 아니라는 것을 양심 있는 사람들은 다들 압니다.

교육감님은 초등학교 때부터 경쟁을 가르쳐야 한다고 말씀하시지만 사랑으로 비롯되지 않고 경쟁을 목적으로 시작한 공부는 결코 아이들 심성과 결국은 세상을 그르치고야 맙니다.

경쟁은 불가피하게 소수의 승리자와 다수의 패배자를 낳습니다. 아이들이 어릴 때부터 등수라는 예리한 칼날에 벤 아픈 상처를 안고 밤늦게까지 학원에서 시달리며 웃음을 잃어가는 삭막한 세상을 봅니다. 초등학교부터 시작하여 고3 때까지 12년의 고행을 이겨내는 아이들이 있다고들 합니다.

올해 겨울방학부터는 상당수의 고등학교에 겨울방학이 없습니다. 일선에선 교육청서 방학보충을 권장한다고 말합니다. 학교에서도 토, 일요일만 빼고 하루 6시간씩 겨울방학 보충수업을 합니다. 다니던 학원에도 나가야겠지요.

그렇게 십수 년을 고생하고서도 1, 2등급 받을 수 없는 90퍼센트는 허망합니다. 무수한 청춘들이 실패와 좌절로 일그러진 열패감을 안고 고등학교를 떠납니다. 그들이 성적에 떠밀려 들어간 대학은 나와 봐야 취직도 안 된다는데 그들의 가슴속에 무거운 돌덩이처럼 학원비 때문에 퇴근 후에도 대리운전 부업하는 아빠와 마트에서 식당에서 심하게는 노래방서 알바 하는 엄마들이 있습니다. 그래서 끝내 행복과 구원에 가 닿을 수 없는 비극을 이제 거부해야 합니다.

제 힘으로만 모질게 혼자 사는 수월성을 부추기기보다 친구들과 더불어 도와가며 즐겁게 사랑하며 무럭무럭 자라나는 창의적이고 유연한 푸른 나무들을 꿈꾸지 않을 수 없습니다.

지금의 각박하고 찬바람 쌩쌩 살벌하게 부는 험한 경쟁의 세상을 넘어서 아름다운 마음을 가진 사람들이 함께 오손도손 살아가는 고운 세상을 열어나가기 위해 지금의 경쟁교육 말고 착하고 밝은 교육이 가능하다고 믿는 선생님이 "도대체 우리 선생님이 무슨 잘못을 했나요" 묻는 질문에 저처럼 19년을 온갖 수모를 겪으면서 오로지 아이들만은 지키겠다는 핑계 하나만으로 학교에 버텨 남아 아예 꿈꾸지조차 않는 화석으로 굳어버린 교사는 부끄럽고 막막하기만 합니다.

서울시 교육청 앞 땅바닥에 몇 시간 앉아 있었더니 겨울 한기가 차데요. 파면, 해직 당한 교사들에 더하여 나도 똑같이 했으니 벌해달라고 나서는 선생님들을 보면서 줄 서 가시밭길을 감당하겠다고 갈등하며 결단을 벼르는 양심 있고 용기 있는 선생님들을 마주해보니 죄송한 마음밖에 없습디다.

20년 세월을 견뎌 우리 집 아이들이 사리분별 할 만큼 커버린 요즈음 아빠는 저분들처럼 용감하고 뚜렷한 소신이 없어 거리에서 수업하지 않고 살아남았다고 고백했습니다. 아빠는 부끄러운 교사였다고 담담하게 말했는데 부끄럽게도 아이들이 저를 용서합니다.

허물투성이의 저를 인간적이어서 존경한다는 후배 선생님이 이번 일에 대해 선생님이 시 한 편 써서 힘 보태주시라고 권한 숙제가 저를 붙잡고 놓지 않아서 도저히 시로는 쓸 수 있는 재주가 없어서 피하다 미루다 딱 생맥주 두 조끼 먹고 숨어서 이제야 글을 씁니다.

"도대체 우리 선생님이 무엇을 잘못했나요." 아이들이 묻는다면 "너희들을 사랑한 것이 잘못이란다"라고 밖에 말할 수 없습니다.

사랑이 죄인가요.

2009년 1월 13일

겨울방학이 없다,
봄은 있는가

따뜻해졌다지만 구름 덮인 흐린 겨울날은 우울하다. 2009년 대한민국의 고등학교엔 겨울방학은 없었지만 개학식은 있다. 매일 공부해놓고서 새삼스레 개학식이란다. 개학의 느낌이 아이들에겐 전혀 없다. 겨울 내내 학교에 나와 고2는 하루 4시간, 고3은 하루 6시간 혹한기 보충수업을 했다.

12월 말부터 아이들은 두 달 선행하여 한 학년을 올라간다. 정체를 알수 없는 새 담임에게 보충수업 안 하겠다고 버티긴 힘든 일이다. 이미 종업식 이후의 2월 봄맞이 보충수업도 예정되어 있다. 종업식 하고서 그대로 수업을 시작한다. 수업을 시작하면서 종업식이란다.

작년까지는 그나마 연초에 일주일에서 열흘 정도의 온전한 방학이 있었지만, 올해는 3월까지 단 하루의 여유도 없다. "선생님들은 방학이 있어서 좋으시겠어요"는 세상 물정 몰라서 하시는 말씀이다.

공교육까지 이 지경이니 사교육인 학원 수업을 더하면 아이들은 하루 종일 공부만 해야 한다. 학교 보충이야 무단결석도 하지만, 학원은 하루만 빠져도 일주일을 보충에 시달려야 할 정도로 빡쎄다.

요즘은 학교에선 체벌하지 않는다. 아이들이 주로 학원에서 매를 맞는다. 그렇게 중1 때부터 시작하여 6년 동안 공부하여 대학입학시험을 준비한다. 그렇게 공부한 아이들에게 다음과 같은 현실은 잔혹하지 않은가.

아래의 표를 보면 외고 아닌 일반고 아이들이 연, 고대를 가는 것은 하늘의 별따기이다. 그래서 아이들은 차라리 서울대에 간다.

서울대를 못 가는 아이들은?

봄이 없다.

고려대 수시2-2 1단계 외고 합격자 비율

학교명	지원자	합격자	합격률
대원외고	212명	190명	89.6%
안양외고	283명	251명	88.7%
한국외대 부속외고	175명	148명	84.6%
이화여외고	133명	98명	73.7%
한영외고	252명	176명	69.8%

자료 : 권영길 민주노동당 의원실

고려대 수시 2-2는 제목 자체가 수시 학생부 전형으로 그나마 일반 학교 학생들에게 유리하다는 고등학교 내신을 중심으로 선발하는 유일한 전형.

　서태열 고려대 입학처장은 지난해 9월 한 일간지와의 인터뷰에서 "학생부 성적을 90퍼센트나 반영해 1차 통과자를 가리는 단계별 전형은 특목고 학생에게 불리할 수 있다"며 "그동안 특목고 출신이 강세를 보였던 입학 구도에 변화가 있을 것"이라고 말했었다.

　그러나 고려대는 이런 공언과 달리 일반고는 내신 1~2등급을 받은 상당수는 탈락시키고 외고 학생들은 7~8등급까지 합격시키고 "일부 외고의 상황일 뿐 모든 외고에서 1단계 합격자를 많이 배출한 것은 아니다"라고 해명했다.

　그러나 전국 26곳의 외고에서 4295명이 고려대를 지원 이 중 58.4퍼센트인 2508명이 합격.(ex. 대원외고 3학년 전체 443명 중에 212명이 지원 190명 합격.) 고려대는 "전형요강에 따라 공정하게 선발했다"는 말만 되풀이한다.

2009년 2월 2일

기간제 선생님들,
전교조 선생님들
슬픈 노래 3

　H 선생님은 3년 동안을 고등학교에서, 지난 1년간은 중학교에서 지내다 학교를 떠났다. 4년씩이나 비정규직인 기간제 교사로 같이 지냈기에 다들 올 봄에는 좋은 소식이 있기를 기다렸었다. 그런데 정규는커녕 재계약도 할 수 없어 학교를 떠났다.

　4년의 세월 동안 들인 정(情)과 수고는 무엇인가. 그가 살아온 짧지 않은 세월을 알기에 '필기시험 점수가 낮아서'라는 학교 측의 전언은 냉혹했다. 물론 3년을 기간제로 지내다 학교를 떠난 분들도 많이 있었다. 5년을 기간제로 지내다(중간에 6개월을 강사로 하여 법에 저촉되지 않도록 편법을 사용) 결국 정규교사로 임용된 분도 있다.

　내 앞에서 코가 빨개져 울던 기간제 여선생님의 눈물을 기억한다. 사립학교에서 기간제 교사는 말없이 시키는 일을 무척 열심히 하면서도 눈치를 보며 살아야 하는 존재다. 보장된 장래가 없으므로 불안한 시한부 선생님에게서 여유롭고 소신 있는 교육을 기대할 수 없다.

내 친구였던 모 부장 교사가 기간제 교사들을 집합시켰단다. 우리 학교의 경우 많을 때는 20명이 넘는 교사가 기간제인 적도 있었다. 적어도 10여 명은 되는 기간제 교사들이 모인 곳에서 그는 재계약을 할 때 전교조 교사와의 친밀도를 고려하겠다고 말하였다는 것이다. 언제인가부터 아직 피어보지도 못한 젊은 선생님들에게 차마 누가 될까 봐 몰래라도 같이 자리를 만들지 못한다.

술과 사람을 좋아하는 나는 젊은 선생님이 학교에 들어오면 당연히 데려가서 술을 사주곤 했었다. 돌이켜보니 젊은 선생님들과 과나 학년 회식 말고 한두 명이 모이는 개인적으로 무척 친밀한 술자리를 가진 것이 3, 4년은 된 듯하다.

결코 나이 탓은 아니다. 이유는 정확히 내가 전국교직원노동조합에 몸담고 있는 교사이기 때문이다. 나 같은 중년 교사와 청년 선생님들이 더불어 담소를 나누지 못하는 현실의 학교가 슬프다. 기간제로 몇 년 눈치 보다 학교의 신임을 얻어 정규교사가 되면서 순수했던 청년은 노회한 직장인으로 틀이 굳어버린다.

학교에 들어와 처음 1, 2년 동안에 술이라도 한잔 하면서 마음 한 조각 주고받은 적이 없는 선후배간에 정이 생길 수가 있겠는가.

이제는 정규가 된 선생님들에게 기간제였던 당신에게 혹시 누라도 끼칠까 봐 조심했었다고 말할 수 있을 때가 되면 이미 늦었다. 기간제의 딱지를 떼고 나면 거의 예외 없이 선생님들은 마음을 닫아버린다. 그가 생각하기에 그 혼자 애써서 살아남은 것이다. 뽑아준 교장이나 이사장이 고마울 뿐이다.

몰래 마음만을 나누었던 몇 분의 냄새도 사립학교에선 예리하게 가려

낸다. 모교였던 고등학교에 정규가 확정돼서 담임까지 배정되었던 선생님이 돌연 임용이 취소된다. 그의 은사님이 이유를 따져 물었더니 그가 우리 학교에서 전교조 선생님들과 친밀했다는 소식이 들려와서 임용이 취소됐다고 답변했단다.

은퇴하신 소설가 M 선생님조차 퇴임교사들의 모임에서 나이 든 놈이 전교조 교사였다는 이유로 손찌검을 당하셨다.

가끔 나병환자처럼 외진 데서 젊은 교사들을 본다. 2월인데 아직 다른 학교를 찾지 못한 H 선생님께 죄송하다. 4년 동안 잘 지내다 갑자기 필기고사를 못 봐서 학교를 떠나게 된 H 선생님.

하나님은 아실 것이다. 마음이 아파 내가 한 일이란 구차하게 살기 싫어 학교를 떠나버린 A 선생님과 역시 나처럼 무엇도 해줄 일이 없는 L, S 선생님과 같이 모여 꼭 잘될 것이라고 결코 굴하지 말라고 소주 사준 것밖에 없다.

PS : 1992년 5월과 6월의 글 그리고 2008년의 글을 슬픈 노래 1, 2, 3 으로 이어 올렸다.

17년 전에 나는 썼었다.

"……선생님들의 슬픈 노래가 오래도록 이어질 것이고 사람만이 바뀔 뿐이다. 그렇게 흐르리라. 슬픈 노래."

그리고 17년이 지났다.

슬픈 노래는 부르기 싫었다.

2009년 2월 5일

선생으로 사는 길

아이들의 좋은 생활 노트 1
○○○○년 3학년 ○반

Y의 생활 노트

3월 15일

이윤찬 선생님께서 권해주신 『한국근대사』, 『한국현대사』 중에 『한국현대사』 를 샀다. 사실 근대사가 더 읽고 싶었지만, 다 팔리고 없어서 할 수 없이 현 대사를 샀다. 아쉽긴 하지만 현대사에는 박정희 시대의 경제 개발 이야기가 나오니까 위안이 된다. 우리나라 역사를 바로 알아야 하겠다. 쓸데없는 지식 만 가지고 있는 헛똑똑이는 되지 말아야겠다.

J의 생활 노트

3월 18일

채점을 해봤다. 언어가 가장 아까웠다. 70을 넘을 수 있었는데 역시 답을 고치는 게 아니었다. 외국어는 더욱 정진해야겠다는 생각뿐이다.

3월 20일

오늘은 EBS를 두 과목 들었는데 학교에서 하는 외국어와 사탐을 들었다. 두번 들어보니 수업의 요지가 무엇인지 더 잘 이해가 되었다.

S의 생활 노트

3월 18일

– 모의고사라고 생각하지 말고 공부하는 거라고 생각하자.

– 수능 본다 하더라도 지금 당장의 결과에 연연할 필요없다.

– 국어: 문제를 바라보는 시선이 달라진 듯. 전망 밝음/ 분석이 더 잘 되는 듯.

– 수학: 풀 수 있는 것은 다 풀었다. 뿌듯한 느낌. 독서를 많이 한 것이 도움이

되었다고 생각한다. 역시 "책 읽기–글쓰기–생각하기"는 배움의 좋은 길이다.

– 영어: 시간 조절 실패. 생각보다 많이 남는다. 거의 딱 맞추는게 좋은데…….

– 사탐: 근현대사는 한 번 훑었지만(보충 때) 대충했기에 좀 못 봤다.

3월 19일

나는 책 읽기를 좋아한다. 고3 되면서 확실하게 자각했다. 이전의 독서가 좁은 범위로서 내 내면세계를 계속 닦아나가는 일이었다면 요즘의 나의 독서는 비문학 장르—수필 같은 글이나 기행문 부류의—를 벗어나서 소설도 접하고 다른 장르의 책들도 문제의식을 가지고 읽으려 한다.

만 17년 7개월 동안 나는 어렸다. 어린아이였다. 조금 안다고 여러 사회문제에 대해 떠들었으며 잘난 척한 것 같다. 지금은 고작 3개월이 더 지났을 뿐이지만 이전의 치기를 부끄러워하고 나의 부족함을 느끼며 배우고자 준비한다. 한 가지 아쉬운 것은 이제 나는 눈을 떴는데, 당장 원하는 분야의 공부를 하고 싶은데 몇 개월 미뤄야 한다는 점이다. 하지만 불만을 갖는다고 해결되는 것은 아니다. 그 수개월 동안 그저 불평만 함으로써 낭비할 수는 없지 않겠는가? 노력하자. 그러나 옳지 못한 것들과 타협하지 말자. 그러면 세 번째 개똥은 내 몫이니…….

3월 21일

학교 끝나고 와서 잠이 들어버렸다. 자꾸 눈이 스르르 감겼는데 참다가 잠이 들어버렸다. 독서실 와서도 좀 졸았다. 그래도 내일 컨디션을 위해서 자던 시간에 잠을 청했다. 시간 아깝다고 오버하면 내일 지장이 있을 것 같아서다. 그래도 요새는 학교에서 안 졸고 잘 참는다. 8개월만 잠 부족하더라도 좀 참고 내년에 푹 자자.

3월 22일

점심시간에 어머니한테서 힘내라고 문자가 왔다. 갑자기 눈물이 핑 돌더라……. 어머니가 날 너무 많이 걱정하시는 데 반해 내가 너무 모자란 것 같아 죄송스럽다. 어머니께 실망시켜 드리지 않게 멋진 아들의 모습을 보여주자.

L의 생활 노트

3월 22일

2주일 전 자신에게 너무 화가 나 쓰던 생활 노트를 갈기갈기 찢어버리곤 쓰지 않겠다고, 쓸 필요 없다고 나쁜 마음(?)을 먹고 멋진 척 날 합리화시켰었는데……. 느슨해지고 해이해진 날 보면서 이래선 안 되겠다 다짐하고서 새 생활 노트를 쓰게 되었다. 전에 쓸 때, 어쩌면 선생님께 보이기 위한 마음으로 대해서 귀찮게 느껴졌던 것 같다. 나의 생활을 꼼꼼히 체크하고 돌아볼 수 있는 나를 위한 노트로 만들어가야겠다.

Y의 생활 노트

3월 20일

아침에 9시까지 독서실에 가려고 했는데 생각대로 되지 않았다. 11시에 나가서 독서실에 가는데, 날씨가 너무 좋았다. 정말 이제는 봄이구나! 싶었다. 기분 좋은 햇살 받으면서 하루를 시작해서 너무 좋았다. 아 좋다!

T의 생활 노트

3월 21일

30일 치르는 전국모의고사가 9일밖에 남지 않았다. 이번에 시험 치르고, 6월,

9월 계속 올려 나갈 수 있을까? 아…… 1학년 때 내신 관리를 안 해둔 것이 너무 후회된다. 수시로 편하게 가면 좋으련만, 모의고사 공부 방식에 대한 내 확신도, 점수도 걱정부터 된다. 열심히 해야 한다고 다짐하기는 하지만…….

3월 22일

선생님께서 뽑아주신 생활기록부를 보면서 많은 생각을 했다. 1학년 성적이 좋지 않으니 우선 1학년 비율이 적은 대학을 고르고, 논술에 비중을 둔다. 3학년 1학기 내신을 잘 받고 동시에 수능공부도 하여 수시에 올인……?! 우선은 모의성적을 꾸준히 올려나가야겠다.[면접은 어떻게 준비하는 걸까?(요)] 정말 야자가 하고 싶다. 저번에 선생님께 말씀드렸었는데 잊으셨나 보다. 야자 하는 친구에게 물어보면 우리 반에도 빠지는 애들이 많다던데.

선생님, 야자 시켜주세요.

B의 생활 노트

3월 21일

요즘 잠 때문에 걱정이 너무 많이 된다. 선생님들께서 12시에는 자야 한다고 하는데 이놈의 욕심 때문인지 12시에 자면 안 될 것만 같은 느낌이 든다. 그래서 항상 1시~2시 정도에 자면 꼭 학교에서 졸고 어떻게 하는 게 맞는지 모르겠다. (선생님 왈) 선생님들의 말씀이 맞아. 평일 한 시간 잠 줄이려 말고 주말에 시간 확보 더!

C의 생활 노트

3월 23일 : 모의고사=번지점프?

뉴질랜드의 번지점프 시설 중에는 100미터 높이의 번지점프대가 있다. 그런 번지점프를 무작정 뛸 수는 없을 것이다. 준비가 덜 되어 있고, 불안감에 그럴 것이다. 하지만 할 수 있다는 자신감이 있으면 뛰고 난 후의 성취감은 이루 말할 수 없을 것이다. 모의고사도 그러한 듯하다. 처음에는 모의고사에 대한 대비가 없어서 무작정 뛰어들어 좌절(OTL)과 '과연 내가 대학에 갈 수 있을까?'라는 불안감이 생긴다. but 철저한 대비와 '나는 갈 수 있다!'라는 자신감으로 수능에 임하면 좋은 대학에 가는 성취감을 경험할 것이다. 3월 18일에 본 모의고사와 11월 23일의 수능. 번지점프를 뛰자는 생각으로 앞으로의 시험을 대비해보자.

D의 생활 노트

3월 23일

아직도 야자를 하고 나면 힘이 든다. 집에 오면 긴장이 풀려서 그런지 더 피곤하다. 이렇게 우울한 나에게 언제나 힘이 되는 건 우리 강아지 미미다. 매일 보지만 매일 반기는 우리 미미……. 그 순간 잠깐이지만 많은 힘을 얻는다. 몇 분 후 엄마가 들어오시는데 엄마 앞에서 어리광도 부려보고 아빠에겐 이것저것 내 푸념을 털어놓는다. 그리고 누나는 언제나 내 장난을 받아준다. 정말 사소한 거지만 가족이 있어서 나는 정말 행복하고 하나님께 감사드린다. 이렇게 힘이 되는 가족을 위해서 열심히 해야겠다는 생각이 든다.

선생님, 저 1, 2학년 성적 좀 뽑아주세요~.

E의 생활 노트

3월 21일

오늘 아침에 일어났는데 허리가 많이 당겨서 걱정했다. 그런 걱정으로 학교 갈 준비를 하는데 아버지가 허리를 풀어주신다고 해주셔서 정말로 감사했다.

아마 우리 아버지가 정말 최고의 아버지일 것이다. 오늘은 영어듣기 4개 틀렸다. 이번에도 들었는데 너무 아쉽다. 더 열심히 해서 만점을 받아야겠다. 학교를 마친 후 도서실에 와서 어제 못한 사탐과 수학을 정리했다. 수학은 내가 조금만 노력했어도 될 문제들이 많았다. 아예 몰랐던 것들은 친구 아무개가 자세히 가르쳐줘서 수학에 자신감이 붙었고 하면 되는구나 하는 생각이 들었다. 사탐은 근현대사랑 사회문화만 일단 정리를 마쳤는데 내가 집중해서(졸면서 풀었음→하기 싫어서) 풀고 한번만 다시 풀어봤으면(10분 만에 다 풀고 바로 다음으로 넘어갔음) 다 맞을 문제였는데……. 뭐 놓친 고기 후회해도 소용없다. 이제 수능이라는 고기만 잡으면 되니까 연습만 하면 된다! vision과 passion을 가지고 나아가자!!

생활 노트 활용의
사례별 글 모음 1(학습-수학)

J의 생활 노트

1월 18일(수)

오늘 참 살기가 싫다는 생각이 많이 들었다. 수학만 오로지 1년이 넘도록 쭉

했는데 실력의 진전이 단 1퍼센트도 보이지 않는다. 벌써 몇 번을 반복한 확

률, 통계 부분 문제집을 오늘 풀었다. 학교 보충문제집을 풀었는데 웬걸, 제대

로 풀리지가 않는다. 돌아버리는 줄 알았다. 확률은 몇 번을 반복한 부분이고

2학년 2학기 중간고사에서 기말고사 사이에 문제집이란 문제집과 어려운 문

제, 수능문제 등을 죄다 풀어서 자신 있게 마스터 했다고 말할 수 있는 부분이

었다. 몇 주 전에도 또다시 복습했었는데. 정말 내 머리는 나빠도 보통 나쁜 게

아니다. 밑 빠진 독에 물 붓기가 딱 그 짝이다. 2학년 내내 수1만 수십 번 반복

했는데 난 정말 이럴 때마다 미칠 것 같다. 머리 좋은 애들이 너무 부럽다. 이 것 때문에 오늘 하루를 다 망쳤다. 공부가 너무 안됐고 하기가 싫었다. 수능 전 까지도 실력이 이럴까 봐 벌써부터 걱정이고 내 자신이 너무 한심했다.

▶ 사실 선생님도 수학 때문에 참 오래 방황했었단다. 그런데 어느 날 갑자 기 그런 생각든 거야. 쉬운 거라도 풀 수 있는 정도로 만족하자. 틀릴 문제 는 틀려버리자 생각하고 올인보다 기본만 하자고 생각하니까 편해지더라 고……. 오히려 다른 과목에 시간 더 들이니 전체적으로 좋은 점수 나오더 라. 머리 좋은 것보다 스스로 한계를 인정하고 더 열심히 해버리는 아이가 결국 더 나은 성취를 이룬단다.

1월 19일(목)

○○이가 탁구 잘 친다고 나대서 내가 오늘 아주 탁구로 밟아줬다. ○○ 오거 리에 탁구장이 있다고 해서 야자 끝나고 갔다가 문을 닫아서 탁구장을 찾아 ○○ 오거리를 방황하다가 결국 우리 아파트 탁구장에서 치게 되었다. 내가 너무 크게 이겨서 재미가 없었다.

▶ 탁구 재밌지? 스트레스 풀리는 좋은 운동.

오늘 야자시간엔 전에 풀었던 확률, 통계 문제를 다시 풀었다. 틀린 건 또 틀리 고 맞은 것 중에서도 몇 개 틀렸다. 야자 시간 내내 난 너무 한심하다고 생각했다. 집중이 안 됐다……. 결국 어떻게 공부할 것인가에 대해 생각했다. 당분간은 수학에 올인하지 않고 국어, 영어를 병행하기로 했다. 아, 너무 한심하다. 실력이 떨어지는 나도 한심하고 1년 전 이맘때 겨울에 수학 과외해서 진도를 다 끝냈는데도 불구하고 이 모양인 것도 한심하고 그 이후로 여태까지 하루에 3시간씩 수학 문제만 했던 것도 한심하고 어제 오늘 이 생각 때문에 공부 양이 급속히 준 것도 한심하고 지금 이렇게 후회하는 것도 너무 한심 그 자체다.

▶ 스스로를 과하게 자책하는 것은 썩 좋지는 않아. 물론 스스로를 직시하여 반성하는 자체는 좋아. but 그 반성이 오히려 자신감 상실로 이어져서는 곤란해. 오히려 분발각성의 기회로 삼아야지.―J는 생각할 줄 아는 좋은 자질의 소유자야. 자신감 갖자.―투지도!

3월 9일(목)

3월 모의고사를 보고 후회하고 절망한다고들 했다. 난 안 그럴 줄 알았다. 벼르고 별렀던 그 모의고사. 집에 와서 보니 난 모의고사 볼 때 늘 뭐가 눈에 씐 거 같다는 생각을 한다. 그 노력했던 수학 정말 한심하다. 왜 시험 때는 기본적인 공식에 헷갈려서 이렇게 날 망가뜨려놓을까. 그런 게 한두 가지가 아니다. 1+1=2 이게 맞는지 헷갈릴 정도다. IQ가 한 50은 떨어지고 시험 보는 거 같다. 그리고 어마어마한 계산 미스도. 정말 억울하다. 이번 모의고사에서 그동안 수학만 했으니 약간의 딴 과목에서의 출혈이 있더라도 수학만은 올리자라고 했으나 역시. 몰라서 틀리면 차라리 억울하지. 난 무슨 수학귀신이라도 씐 것이 아닐까. (중략) 딴 과목들의 떨어짐을 예상은 했었지만 수학이 오른다는 가정 하에 예상했던 것이었고 더군다나 그 떨어짐의 폭이 컸기에 충격은 극에 달했다. 내 가장 점수 잘 나오던 영어가 처음으로 70대로 떨어지는 정말 기가 막히는 일이 일어났고 국어도 간신히 80만 넘기면서 기를 살리지 못했다. 사탐은 더욱 가관이다. 다 합쳐서 90 미만. 정말 막막하다. 난 왜 이러는지. (중략) 오늘 제대로 열 받는 날이다. 겨울방학 때 한 게 다 헛 거라고 생각하니 웃긴다. 엄청나게 쪽 팔리기도 하고 몸속에서 분노가 막 피어오르는 것 같다. 난 또 졌다. 그래도 마지막엔 내가 웃을 것이다. 누구에게도 부끄럽지 않게. (중략) 너무 부끄럽다. 난 철이다. 맞으면 맞을수록 단단해진다. 이번에 틀린 건 다음에는 안 틀릴 거니까. 정신을 고쳐야만 한다. 수능 날은 이겨야만 하니까.

▶ J야, 수학 62는 자신감 상실하기보단 투지 발휘해야 할 점수다. 문제는 (중요한 것은) 문과생들이 전반적으로 수학이 약해서(원래 수능 문과 수학이 크게 어렵지 않고) 노력에 비해 표준점수가 높다는 점이다. 수학 포기는 명문대 포기라는 얘기고. 포기할까? 싸워 이겨야겠다는 생각해야지? 나는 J가 연고대 선의 자질 갖추고 있다고 본다. 스스로 선택해라. 스스로 반성하는 것 좋지만 자학하지 마라. 계속 스스로를 성장시켜나갈 뿐!

3월 18일(토)

오늘 학급문고에 꽂혀 있던 『시험지존』 상권을 봤다. 오늘 바이블을 만났다고 생각했다. 동기부여가 한 번 더 강력하게 되었다. 책. 이렇게 제대로 써

났을 줄이야. 경이롭기까지 하다. 오늘 학기 중에선 최고 기록인 7시간 동안 공부했다. 쉬는 시간마다 어휘노트에다 단어 옮겨 적고, 외우고, 이동할 때마다 단어 외운 걸 더 집어넣었으면 8시간 정도 되었을 거라 생각한다. 공부 방법이 정말 완전히 바뀌었다. 이제라도 그렇게 한다. 수능 때까지……. 그때까지 계속 이대로 하자.

▶ 아자! J가 감 잡고 확실하게 시작했구나. 꼭 끝까지, 이 정신 가지고 끝까지 가자! J의 열심 대단히 훌륭해. 주말 선용 꼭 하자.

3월 19일(일)

오늘 늦게 일어나서 짜증났다. 8시 40분에 일어나려고 알람 맞췄었는데 나도 모르게 일어나면서 알람 끄고 다시 잤다. 일어나 보니 10시여서 밥 먹고 바로 공부해서 1시는 넘기자,라고 하고 공부했다. 근데 12시에 WBC가 시작했다. 간절히 보고 싶었지만 너무 어영부영 될 거 같아서 어떻게든 1시 넘기려고 애썼다. 한 지 10분부터 보니 5회였다. 0:0인데 조금 있으니 7회에 5:0, 8회에 6:0이 돼버렸다. TV를 부수고 싶었다. 별 생각이 다 났다. 갑자기 토네이도가 와서 경기 중단이 되든지, 알카에다가 마침 이때 미국에 테러 와서 경기가 중단되든지……. 일본이 마운드에 일장기 꽂으면 어쩌나 하고 생각했다. 그리고 그렇게 된다면 패싸움 나는 것도 괜찮다고 생각했다. 박찬호의 LA 시절의 이단옆차기와 김병현의 성깔과 최희섭의 떡대면 싸움은 이길 거라 생각했으나 어쨌거나 경기는 끝났고 동남쪽에서 원숭이들이 좋아서

발광하는 환청까지 막 들렸다. 끝나고 수학을 가고 와서 WBC 때문에 못한 공부 좀 하려는데 어머니가 외식하자고 그러셔서 외식(감자탕)을 먹었다. 갔다 와서 수학 약점노트를 만들고 계속 틀리는 유형의 문제를 잘라서 붙였다. 그리고 일주일 치 계획을 지금 한꺼번에 세웠다. 이렇게 하고 실제 한 거 비교하고 하면 괜찮을 거 같다.

▶ 재밌는 글. J가 외식 후에도 노력하는 자세 훌륭하구나. 정서적으로도 부정적인 방향보다 스스로에게 조금은 너그럽기를!

3월 20일(월)

오늘은 너무 슬픈 날이었다. 너무 공부가 안 됐다. 원인은 두 가지인데 일단 오늘 하려고 했던 수학 숙제 문제가 터무니없이 어려워서 완전 의욕상실 상태가 되었고, 두 번째는 일요일 날은 조금 일찍 자고 상쾌한 마음으로 월요일을 시작하려 했으나 늦게 자서 약간 피로했다는 것이다. 이불을 펴지도 않고 자면서 실망하고 화가 났다.

▶ 이 태도는 안 좋아. 투지는 좋지만 자기 정서를 다스려서 제게 유리한 쪽으로 몰고 가야지. 다시 말하지만 의욕 상실될 정도로 어려운 문제 풀지 마라. 선생님의 경우가 대표적인 케이스인데 어려운 수학(70년대 후반 당시는 본고사 체제여서 지금 수능보다 10배 어려웠어) 때문에 거의 인생이 뒤틀린 경우란다. 군대 제대 후 수학 난문 포기하고 쉬운 문제라도 확실히 챙기자

고 하니까 모든 일이 해결됐어. 결과는 25문제 중 6문제 못 풀었고 2문제 찍어 맞추고 4문제 틀림. 대입 당시 수학 이 정도 틀리고도 거의 서울대 중위권, 연세대 최상위권 성적 거둠.

3월 21일(화)

수학 학원 문제가 너무 어렵다. 시중에서 나온 가장 어려운 문제란다. 정말 의욕상실이다. 그러나 어머니, 아버지는 올림피아드 문제도 풀어야 된다고. 수학 선생님 말씀을 따라야 한다고 한다. 수학 선생님도 그 정도까진 생각 안 하시는 것 같은데, 어머니, 아버지가 더 성화이시다. 어려운 문제를 풀면 쉬운 문제도 풀린다고 믿고 계신 모양이다. 오늘 수학 학원도 가고 온종일 수학만 했지만 정작 내가 완전히 소화하고 내 것으로 만든 문제는 별로 없는 것 같아 슬프다. 짜증난다. 참, 그리고 오늘 버스에서 〈love and honesty〉를 들으며 감동했다.

▶ 그래. J가 감성 있어 반갑구나. 부모님들이 너무 학원에 의존하고 절대적으로 학원을 믿을 수밖에 없는 현실은 있다. 그러나 내 경험과 판단으로는 소화할 수 있는 수준보다 약간 높은 정도의 문제가 가장 좋아. J가 정확히 알고 있는 듯하다. 문과학생에게 너무 어려운 수학 문제는 독약이다. 수학 전문학원 입장에서는 가능한 한 최상의 수학 수준을 요구하고 제시하겠지만 담임 선생의 입장에서 보면 더 넓게 더 오래 더 많은 다양한 아이들을 보고 정확히 현실적, 합리적 판단을 할 수 있는데 과도한 수학 수준

은 곤란해(J가 서울대나 연고대 최상위권을 바란다면 분명 수학에서 고난도의 문제마저 욕심내야 하지만) 지금 단계에선(J의 가능성을 희망하고 믿지 않아서가 결코 아니다) 난문에 시간 허비할 단계 아니란다. 항시 단계별 수준을 꼭 고려해야 해. 어려운 문제 풀어내면 쉬운 것 자동 해결 아니다!

3월 26일(토)

이번 모의고사는 여태까지 본 모의고사 중 제일 어려웠던 거 같다. 끝나고 학원 독서실 가려고 했는데 (중략) 학원 갔다와서 새벽에 채점해봤는데 웬걸! 점수가 올랐다. 어려웠던 국어는 역시 좀 떨어졌지만 영, 수가 괄목할 만큼 올랐다. 채점을 잘못한 줄 알고 다시 해봤는데 영어 94, 수학 72. 아, 정말 감동했다. 역시, 영어. 예전의 점수가 살아났다. 중3 이후 고딩 때 공부를 제대로 안 했는데 3월 9일 참사 이후부터 충격 받아서 한 게 효과가 있었다. 영어는 배신 안 때렸다. 영어는 내가 하면 되는 과목이었다. 그때처럼. 그리고 수학. 처음으로 70을 넘었고, 그리고 이번 수학이 어렵다고 다들 그랬는데……. 역시 문제를 순리대로 풀고 '맞출 수 있는 건 맞추고 틀릴 건 틀려버리자'란 생각으로 시간 안배해서 푸니까 잘 나왔다. 기쁘다. 정말 기쁘다. 아직 가능성은 있었다. 3월 9일 참사 때 그나마 잘 나오던 영어마저 안 나오자 진짜 좌절했었는데. 그래, 이젠 지지 말자. 마지막엔 내가 웃자.

▶ 시험을 치를 때의 마음의 상태(여유/침착-집착하지 말고)가 두뇌활동에 큰 역할 한단다. 영어는 절대 배신 때리지 않는다. 단 전제조건 있지. ① 어휘

매일 암기(수능 전날까지 자투리 시간 활용) ② 독해 감각 지속적 유지(매 주말

최소 2분의 1회분 정도의 독해)

4월 3일(화)

오늘 학교 자투리 시간도 많이 이용하고 좋았다. 일요일 날 많이 자서 그랬

는지 컨디션이 100퍼센트였다. …… 계획을 한꺼번에 일주일 치로 짜니까

뭐 할지 고민하지 않고 팍팍한 건 괜찮았다. 여러모로 상당히 기분 좋은 날

이다. 학교에서의 1시간 45분 활용은 깨기 어려운 기록이 될 것 같다. 그리

고 무려 8시간 30분이라는 대기록도 세웠다. 그 정도면 앞으로도 계속 이렇

게 하면 뭔가 될 듯싶다.

▶ 선생님도 그렇게 생각해. J가 가지고 있는 치열함 상당히 좋은 자질이란다.

4월 4일(화)

성적표가 나왔다. 언어 73, 수리 72, 외국어 92, 사탐 136. 언어가 왜 자꾸 떨

어지는지……. 야자 때 열받아서 했다. 언수 외가 8등이다. 3월 9일 것보다

올랐다. 만족하려면 한참 멀었지만 그래도 올랐다는 것에 위안을 삼는다. 지

원 가능 대학이 쫙 나와 있었는데 상향 지원하니까 그래도 서울시립대, 중대,

경희대, 외대 같은 알 만한 대학이 있어서 위안 삼으려고 최대한으로 노력했

다. 어제 조금 늦게 자서 그런지 학교에서 많이 잤다. 주어진 시간을 최대한

으로 활용해야 하는데 초조하다. 아, 오늘 계획은 수학하고 사탐이었는데 어

쩌다 보니 수학만 해버렸다. 그런데 성과도 많아서 긍정적으로 생각하기로 했다.

▶ 그래 J야. '초조'를 얘긴 했지만(이건 충분히 이해해) 스스로 긍정적으로 생각 해내는 부분이 참 좋구나. 수험 생활은 가끔 그래서 냉정해야 할 필요 있어. 열받을수록 이지가 흐트러진다. 단정한 마음 자세로 명석하게 상황을 가려 내는 분별력이 필요해. 언어는 J처럼 영수 위주의 공부를 한 아이에게 상 대적으로 시간 자체(독서의 경험까지 포함하여)가 부족하여왔던 것이므로 응당 지불해야 할 대가이도 해. 피곤할 때 정서적인 글감 읽는 것, 그래서 필요 해. 더 넉넉한 마음으로 글을 대하면 오히려 명료하게 언어 지문이 요구하 는 것에 대응할 수 있단다. 결과 의식 말고 의미에 치중하여 글 읽어보아라.

일제고사 강행
모진 아이, 착한 아이 그리고 그 후

대한민국의 미친 교육이 강행하고 있는 일제고사가 양심적인 선생님들을 해직으로 몰아가고 대학입시에 목 졸려 경쟁교육으로 몰려 죽어가는 아이들을 줄 세우고 있습니다.

더 많은 선생님들이 어쩌면 학생들을 빼앗길 것이고 또 한 번 대다수 양심적인 선생님들은 바른 행동에 앞서지 못하는 자괴감에 시달릴 것이고 아이들은 영문도 모르고 시달릴 것입니다.

1990년은 제가 처음 학교의 선생으로 아이들을 가르쳤던 해입니다. 그때 저희 학교에는 2부 고등학교(당시엔 야간고등학교였지만, 우리 학교는 주간에 공부했음)가 있었답니다. 같은 날 체력검사를 동시에 실시해서 저는 처음으로 1, 2부 학생들을 동시에 관찰할 수 있었습니다. 그날 저는 공부 잘하는 모진 아이들과 공부는 못하지만 착한 아이들을 볼 수 있었습니다. 지금의 경쟁교육이 어떤 아이들을 생산해낼지 초년 교사였던 그때 이미 알 수 있었습니다.

모진 아이, 착한 아이 그리고 그 후
1990년 9월에 쓴 글

　시대가 아이들을 아이답지 않게, 혹은 아이답게 한다.

　체력장(당시엔 기본 점수만 넘으면 되는, 대학입학 자격시험의 성격이 있었음)이 있던 이틀, 두 집단의 수험생들이 보여주었던 각기 다른 두 모습이 나를 우울하게 했다. 첫날은 1부 인문계고등학교(중학교 때 중간 등수 안에는 들었던, 그래서 앞으로 우리 사회의 중간층 이상을 형성할), 둘째 날은 2부 고등학교(연합고사에 실패한 학생들로 야간고등학교의 성격이나, 주간에 공부하는)와 재수생들을 대상으로 본교 운동장에서 체력검사가 실시되었다.

　학교의 간부 선생님들은 체력검사 실시 전날 첫날은 1부이니 별 어려움이 있겠냐, 그러나 둘째 날은 2부고와 재수생들이 검사를 받는 날이니 어려운 점이 많으리라 하였다.

　"우리 아이들이 좀 모자라는 아이들이니 수고스러우실 것입니다."

　2부 교감 선생님이 걱정스러운 듯 말했다. 그러나 체력검정이 실시되었던 날 실제 양상은 전혀 예상과 달랐다. 첫날 1부 고3들을 대상으로 턱걸이 종목을 측정하던 선생님들이 개탄을 했다. 6개밖에 못한 학생이 염려스러워 배려해주느라 '10개'라고 판정했더니 오히려 학생이 11개였다고 부득부득 우겨대더라는 것이다. 그렇게 자기가 원래 취득했던 점수보다 더 가산해준 점수를 고마워하는 학생은 아예 없었지만 몇 개 더해주지 않았다고 노골적으로 불만을 표시하는 학생들은 속출하고 있었다.

　나는 임시담임이 되어 75명의 학생들을 인솔하여 6개 종목의 검사장을 돌아야 했다. 첫날 1부 학생들은 얼마쯤 보태준 개수를 팔뚝에서 확인하곤 모두 당연한 듯 시치미를 떼고 자리를 떠나곤 했었다. 1부 고3생들을 인솔해서 던지기 체력검사를 하던 중에는 대리시험이 속출했다. 보다 못한 검사요원이 한 명을 적발해서 주의를 주었다.

"후하게 점수를 주고 있으니 대리로 던지는 부정을 말아 달라"고 부탁을 했었다. 그런데 그 말을 하고 돌아서서 처음 맞은 학생이 또 대리학생이었다. 아무리 본래 학생을 찾아도 나오지 않아 더 이상 체력검사를 못하겠으니 너희들은 돌아가라고 을러대고 나서야, 쭈뼛거리며 대리시험을 부탁한 학생이 걸어 나왔다. 바로 방금 적발되어 그런 짓 하지 말랬는데 그럴 수가 있냐고 선생님이 나무라자 "남들도 다 그렇게 하는데 왜 나만 가지고 그럽니까?" 한다.

1부 고3들은 그렇게 체력검정을 도와 부정을 저지른 선생들을 욕보였다. 거의 대부분의 학생들이 마지막 종목인 오래달리기를 기권한 채 떠나갔다. 20점 만점(내신성적에 필요한 체력검정 총점 66점 이상)을 채웠으니 그들이 정해진 종목에 다 참가할 이유가 없다는 것이었다. 혹시나 66점에 미달하여 학력고사 점수 1점(만점 66점에 미달하면 학력고사 1점 깎임)에 불이익을 받을까 해서 그들이 턱걸이 1회를 우겨대며 항변한 것은 아니었다고 선생님들은 허탈해했다.

누구든 오래달리기까지 하면 만점을 받는 체력검정이었다. 오래달리기가 싫어서 그들은 부정한 턱걸이 1회에 집착하고, 대리로 자기 공을 던지게 하고 약삭빠른 웃음을 지으며 운동장을 떠나간다. 첫날 하루 종일 인솔했던 75명 중에 단 한 명도 내게 인사를 하고 떠난 학생이 없었다.

그러나 둘째 날 2부 고3들과 재수생들은 그렇지 않았다. 2부 재학생들의 태도는 놀랄 만한 것이었다. 예상했던 횟수보다 많이 적힌 것을 확인하면 "고맙습니다"를 몇 번이고 말하며 고개를 숙이는 것이었다. 거짓 점수를 부끄러워하며 얼굴을 붉히며 어색해하는 기색이 역력했다. 인솔 교사가 지시할 필요도 없이 스스로들 알아서 정렬해 기다리고 있다가 스스로들 검사를 마치고 저희들끼리 추렴한 돈으로 음료수를 사서 마시면서 인솔교사에게도 건네는 것이었다.

내가 인솔하던 반이 체력검사를 마치고 나서 헤어질 때 그들은 거의 모든 학생들이 내게 찾아와 진심으로 고생하셨다는 인사를 했다.

"선생님 고맙습니다." 나는 웃으며 그들을 보낼 수 있었다.

아쿠아리스 한 캔을 사들고 재수생 한 놈이 "선생님 너무 수고하신 것 같아 사 왔습니다." 건네주고 도망치듯 돌아서 멀어져갔다. 성적으로는 중간층 이상인 1부고 3학년 학생들과의 쓸쓸한 만남과 참담한 헤어짐. 우리 사회에서 소외되어 있는 2부고 3학년과 재수생들과의 도타운 만남과 흐뭇한 헤어짐. 그 두 간극은 그리도 멀어 보였다.

무엇이, 누가 그 3년 동안에 아이들을 그리 달리 키워놓았나. 고1 때부터 시작되어 매달 보는 모의고사와 월중고사, 시험 보는 날에도 야간 타율학습과 보충수업은 어김없이 그들을 짓눌러 목을 조인다. '사람 돼라' 이야기할 여유가 없이 쫓기며 진행되는 비인간화교육. 학교에서 아이들이, 사람됨이 죽어가고 있다.

그렇다면 2부 학생들은 어떻게 '인간적'으로 남아 있는가? 그들에겐 공부가 강요되지 않는다. 가능한 한 모든 행사(백일장, 합창대회, 웅변대회 등)들을 동원하여 그들이 학교에 정 붙여 결석만은 않도록 정서교육에 치중한다.

어처구니없는 의도에서지만 제대로된 인간 교육이 2부에선 제대로 이루어지고 있는 것이다. 체력검정이 지난 그다음 날인가의 웅변대회가 2부 학생들을 대상으로 진행되고 있는 동안 스탠드를 가득 메운 그들의 박수소리와 웃음소리가 1부 고교생들을 짜증나게 했다. 그리고 쉬는 시간에 감옥 속의 수인들처럼 창틀에 매달려 2부의 웅변대회를 구경하던 1부 아이들의 푸념 소리를 나는 기억한다.

"2부는 천국이고, 1부는 지옥이다."

지옥에서 단련된 모진 아이들이 그렇게 대학엘 간다. 그러나 천국에서 공부한 착한 아이들은 어디로 갈까? 그리고 그다음에 우리 사회는 어떻게 될까? 모진 아이들은 언젠가 순하고 착한 마음을 가지게 될까? 착한 아이들은 이 험한 세상을 어찌 견딜까?

2009년 3월 30일

외롭거나 씩씩한
두 제자 이야기

J가 전화했었던 것을 잊었었다. 교무실에서 기다리고 있는 J를 보고서야 깨달았다. "미안해. 전화한다 생각해놓고는 깜박했구나. 이리로 앉자." J는 4년 전 학교 다닐 때보다 조금 수척해졌다. 어떻게 지내는가 물었더니 커피 만드는 일을 배우고 있다고 했다.

"그래 그거 괜찮겠다. 조그맣게 커피 가게 차리면 좋을 거야."

다행히 J의 집은 유복한 편이다. 학습지체가 있었던 J는 생활 노트에 아이들이 이층집 산다고 부자라고 하는데 그렇게 부자는 아니라고 항변했었다. 노는 아이들이 J에게서 부당한 돈을 요구했던 것을 적발했을 때의 일이다.

J는 제법 성깔이 있는 아이였다. 우리 집 아이들과 버디버디를 하고 싶다는 것을, 아이들이 아직 어려서 형하고 버디하는 것을 부담스러워한다고 했더니, "선생님 아이들을 잘못 교육시켰네요." 나를 질책했었다.

커피 학원 말고 다니는 데를 물었더니 고3 때도 하던 드럼 공부를 아직도 매일 한단다.

"제가 학원 셔터를 내릴 때도 있어요."

오늘 학교에 들른 것도 거기서 친하게 지내던 아이의 전화번호를 찾아내려는 것이었다. "친하게 지냈어? J에게 잘해주었구나?"

우리 학교 2학년 '서강희'의 잃어버린 전화번호를 꼭 알고 싶은 것이다. J를 데리고 2학년 교무실로 갔는데 이강희는 있는데 공부를 잘하는 아이란다. 작년에 2학년이었을 거라는 생각을 해서 다시 3학년 교무실로 돌아와 찾아보니 20반 직업반에 '서강휘'가 있었다. "성공했네. 우리 J가 친구를 찾아냈구나!"

J는 외롭다. 공부할 수 없는 J에게 인문계고등학교 생활은 인고의 세월이었다. 졸업 이후에도 다들 대학에 갔으므로 J는 외톨이였고 애들이 도대체 모이지들을 않는다고 내게 전화로 항의하곤 했었다.

오늘도 J는 반장 K를 나무라는 것이었다.

"K가요, 동창회 좀 하자는데 뭐 군대 가고 그랬다고 모이질 않는 거예요."

"그래, J가 심심하겠구나. 지금이 아이들이 대부분 군대 가 있어서 그래. 반장도 선거관리위원회에서 공익근무하고 있어서 모일 수 없는 것이니 J가 봐줘야 돼."

J처럼 학습지체였던 Y(J의 다음 해 우리 반)가 생각났다. J와 달리 Y의 부모는 Y를 대학에 보내겠다고 고집했고 결국 Y는 전문대 실내건축학과에 갔었다. 그 Y가 어느 날 찾아와 군대도 가야겠다고 해서 나는 만류했었다. 나의 군대 경험으로는 Y는 군 생활을 견딜 수 없는 아이였다. 그런 Y가 작년에 멋진 군복 차림으로 키도 훌쩍 커서 나타난 것이었다. 밝게

웃으며 Y가 당당하게 거수경례를 하는데 황당했다.

"아니 이눔아. 군대 가지 말랬는데."

"아닙니다. 잘해내고 있습니다."

걱정스럽게 군 생활을 묻는 내게 Y는 재밌다는 듯이 웃으며 대대장님이 우리 학교 출신이라 가까이서 자신을 돌봐주고 있어서 "저를 함부로 못 대합니다." 우렁차게 말했다.

"일과 후에는 당구도 칩니다."

나는 Y를 통해 요즘 군대에선 당구장과 PC방 사용료가 시간당 백 원도 안 된다는 사실을 알 수 있었다. 월급을 쓰지 않고 모아서 20만 원 넘게 모았다가 PX에서 쓰기 시작하니까 금세 몇 만 원으로 줄어들어서 다시 모으기 시작했다는 얘기도 들었다.

"담배도 피나" 물었더니 고3 땐 조그맣고 귀여운 꼬마였다가 키 185의 청년 군인으로 성장한 Y가 멋쩍게 웃으면서 "제가 선임(옛 명칭 고참)이잖습니까. 그런데 제 밑의 후임병(옛 졸병)이 말을 안 듣습니다." 한다.

후임병이 하라고 한 일을 해놓지 않아서 검열에 걸렸는데 선임인 Y가 지시를 하지 않았노라고 발뺌을 해서 화가 났었단다. Y는 선임병으로서 그 수하 후임병이 혼날까 봐 그 잘못을 스스로 뒤집어썼다고 말했다.

그를 불러 그러면 안 된다고 타일렀지만 "그래도 말을 안 듣습니다." 그래서 가끔 담배를 핀다는 것이었다.

그림이 그려졌다. 내가 걱정했던 선임병들의 괴롭힘은 없지만 밑의 후임병들을 다루는 데 다소의 애로가 있는 것이다. Y는 군대라는 모진(많이 좋아진 듯함) 사회에서도 갈등을 지혜롭게 극복하면서 사람들과 더불어 살아가고 있었다.

Y는 올해 3월에도 포상휴가 나왔다며 분대장견장을 가리키며 내 걱정을 말끔히 씻어주고 돌아갔다. 나는 Y를 믿지 못했는데 Y는 그런 선생님의 심약한 걱정을 기우라고 너그러이 웃어넘기고 제 길을 터가고 있었다.

J와 교사식당에서 점심식사를 했다. 비빔밥이었는데 식판에 재료를 너무 조금 담아와 앉는 것이어서 나는 재료를 큰 그릇에 듬뿍 다시 얹어와 비빔장에 비벼 주었다. J는 선생님이 비벼준 비빔밥을 천천히 먹었다.

"잘 먹어야지. 너 좀 말랐다."

식당을 나와 J를 보내는데 쓸쓸한 J의 뒷모습이 아팠다.

"J야 무슨 일 있으면 선생님한테 꼭 전화해."

알았다고 J가 고개를 끄덕인다.

험한 세상에 아이들을 떠나보내며 선생은 무력하다. 아이들은 어떻게든 자리를 잡아 그들의 생을 살아간다. J나 Y같이 다른 아이들보다 더 힘든 아이들을 떠나보낼 때는 마음 아프다.

마음으로 기도할 뿐이다. 그들의 내일을 축복하소서.

2009년 4월 9일

생활 노트 활용의
사례별 글 모음 2(가정)

C의 생활 노트

2월 8일(수)

겨울 내내 아빠가 집에만 계신다. 솔직히 같이 있으면 좋아야 하는데 그렇지가 않다. 집에 계시는 아빠는 내 눈에선 너무 작게 느껴진다. 일자리가 없으신 건 아는데 계속 매일 하루하루를 TV 시청, 주무시고, 술 드시고 하니 개인적으로 짜증나고 집에서 나가고 싶을 때가 많다. 예전 오래전 위엄 있는 모습은 대체 어디다 두시고 지금 이러시는 걸까. 하~~.

▶ 겉으로는 아무 일도 안하시는 것 같지만(TV/잠) 속으로 많은 생각(구상)하고 계실 거야. 꼭 다시 일어서서 일하시는 날 오겠지? 오히려 이럴 때는

차라리 도서실(집보다)(학교 도서실 안 할 때는 시립 도서관이라도) 활용하는 것이 서로에게 좋지 않을까? C가 열심히 공부하는 모습 보여드리는 것이 아버님께 힘 드리는 것임을 알지?

3월 3일(금)

술: 은 왜! 무슨 이유로 마시는 겁니까?

: 먹으면 기분이 좋아지나요?

: 먹지 않고선 살 수 없나요?

: 마시고 짜증은 왜 내는 건가요?

: 과연 이로울 게 없군요.

정말 짜증이 나고 집을 나가고 싶게 욕망을 만들어냅니다.

: 힘든 시기라 하지만 꼭 술을 마시고 짜증을 내고 분위기를 더욱 안 좋아지게 해야만 하는 걸까요?

: 술 마시고 누워 계신 그분을 보면 한심스럽습니다.

이젠…… 난 그분이 정말 창피합니다.

이런 글을 쓰는 나도 참 뭐라 할 말이 없습니다.

▶ 아버지?

나도 한때 우리 아버지가 창피했었단다.(아빠 때문에 많이 울었었지.)

오랜 세월이 지나 아버지 돌아가실 때까지도 아빠를 용서해드리지 못할 만큼 가슴 아픈 시절이 있었단다.

but 우리 형제들은 그런 아버지 때문에 더 열심히 공부했고 생활했단다.

3월 5일(일)

가족의 분위기가 너무 안 좋다. 서로 서로 의견이 하나도 맞지 않아 짜증난다. 나 역시 짜증이 나 아무것도 못하겠다. 좋은 날이 일주일에 하루도 없을 정도로 가족 분위기는 짜증날 정도로 짜증난다. 스트레스만 쌓이고. 이 처한 현실에서 벗어나고프다.

▶ 3월 9일의 어머니는 정말 좋으시던데(아이들은 일주일에 한 번 생활 노트를 제출하기 때문에 며칠 후의 글을 보고 나서 조언할 수 있음) 生이란 슬플 때 기쁠 때 힘들 때 다 있단다.

3월 6일(월)

선생님께서 어렸을 적, 어렵고 방황하고 힘겨웠던 시절을 이야기 해주셨는데 그 어릴 적이 우리보다 더 어린 초등학교 때부터라는데 내가 여기서 생각한 것은 지금 내가 고작 이 몇 시간 하고 겨우 아침 6시에 일어나는 게 힘들다, 피곤하다 스트레스 쌓인다 하는데 선생님 어렸을 적에 비하면 완전 아무것도 아닌 일이다. 정말 스스로가 창피하고 한심하다. 이런 우릴 보시는 선생님께선 어떤 시각으로 우리들을 바라보실까 약간의 짐작이 간다.

▶ 고마운 생각을 하는구나. C가 좋은 학생이군.

3월 8일(수)

집에 들어서자 퀴퀴한 향기와 뿌연 안개가 나를 반긴다. 거실엔 쓰러져 누워 있는 한 허수아비. 움직이지도 않고 말도 없고 며칠 내내 항상 그 자리를 지켜가며 향기와 안개를 뿜는 그 허수아비.

그리고 거기에 맞게 적응해가며 살아가는 우리들……. 이젠 지겹습니다. 지겨워~~.

3월 9일(목)

3학년 첫 모의고사를 보았다. 그냥 평소와 같이 편안히 시험을 치렀으나 오늘 학교를 가려고 문 앞에 나서는 나에게 엄마께서 "C야! 점수에 상관하지 말고 최선을 다해서 끝까지 잘 봐!" 이런 말을 해주신 게 떠올라 다른 때와 달리 정말로 최선을 다했다.(→ 좋은 엄마에게 효도하자) 그에 따른 결과는 좋게 나오지도 않은 2학년 때 점수와 똑같이 그 점수에 머물고 있었다. 약간의 실망감은 있었지만 최선을 다했기에 후회스럽진 않았다. 언어 55점이다. 떨어지지도 않고 오르지도 않은 점수다. 정말 볼품없는 점수. 그 이유를 분석해보았다. 난 제 시간에 문제를 다 풀지 못한다. 푼 문제까진 잘 맞았지만 남은 10여 문제는 5~1까지 차례대로 찍어서 잘 해야 1~2개 맞았다. 비록 남은 문제를 다 풀었다 하더라도 70 정도 나왔을 것이다. 이제 빨리 푸는 습관을 들여 50에서 70으로 한 단계 업그레이드 해야겠다.

▶ C의 성적 보고 다소 실망했지만(C의 노력 알기에 아쉬워서) C가 아직 수고만

큰 점수 안 나온 것은 집중 노력한 시간이 덜 쌓인 것이겠지?

무엇보다 C를 포함해서 거의 모든 아이들이 일단 문제풀이의 경험(혹은 글 읽어본 경험)이 적어서란다. 읽고 이해(파악)하는 능력이 배양 안 된 것이란다. 언어 55 딱 반 맞은 거지? 매주 1회분 정도의 언어 문제 앞으로 읽고 풀어서 궁극적으로 90대까지도 올릴 수 있어.(언어문제집을 각 2권씩 나누어 줌/서로 돌려가면서 보도록 당부해놓았음) 수학 25(내신위주/수학시간에만은 최대 집중) / 외국어 23(이 점수 도저히 이해 안 가) 이 점수에 대한 분석은 없네? 어휘+더 많은 독해문제 풀이 要/ 사탐 85 앞으로 체계적 정리하자.

3월 17일(금)

오늘 학교에 늦어버렸다. 분명 나의 잘못이 크다. 그러면 왜 늦게 왔는지 설명하겠다.

어제 난 독서실 갔다가 새벽 1시 반 쯤에 집에 왔다. 집에 와보니 엄마는 회사 일로 못 들어오셨고 술 취하신 아빠가 TV를 보고 계셨다. 거기까진 좋았다. 몇 분 후 몇 걸음만 가도 비틀거릴 만큼 취한 아빠가 갑자기 나갈 준비를 하시는 거다. 난 말렸지만 소용없었다. 기어이 밖을 나가시는데 난 말리고 또 말리고 싶었으나 그러지 아니했다. 오히려 말리면 대든다고 화내시고 날 건방지게 보고 때리려 하시기 때문에 말리지 않은 것이다. 집에 엄마도 없으니 난 더욱 걱정되었다. 하는 수 없이 무슨 일이 일어나갈까 하고 자지 않고 기다렸다. 종종 술 드시고 나가면 어쩌다 일이 생겨서 전화가 오기도 해서 그랬다. 결국 새벽 4시 정도까지 기다리다가 잠을 자고 말았는데 일어나 보니 8시였다. 이렇게 돼서 지각을 하게 된 것이다.

그리고 지금 집안의 가족 분위기가 좋지 않다. 엄마께선 일 안 하시는 아빠를 보시고 너무 못마땅해 하시고 엄마가 늦게 오시면 아빠가 좀 설거지라든지 청소 깨끗이 하기를 바라시고 먹을 거(육류) 좀 그만 사 먹으라고 하시는데 아빠 이 말을 듣지도 않으신다. 또 며칠 전에 차가 고장이 나 100만 원이 빠져나갔다. 엄마 한 달 월급 150에 순간 3분의 2가 나간 셈이라서 엄마는 더욱 화나고 싫어하신다.

아빠는 아빠 나름대로 일을 찾고 계시지만 건축 일이 춥거나 장마 때는 못 하시니 아직까지 연락이 오지 않아 짜증내시고 아빠로선 맛있는 밥 반찬 드시고 싶은데 못 먹어서 짜증나시고 그래서 술로 달래고 그러시는 것이다.

나 또한 이렇게 지내는 생활이 짜증 나 모두 다 싫어한다. 그리고 내 핸드폰 액정이 나가 사용하지 못 해 바꾸려고 말하려 했으나 차 고치는 데 돈을 너무 사용해서 말하기 그래서 짜증나고 또 거의 5년 쓰는 가방을 들고 다녀서 요즘 친구들과 같이 하나 사 달라고 그랬더니 너무 비싸서 안 된다고 하시니 나로서는 짜증이 난다. 솔직히 청소년 때라면 좋은 거 쓰고 싶은 마음이라서 그렇게 안 해주시니 더욱 그런 것 같다. 또 내 문제는 넘겨두고 지금 우리 세 사람은 말도 없고 혼자 각자 생활한다. 이런 생활이 갑자기 생긴 건 아니다. 내가 어렸을 때부터 가끔 이렇다가 날이 갈수록 심해진다.

난 이런 환경 속에서 자랐으니 심리적으로나 뭐로나 복잡하고 정상적이지 않을 거라고 생각한다. 뉴스에서도 그러지 않는가. 어릴 때 환경이 아이를 좌지우지 한다고. 지금 소망이라면 우리 가족은 달라질 기미를 보이지 않으

선생으로 사는 길

니 따로 떨어져 살고 싶다.

▶ 그렇지 않아. 어려운 환경을 극복하여 훌륭한 일 해낸 이들 정말 많아.(오히려 어려운, 나쁜 환경이 사람을 더 훌륭하게 키워내는 경우 많아.)

C야, 집안 형편이 좋지 않아 많이 힘들구나. 이렇게 가슴 아픈 일들을 글로 써내는 것 좋은 방법이다. C가 나쁜 상황을 피하지 않고 직시하는 태도 훌륭하구나. 지각한 것 이해된다.

but C야 부모님이 힘드실 때 C가 중심 잡고 차라리 공부에만 전념, 몰두하는 것이 유일한 방법일 수 있어. 차라리 모든 것에 눈 감고 공부해버려라. 끝까지 참아내면 꼭 좋은 날이 온단다.

3월 21일(화)

영어 교과서를 계속 반복 공부하니 제법! 해석, 독해하는 속도가 빨라진 걸 느낄 수가 있다. 완전하게 독해는 못하지만 내가 알아들을 수 있게끔 내용 파악을 할 수 있다. 그러면 더욱더 완벽하게 하기 위해선 어휘를 정확히 외워 혼동하는 일이 없도록 노력해야겠다.

▶ 그래. C가 영어 공부, 이제 분명하게 공부(의지/방법 둘 다) 感 잡았군. 핵심 내용 인식하면서 어휘 확대 계속하면서.

3월 22일(수)

집에 있던 언어모의고사 문제집을 딱 80분에 맞춰 나름대로 시험을 쳐보았다. 역시 아직 읽는 속도가 느려 풀기가 힘들었지만 그래도 열심히 본 결과…… . 오! 다른 사람이 보기엔 아무렇지 않은 점수지만 내겐 만족할 만한 점수였다. 며칠 전 본 언어모의고사가 55점이었으나 오늘 푼 나의 점수는 63점. 우선 올랐다는 사실에 난 나 자신에게 칭찬한다. 그리고 올랐다는 것은 내가 가능성이 있기 때문에 올랐다고 본다. 그렇기 때문에 더욱 열심히 해야겠다.

▶ 그래 바로 이거야. 몇 점씩이라도 올려나가면서 자신감 키우는 거지. but 틀린 문제의 분석+보강(완) 이 노력이 더해져야 해. 문제 푼 것 자체로는 부족한 것 알지?
스스로에게 긍정적인 자세 훌륭해!

3월 25일(토)

친구들이 대학 때문에 걱정하고 있다. 자기의 성적으로 어디를 가야 하는지 또 무슨 과를 해야 할지 걱정되고 복잡하다고 한다. 이 친구들을 보면 나도 가슴이 아프다.

그런데 난 내 목표가 뚜렷하다. 지금 나의 목표가 고3이 되어서 대학 가야 한다는 그 생각만으로 바로 짜여진 게 아니라 어릴 적 초중학교 때부터 나의 진로를 생각했었기 때문에 정말 뚜렷하고 그쪽에 관한 사람과도 이야기를 해보았으며 대학에 있는 교무차장과도 연락을 여러 번 해가며 상담하고

많이 알게 되었다. and 내가 원하는 과가 특수과라 하지만 그 대학에 들어

가는 데 특별하게 필요한 건 없다. 정말 하고 싶은 것이니까. 누가 나에게

"별로다." 이런 말보단 격려와 응원을 해줬으면 좋겠다.

▶ 독특한 꿈(카지노 딜러? 호텔리어?)이더라. 열심히 해보자.

3월 28일(화): 앞으로의 나

처음부터 다 알고 있었다. 내가 잘못된 행동을 하고 있다는 걸 알고 있었지

만 그 행동을 고치는 데 난 실행에 옮기지 못하는 것도 알았다. 그래서 오늘

부터라도 집중이 되질 않아도 어떻게 해서든지 재빨리 그 수업에 다시 참여

해 집중하도록 하고 내 자신이 따분하고 싫어하는 과목이 있다 하더라도 조

금씩 참고 조금씩 아주 조금만이라도 해볼 것이다. 그리고 귀찮다는 이유만

으로 쓰레기가 버려진 걸 보고 모른 체 지나가지도 않을 것이며 하루 목표

를 정한 것을 꼭 다 완성하고 하루를 끝마치도록 노력하는 내가 되겠다.

▶ 그래. 사람은 제 잘못이나 부족함을 정확히 안단다. 직시하고 고쳐나가고

보완해나가야겠지? 하다 보면 스스로에 대한 자신감도 생기고.

3월 30일(목)

주말을 이용해 읽을 만한 책을 몇 권 사 와 시간 나는 대로 틈틈이 읽어야겠

다. 문제 풀 때 제시되어 있는 글을 읽는 것만으론 읽는 속도 연습이 내게는

조금 부족한 것 같아서 생각한 것이다. 교실에 있는 책도 기회가 되면 보고 익히며 연습해야겠다. 정말 이 문제만 해결된다면 70 초반까진 나올 것 같은데……. 어릴 적 책 안 읽었던 게 너무나도 후회가 된다.

▶ 그래 공부 外의 시간(주말 여유시간)에 책('양서'로 좋은 내용의 책) 읽으면 언어뿐만 아니라 외국어, 사탐도 늘고 무엇보다 C의 정서/생각에 큰 영향 미쳐. 빨리 읽으면서도 핵심 놓치지 않는 것 자꾸 연습하면 가능해져.

4월 2일(일)

요즘 막 자극을 받는다. 독서실 친구들도 조용히 공부를 하고 조금 떠들었던 쉬는 시간에도 계속 눈에 불을 켜는 듯이 열심히 공부를 하고 있다. 또한 매점에도 안 가고 앉아서 단어를 외우며 자기 공부를 하는데 이런 걸 보니 나 또한 자극을 받아 열심히 하게 되는 것 같다.

▶ 그래 좋아! 토요일 처럼 중요할 때 시간 관리 꼭 하자. 특히 이번 토일 선용하자.

4월 6일(목)

보충 영어시간 때 4문제를 풀었는데 와~ 처음으로 정말 처음으로 내 힘으로 풀어서 다 맞아봤다. 넘치는 이 좋은 기분을 어떻게 절제해야 할까? 이런 것에 만족하기엔 아직 아닌가? 더 노력해서 8문제 12문제 더 맞추어가야지.

▶ 사실 위의 기분을 일단 느꼈다는 것 자체가 자신감의 계기가 될 수 있어. 물론 앞으로도 어려움의 순간 많이 봉착하게 된단다. 점점 더 욕심도 생기고 이게 한계인가? 의심도 생기고. 그 모든 과정을 거쳐 이겨내고 끝까지 버텨내면 어느 날 문득 그 정성만큼의 문이 열린단다.

4월 8일(토)

집에 오늘 아무도 없어서 혼자 집중해서 잘한 것 같다. 정말 어제 많이 논 탓에 내 스스로도 공부하기를 강요하는 바람에 더욱더 많이 한 것 같기도 하고.

▶ 그래. 사실 가장 중요한 것은 자기의지야. C가 이 의지를 분명하게 갖고 있어서 대견하구나. 놀았던 후유증에 허덕이지 않고 해내는 힘!

4월 11일(화)

무지 수학이 복잡 아리송하네. 풀면 풀수록 복잡해지는 식들. 우와와~~. 그러다 힘들게 풀어서 답을 맞춰봐서 맞으면 바로 기분이 풀린다. 하하 이 묘한 재미~~.

▶ 자꾸 느끼자.

2009년 1월 15일

아름다운 청년들

숫돌이 응원가

1. 아이들은 짝으로 온다

J와 K는 연고대로 갈리었지만 항시 같이 온다. J는 내면적이고 다소 시니컬하며 예리하지만 정이 깊은 수재형. K는 통통하고 말이 없고 넉넉하게 웃는 소박한 우직이. K는 고대 친구들과 신촌에 갈 것이라 J와 따로 놀 것이라고. 연대의 축제가 있으면 고대 놈들이 몰려오는 것은 옛날이나 같구나.

인문학부의 J는 대학생활이 너무 재밌어서 군대 가기로 결정했다고 보고한다. 아이들이 술도 잘 먹고 너무 잘 놀단다. 이야기를 잇다 보니 연고대에 강북 아이들이 드물다는 얘기도 들려준다. 교복 데이라는 것이 있는데 고등학교 교복을 입고 등교하는 날이라는데 값비싼 외고 교복이 교정을 덮는다고 조금 과장하여 말한다. 그러나 강북 출신의 두 아이가 재수의 아픔을 딛고 환하게 웃는 모습이 고맙다.

교사 식당에서 조금 이른 시간이었지만 점심을 같이 먹었다. 밥 먹고 힘내라.

2. 말이 없어진 C듣기

C는 옆 반 아이였지만 담임처럼 찾는 놈인데 고생을 하고서 부쩍 성장했다. 내가 선생을 하면서 본 아이들 중에 가장 말을 많이 하는 아이여서 옆자리 민 선생이 "너는 듣기만 하여라"라는 뜻으로 성씨에 '듣기'라는 이름을 하사했던, 그러나 참 착한.

"갑자기 말을 안 하게 되었습니다. 앞자리에 앉아서 열심히 강의를 듣는데 말을 안 하는 내가 이상하면서도 괜찮다 싶어서 몇 달 동안 조용히 입을 다물고 있습니다." 달마다 주제를 정해서 먼저 소설부터, 다음 달은 경제 쪽 그런 식으로 책의 깊이에 다가가고 있다고 말했다.

먼저 내면을 확립하고 길을 터가기로 했다는 그의 과묵함(?)이 신기하고 대견했다. 그의 과묵함이 깊이를 더해 우직함으로 이어져 오래 갈 것을 믿는다.

3. 창의적이고 진취적인

홀로 온 C가 떠나기 전에 H와 T가 와서 같이 쟁반짜장을 시켜주었다. "대학에도 갔으니 T야, 다이어트 해야겠다." 짜장면을 먹던 T가 "저 다

이어트 하고 있는데요" 해서 웃었다. 줄었다는 표시가 나기에는 10킬로그램은 약소한 것을 H가 "너 또 찐다"라고 놀린다.

T는 110킬로그램이었는데 학교에서도 열심히 걷고 산에도 올라가는 노력을 해서 100킬로그램이 안된다고 말하면서 60킬로그램이 목표라고 말했다. T는 가고 싶던 본교에 못 간 것을 아쉬워했지만, 홍대 조치원 시각디자인학과에 재수하여 합격하여 길을 뚫었다. 고3 때 그림 공부 때문에 성적이 부진하여 암담했었는데 일취월장하여 미대의 문을 열었으니 장하다.

"시각디자인은 실력이지. 광고홍보의 세계의 치열함을 알고 있지?"

같이 온 H는 고2 때까지 전국적인 벤처 창업 활동에 힘쓰느라 공부에 소홀했었다. 고3 때 와서야 공부를 시작했으니 내신이 좋을 리가 없었다. 부지런히 수시의 특별전형에 그동안의 폭 넓고 깊이 있는 활동을 정리하여 대학의 문을 두드렸지만 인하대를 비롯하여 어떤 대학도 H를 받아주지 않았었다.

서울서 천안의 남서울대학까지 통학을 하면서의 하루 4시간을 영어 공부에 선용하여 CNN을 듣는 데 어려움이 없을 정도로 영어를 완성해 낸 아이다.

"대기업에 들어가지 않고 중소기업을 선택하여 그 회사를 키우고 싶습니다. 해외 취업도 고려하고 있습니다."

군대까지 갔다 와서 대학 2학년, 그는 진취적인 아이였는데 이전보다 더 야무지고 신중한 청년으로 듬직해졌다.

H와 T는 간판이 아니라 실력으로 승부할 청년들이다. 시험 공부로 정해지는 시야 좁은 닫힌 미래 말고, 시험 점수의 상처를 딛고 일어서, 창의

력과 진취적인 추진력으로 자유롭고 호방한 미래를 열어가는 H와 T에게서 나는 희망을 본다.

4. 너무 잘생겨서

스승의 날 오후여서 교무실에 드디어 K 선생과 혼자 남았나 싶었는데 키가 190에 가까운 O가 예의 활달한 웃음을 지으며 다가와 앉았다. 하얀 와이셔츠로 각을 세운 O는 정말 잘생긴 놈이었는데 대학물을 먹더니 더 멋지다.

청춘의 가장 아름다운 모습.

복도에 있다는 여자친구가 목 말라 한데서 들어오라고 했더니 역시 늘씬하게 키가 크고 어여쁜 여학생이 O처럼 대범하게 앞자리에 앉는다. 연구부장인 K 선생이 서울대를 갈 만한 놈인데 "짜식이 자만심 때문에"라 말하는 것을 "넘치는 자신감이겠지요"라고 교정해주었다.

O에게 전교학생회 선거 때 그가 예상 외로 고배를 마셔 부회장이 된 것도 '네가 너무 잘나서'라고 말해주었다.

"사람들은 정말 똑똑한 잘생긴 엘 고어를 선택하지 않고 부시를 선택한단다."

성대 사회과학부를 다니다 반수를 하고 서울대를 욕심냈는데 또 실패한 것도 그의 뛰어남에 무게와 겸손을 더하기 위한 약이 되었으리라.

"O야, 담에 술 먹으면서 진하게 싸나이 대 싸나이로 붙어보자."

5. S와 정답게

선배 O와 대조적인 후배 S가 교무실로 들어와 반가웠다. 졸업 이후 처음 온 부반장 S는 한국항공대의 기계공학 공부가 빡세서 공부만 했단다.

오늘도 1학기 두 번째 시험 날인데 꼭 와서 뵈어야겠기에 왔다고 4시 반까지 가면 된다고. 항암치료의 후유증으로 다리를 절던 어머님의 안부를 물었더니 많이 악화되어 누워계시기도 했지만 많이 좋아지셨다고, 브라질서 사업하시던 아버님도 사업을 접고 귀국하셨다고.

착실한 S는 대학 가서도 공부하는 모범생이었다. 문과생이었던 나와 달리 S는 실전용의 실질적인 교육을 제대로 받고 있었다. 두 시에 온다던 숫돌이 G가 오지 않아 이제는 아무도 없는 교무실에서 S와 정답게 블로그에 사진 편집해서 올리는 작업을 했다.

"1993년의 아이들인데 너희 사진도 올릴 거야. 그런데 S야. 너는 넘 착실하고 진지하니까 편하게 마음먹고 스스로를 괴롭히지 말아라."

6. 사랑스러운 숫돌이

4시를 한참 넘기고서야 나타난 숫돌이는 땀을 흘리고 있었다.

"숫돌이 봤으니 빨리 가봐라. 시험 잘 보고." 서둘러 S를 보낸다. 교무실 냉장고에 수박이 있어서 숫돌이와 나눠 먹었다. 두 해째 담임을 안 맡다 갑자기 무더기로 면담을 한 느낌이고 어깨까지 아파오기 시작했다.

쑥스럽게 웃으며 숫돌이는 와이셔츠가 들었다는 쇼핑백을 내민다.

"제가 아르바이트 해서 산 거예요." 주말에 노래방 아르바이트를 해서 마련한 것이라고.

숫돌이는 상명대 디지털미디어학과를 자퇴하고 시험 공부를 했는데 생각만큼 성적이 안 나왔다고 내 마음을 아프게 해서 나는「숫돌이 응원가」라는 시를 써주었었다.

사실은 숫돌이가 오월이 되도록 소식이 없어서 걱정했었다.

세종대 합격(경희대는 예비 3번에서 끊겼고), 국민대 산림자원학과의 공부가 재밌고 좋단다. 같은 과의 여자친구가 "선생님 만나러 갈 때는 예뻐야 한다"며 화장을 해주어서 본판보다 오늘 얼굴이 영 아니라고 해서 봤더니 눈썹도 그리고 볼에 살짝 붉은 분칠을 한 것이었다.

"그래서 화장을 하라고 얼굴을 내밀고 있었구나? 예쁘냐?" 그렇다고 고개를 끄덕인다. 담에 만날 때는 데리고 올 테니 좋은 말씀 해주셔야 한다는 귀여운 숫돌이.

5시였다. 교무실의 문을 잠그고 숫돌이를 떠나보내는데, 저만큼 가다 숫돌이가 외친다. "선생님 사랑해요~." 사랑스러운 놈이다. 그 아이들이 청년이 되어 우리의 미래를 만들어나갈 것이다.

2009년 5월 16일

아이들의 좋은 생활 노트 2
2005년 3학년 ○반 4월

A의 생활 노트

4월 4일(월)

평상시 페이스를 유지하기 위해서 5시간 자고 일어났다. 역시 잠은 못 자도 4시간, 많이 자면 6시간쯤 자야할 듯하다. ㅋㅋ 하루 종일 공부만 하니까 몸이 되게 피곤하다. 성취감이 있어서 뿌듯하기도 하지만 ^^ ㅋㅋ 내 자신에게 ~ 홧팅!!

4월 7일(목)

벌써 4월이 된 지 일주일이 됐다. 시간은 나를 위해 기다려주지 않는다는 표현이 떠오른다. 시간의 지배자가 될 수 있게 해야지!!

4월 10일(일)

8시간 이상 공부하도록 노력해야겠다. 딱 8시간은 채우고 있지만……. 아무래도 조금은 더 욕심을 부릴 필요가 있을 듯……. ㅋㅋ 힘냅시다!!

B의 생활 노트

4월 14일(목)

오늘 모의고사가 무산이 되었다. 몇몇 반에서 강제로 한 것이 화근이었다. ……답답하다. 할 수 없지. 그러나 내 신조는 힘든 일이 오면 피하기보다, 바로 그 정면으로 달려가는 것이다. 그 누가 5시까지 인내력의 한계를 시험하는 모의고사를 보고 싶어 할까? 하지만 피하면, 힘든 일은 더 힘든 일이 된다는 것을 알기에. 오늘도 가장 힘든 일 속으로 들어가려 한다. 피하면 더 힘든 일이 되는 것을 아니까. 그리고 사실 힘든 일은 힘들지 않다. 태풍의 눈으로 들어가자……. 언어는 느낌이 통하는 것이 딱! 좋다. 시험기간에도 지속적으로 풀어야겠다.

Q : 선생님 우리도 진정 볼 사람들 일요일에 불러서 보는 게 어떨까요? 진정 볼 사람만 볼 텐데…….

오늘 우리 반 모습을 보면서 이번에 수확이 참 좋을 것 같다고, 생각한다. 뿌리는 대로 거두는데, 참 많이 뿌리고 있다.

C의 생활 노트

4월 11일(월)

3월 30일에 본 모의고사를 분석하니 참 한심하다. 그래도 요즘은 후회 없이 보낸 날이 많다. 왜냐면 할 일은 많은데 시간이 없기 때문이다. 이것저것 다 하고 싶은데 고3은 시간이 별로 없다.

4월 12일(화)

여기저기 모아놨던 단어들을 다 정리하였다. 분량이 상당했다. 옮긴 후에 단어장을 쭉 훑어보니 겹치는 단어가 몇 개 있었다. 한마디로 중요한데 외우지 못한 단어다. 그래서 빨간색으로 표시를 해놓았다.

4월 13일(수)

내일 모의고사를 본다. 세 번째 모의고사다. 그것 때문에 오늘은 사탐 공부

를 좀했다. 정치는 2학년 때 공부했기 때문에 그리 신경을 쓰지 않아도 되었

고 경제도 별로 어렵지 않아서 국사와 근현대사를 공부했다. 그리고 내가 영

어단어들 중에 접속사를 잘 몰라서 틀린 경우가 많았다. 예전에 학원에서 접

속사만 정리해놓은 프린트를 찾아서 외웠다. 내일 잘 봐야겠다.

D의 생활 노트

4월 11일(월)

……중간고사, 기말고사가 이제 내 남은 입시생활에 큰 영향을 끼칠 것이므

로 열심히 해야 한다. 이제 18일밖에 공부할 시간이 없다. 예전에는 그냥 열

심히만 하면 된다고 생각했었는데……. 이젠 잘해야겠다는 생각이 엄습해온

다……. 아니다! 사람이 하는 일에 잘하고 못하고가 중요한 게 아니다! 나는

그저 최선만 다하면 된다. 내가 할 수 있는 최후의 노력까지 다하고 나면 더

이상 후회할 건 없다. 최선을 다했다면 10점을 맞았어도 후회는 없을 것이

다. 진인사대천명(盡人事 待天命)이라고 했다. 사람은 사람의 할 일만 다하고

하늘의 뜻을 기다리기만 하면 되는 것이다.

E의 생활 노트

4월 1일(월)

공부는 해보니깐(주관적 생각) 바로바로 티는 안 나는 것 같다. 등산처럼 조금씩 조금씩 올라가다가 중간에 머물렀을 쯤 조금 보여졌다가 정상에 올라서야 확연히 나타나는 듯하다. 지금은 중간도 안 왔다. 이제 차곡차곡 올라가면 될 듯!

4월 3일(일)

2학년 때 특기적성 때 사용하려던 영어 독해 문제집을 찾았다!(새 책이다.-_-;;) 한 번도 안 펴 봤더군……. 그때는 사놓고 쓰지도 않았는데 지금 보니까 왜 이렇게 반가운지 10장 정도 풀어줬다!

4월 5일(화)

4일간 스스로 공부한 시간을 계산해봤다. 대충 17시간. 하루를 수면시간 기타 등등 제외하면 12시간으로 잡고 4일이면 48시간 중에서 절반을 못했다. 그래도…….

4월 10일(일)

어휘장이 점점 두꺼워짐에 흐뭇함을 느낀다. 또 독해할 때 아는 단어가 나오면 더 흐뭇해진다. But 독해가 자연스럽지 못하다. 문법이 안 돼서 그런 거 같다.

선생으로 사는 길

F의 생활 노트

4월 11일(월)

야자실에서 창밖을 봤다. 너무 많은 잡념이 떠올라 창밖을 봤다. 그냥 도시의 밤인데, 빽빽하고 볼 품 없는 경관인데……. 마음이 편해지고 그곳에 빠져들었다. 바람이 분다. 나의 답답한 마음을 싣고 가는 바람……. 고마웠다. 차가운 바람이 오늘따라 정말 따뜻하게 느껴진다. 앞이 뿌옇게 되었다. 나도 모르게 눈물이 난다. 괜스레 미안하고 슬프다. 무엇이 미안할까? 무엇이 슬픈 걸까? 잘 모르겠다. 미쳤나 보다. 아침까지만 해도 기분이 좋았는데, 이런 적은 처음이다. 그냥 눈물이 나온 것은 억울했을 때처럼 가슴이 답답하다. 오늘 정말 이상하다. 이런 우울한 기분 정말 싫은데, 그래서 그동안 피해왔는데……. 오늘 피하기 싫다. 아니, 귀찮다. 지금 내가 무엇을 썼는지 모르겠다. 뒤죽박죽, 엉망진창~. 수학이나 풀어야겠다.

4월 13일(수)

내일 모의고사를 본다. 나는 원래 안 보려고 했다. 좀 더 열심히 해서 실력이 쌓이면 보려고 했기 때문이다. 그런데 선생님께서 "피하지 마라"라고 말씀하셨다. 난 내가 피하는 게 아니라 다음을 위해 준비하는 것이라고 굳게 생각하고 있었는데 곰곰이 생각해보니 내가 모의고사를 피하고 있는 것 같았다. 속으로는 모의고사를 두려워했던 것이다. 겁이 나서 내 생각을 정당화했던 것이다. 그래서 나는 모의고사를 피하지 않고 맞서기로 마음먹었다. 비록 못 보더라도 '부딪쳐서 이겨내자'라는 생각을 갖게 되었다.

G의 생활 노트

4월 12일(화)

요새 들어 피곤이 급격히 증가하고 있는 것 같다. 정말 힘들고 괴롭지만 미래의 내 모습을 그리며…… 피곤을 벗어나보려고 발버둥쳐본다…….

4월 13일(수)

요새 들어 만족스럽다고 할 만한 날들이 없다. 너무 시간이 후다닥 지나가 버린다는 것……. 불안하기도 하고 '이 길이 정말 옳은 길일까?' 하는 생각이 자꾸만 든다…….

4월 14일(목)

오늘은 공부하는 방법을 바꿔서 시간제로 하지 않고 분량을 정해놓고 하는 식으로 바꿔서 해보았다. 시간을 정해놓고 하는 것보다 능률도 잘 오르고 집중도 잘 되어 좋았다……. 앞으로 이 방법으로 공부해야겠다.

H의 생활 노트

4월 2일(토)

이번 4월 연휴기간에는 『언어 혁명』이라는 책을 읽게 되었다. 이 책은 내가 언어영역 공부한 다음에 읽었다. 왜냐하면 어떤 식으로 언어를 공부해야 할지를 모르기 때문이므로 공부한 다음에 읽으면 훨씬 이해가 빠를 것이기 때문이다. 연휴 기간 동안에 컴퓨터를 매일 2시간씩 하게 되었다. 연휴 기간 동안의 느슨한 나의 태도. 컴퓨터를 딱 11월까지만 잊어버렸으면 좋겠다.

I의 생활 노트

4월 1일(금)

……모의고사의 참담한 결과 이후로 공부하는 것에 슬슬 재미를 붙여가는 것도 혼자 느낀 것 같다. 아니면 말라지~ 3학년이 되고 나선 애들끼리 서로 장래의 얘기나 공부 이야기를 하는 것을 볼 때 고3이라는 것이 절실히 느껴진다. 서로들 각자의 꿈이 있고 생각하는 대학이 있고 이거다 저거다 얘기가 많을 때. 서로들의 꿈 이뤄지면 좋겠다. 아직도 반 친구들 몇몇은 서먹한 면이 없지

않아 있지만, 곧 다들 격려해주고 도움이 되는 친구들이 될 수 있을 것 같다.

4월 9일(토)

어제 아버지가 『공부원리』라는 책을 사 오셔서 오늘 틈틈이 읽어봤다. 아무래
도 내 책이라 더 빨리 읽게 되는 것 같다. 여러 가지 알찬 내용이 있다. 언제 한
번 독후감이나 써볼까? 학교 책상에 내 목표를 써서 붙여놓아야겠다. 14일 모
의고사를 본다. 아직 공부한 게 성과로 나타나긴 이르겠지만 좀 올랐으면 하
는 바람도 있다. 조금만 기대를 걸어볼까 한다. 경험을 쌓는 것이니까 손해는
없으리라. 요즘은 하루가 시간이 모자라 큰일이다. 시간 조절해야 하는데······.
외국어 문제집 산 것 일주일도 안 되어서 다 풀어간다. 또 사야지······.

4월 12일(화)

생활 노트가 밀렸다. 밀리면 안 된다. 놀 생각 말고 페이스 조절 잘하라고,
지방대도 못 가, 이래 가지고! 내 자신에게 언제나 채찍질하려 한다. 너무 많
이 부족한 자신에게 스스로 압박 주고 고3 다 가도록······ 난 아직 공부 방법
이 서툴다. 여러 가지로 배울 친구들에겐 배우도록 하자. 나에게 도움이 되
는 것이라면 무엇이든간에 집에 와서 부모님과도 얘기를 했다. 감사드린다.
내가 하고 싶은 거 하게 해주시고 수험생이라 힘들다고 여러모로 챙겨주시
는 것에······. 어디 대학 가라 이런 얘기로 압박을 주시지도 않으시기에 내
자신이 열심히 해서 좋은 대학 붙도록 노력해야겠다. 실망시켜드리면 안되
니까. 열심히 해보자. 조금이라도 올려보자. 잘해보자.

J의 생활 노트

4월 4일(월)

중학교 때 친구를 만났다. 충암에 있다가 기숙사 학교로 간 쌍둥이들인데 오랜만에 만나니까 반가웠다. 걔들도 열심히 하고 있으니 나도 더욱 열심히 해서 수능 후 좋은 대학에 목표를 이뤄서 다시 만날 수 있었으면 한다. 오늘 외국어만 엄청 풀었다. 얻은 결과는 문제 패턴을 더욱더 잘 알게 되었다.

4월 5일(화)

식목일을 영어로? 오늘도 외국어를 많이 했는데 특히 학교에서 본 방송을 다시 인터넷으로 보니까 학교에서 본 것보다는 조금 더 이해가 잘 간다. ⇒ 결과 : 영어 반복학습의 필요성을 느꼈다. 오늘 산불이 참 안 좋았다. 나무를 심고 가꿔야 하는 날에 오히려 산불 때문에 많은 나무가 타버렸다. 저번 주에 국어논술로 온실효과에 대한 논지 작성을 했다. 논지 작성을 하면서 나무의 중요성을 이해했는데…… 안타까웠다.

K의 생활 노트

4월 11일(월)

오늘은 쉬는 시간에 다시 한 번 공부 계획을 짜봤다. 문제 푸는 양을 줄여 제 시간대로 목표를 끝냈다. 오늘은 학교 끝나고 집에 가는데 2학년 때 반 애들이 PC방에 가자고 해서 싫다고 하다가 어찌어찌해서 1시간을 했다. PC방을 나서면서 나의 마음은 패배감과 죄책감 그리고 고통이 뒤따랐다. 주님께 계속 나가고 싶어도 '죄'가 나를 가만두질 않았다. 그런데 할머니께서 "오늘은 늦었으니 집에서 해라" 하셔서 집에서 공부하려고 했다. 그런데 또 공부가 하기 싫어 책을 읽었다. 마음에 감동이 없었다. 너무 괴로워서 잠언을 읽었는데도 예전처럼 그 마음에 감동이 없었다. 이제 끝인가…… 하고 글을 마친다.

4월 15일(금)

오늘은 공부가 잘되는 날이었다. 무엇보다 내가 사실 아침에 일어나서 기도를 하는데 이제는 학교 가기 전에 기도를 꼭하고 간다. 그러면 학교에서도 안 졸고(안 졸려고 노력하면—그러나 내 마음이 나태해지면 존다.) 공부가 잘 된다. 내가 십자가를 짐으로 인해 주님이 나를 계획한 곳으로 이끌어주시는 것 같다. 오늘 학교를 마치고 바로 도서실 가려다가 밥을 먹고 가려고 집에 들렀다. 근데 밥을 먹고 나서 가기 싫은 마음과 포만감 때문에 많은 시간을 허비했다. 하지만 내가 하기 싫어도 주님은 날 포기하지 않으셔서 나를 도서실로 이끌어주셔서 공부하게 해주셨다. 중간고사 D-15일이다. 오늘 영어와 한문

을 봤다. 내 계획은 10일 전까지 부담 없이 중요한 부분을 보고 10일부터 닥

치는 대로 할 계획이다.

L의 생활 노트

4월 5일(화)

어제 야간의 어긋남을 만회하기 위해 빡세게 공부에 임했다. 여기저기서 친구

들이 힘들어한다. 거의 모의고사 점수로 인한 것 때문이다. 나름대로 격려를

해줘서 다시 마음을 고쳐먹은 친구도 있었다. 그나저나 수학문제집을 볼 때마

다 가슴이 답답해지면서 이걸 정말 하면 좋겠지만 안 하면 어찌 되나라는 생

각이 많이 든다. 선생님께서 선배들의 전례를 말씀해주셨으면 좋겠다. 요즘 들

어 선생님께서 또 전과 다르게 수학에 대해 역설하시는 것 같아서 불안하다.

4월 13일(수)

야자를 처음 해본 날이다. 결과부터 말하자면 매우 좋았다. 학습 분위기도 좋고

석식도 맛있다. 야자의 선택이 나의 공부 인생에서 중요한 사건이 될 듯하다.

M의 생활 노트

4월 4일(월)

오늘 『공부의 왕도』라는 책을 친구한테 빌려서 읽어봤다. 역시 공부 잘하는 사람은 남다른 노력과 자기 관리가 확실한 것 같다. 그에 비하면 나는 아직 많이 부족하다. 좀 더 계획적이고, 실천을 해야겠다.

4월 10일(일)

좀 있으면 중간고사이다. 중간고사와 모의고사를 준비하려니 2배의 고통이 든다. 힘들어도 꾹 참고 노력해서 두 시험 다 내가 원하는 성적으로 끌어올리려 노력해야겠다.

N의 생활 노트

4월 12일(화)

자습 중 쉬는 시간에 ○○에게 보여준 논술에 ○○가 비판을 달아줬다. 논평을 하고 나서 "미약하지만 비판적으로 글을 보는 습관이 있어서 논평했다"

라고 했는데 참 고맙다. 다시 내 글을 보니 정말 지적이 맞는 면이 있다. 아직 내가 고칠 수 없는 '식상한 논거'의 문제가 있지만 "서로 노력하자"라고 한 ○○이 말대로 좋은 친구 관계가 되길 바란다.

아이들의 좋은 생활 노트 3

D의 생활 노트

5월 19일(목)

오늘 아침 6시 10분 재윤이가 결국 미국으로 갔다.(엄마가 위탁모를 하시는데 그 아이 이름이 재윤이) 벌써 3명째 아기이지만 항상 이별은 너무 슬프다. 엄마 등에 업혀서 나가는 재윤이의 표정이 밝아서 섭섭하기도 하고 웃는 얼굴을 마지막으로 봐서 마음이 편하기도 하다. 집을 나서는 엄마의 눈에 눈물이 고인 것 같았다. '우리 집이 잘 살았다면 위탁모를 안 해도 될 텐데'라는 생각이 든다. 그래서 나는 꼭 커서 성공해서 우리 아빠, 엄마 지금까지 고생하신 거 다 갚아줄 것이다. 공부 열심히 해서 돈도 많이 벌고, 혹시 아기들이 커서 만나면 직접 대화하는 게 내 꿈이고 목표이다.

5월 23일(월)

결국 수학을 시작하고 말았다. 목표는 욕심 부리지 않고 3등급만 나왔으면 좋겠다. 그런데 수학을 풀다 보니 재밌어서 다른 공부를 못하고 너무 시간을 많이 썼다. 내일부터는 시간 조절도 잘 해야겠다.

5월 24일(화)

어제, 오늘 학교에서 한 시간도 졸지 않았다. 이유를 생각해보니 수학을 시작해서 인 것 같다. 수학을 하다 보니 공부할 시간이 부족하고 그러다 보니 수업시간을 잘 활용해야 한다는 생각에 그런 것 같다. 수학을 시작한 것이 나에게 잘된 일인 것 같다.

E의 생활 노트

5월 22일(일)

계획표를 보니까 언어 공부와 사탐 공부는 조금도 안했다. 외국어 공부에만 너무 욕심을 부린 것 같은데……. 이제는 언어와 사탐 공부도 하고 골고루 공부해야지.

5월 23일(월)

너무 계획 없이 공부한 것 같다. 어느 한 과목만 공부하고……. 새로운 계획

표를 짜고 그 계획표를 지키려고 노력할 것이다. 시립대……!

계획표를 새롭게 다시 짰다. 몇 시에 무슨 공부를 하느냐가 아니라 무슨 공

부를 몇 시간 했느냐……. 계획표 잘 지키면서 공부 열심히 할 것이다!

5월 24일(화)

오늘 독서실에 늦게 간 것 빼고는 만족한다. 집중도 잘 되고 계획표대로 어

느 정도 실천도 했고……. 오늘 하루를 점수로 계산하면 85점? ㅋ

A의 생활 노트

5월 16일(월)

날씨가 너무 후텁지근해졌다. 야자시간에 공부하는데 '후끈후끈, 끈적끈적'

정말 미칠 것 같았다. 지금은 5월, 계절로 치면 봄인데 날씨는 이미 한여름

이다. 이상기후 정말 죽여버리고 싶다. 이런 이상한 날씨는 나뿐만 아니라

모든 고3을 괴롭힌다. 가뜩이나 공부만으로도 벅차 죽겠는데 정말 너무하

다. 이럴 때면 날씨 하나도 내 맘대로 못하는 나의 연약함을 새삼스레 느낀다. 너무나도 연약한 나는 오늘도 기도를 드린다.

하나님께 간절히 부탁드릴 수밖에…….

5월 17일(화)

'모든 일에 즐거움을 찾자! 인생은 즐겁고 고로 공부도 즐겁다.' 오늘 생각해낸 나의 좌우명이다. 좌절한다고 해결될 일 하나 없다. 가만히 있는다고 해결될 일 또한 없다. 깨어 있는 동안은 필사적으로 움직여라! 인생의 3분의 1은 잠으로 보내야만 하는데 남은 3분의 2도 잠자리에 사용하는 것은 너무 아까운 것 같다는 생각이 든다. 빠르게 움직여서 남들보다 더 많은 일을 할 것이다. 즐거운 인생은 내 손으로 만들어간다.

5월 18일(수)

오늘 언어논술 시간은 그동안 했던 것 중 가장 좋았다. 왜냐? 글을 썼기 때문이다……. 너무 황당한 이유인가? 하지만 그동안은 이론만 했기 때문에 막상 글을 쓰게 되니 흥분되었다.(솔직히 그동안 너무 일반적이고 추상적인 이론만 했다.) 오늘 쓴 글은 '열린 생각을 하자'에 대한 것이었는데 '가다가 안 가는 것은 안 가느니만 못하다'에 대한 열린 생각을 해보았다. 나는 좀 엉뚱해서 그런지 열린 발상이 잘 되었다. 고정관념에 갇혀 있지 않은, 그래서 좀 엉뚱한 나의 발상이 도움이 된 것이다. 좀 황당하지만 친구는 나의 엉뚱함이 부럽다고 했다. 엉뚱함이 부럽다니…….

B의 생활 노트

5월 9일(월)

정말 이번 시험 열심히 했다. 실수로 틀린 것들도 실력이다. 겸허히 받아들인다. 허나, 점수 가지라고 주는 주관식에서 20점 정도가 깎여 있는 상태…… . 내 인생이 달린 20점(지리, 독서, 작문). 100점짜리 6개를 바랐다…… . 책을 읽고 있다. 오에 겐자부로라는 양심적인 일본인 작가가 쓴 책이다. 노벨상 수상작 치곤 어렵지 않다. 재미있게 읽고 있다. 내 인생을 채워주는 고3이다.

5월 16일(월)

이제 5. 18이 온다. 너는 이 날이 무슨 날인지, 어떤 날인지, 교과서 근현대사 빽빽한 단순 암기. 무슨 날인지 모른다. 수능 점수, 잘, 나오는, 녀석아, 야, "역사의식이 없는 나라는" "죽었다!"

5월 20일(금)

특작 모의고사를 좀 쉬기로 했다. 그리고 EBS 책 한 권 더 사서 약 300개의 문제를 얼음에 막 밀듯이 읽도록 하겠다. 외국어 종합편을 시험기간에 하겠다. 지금 힘들고 매너리즘에 빠질 '가장 위험한 시기'다. '개인적 체험'의 마지막 대안은 자신을 기만하지 않는 것. 변명은 없다. 모두 나를 기만하는 행위다. 여기서 쉬면 하강의 길을 간다. 피하면 죽는다. 중간은 없다.

선생으로 사는 길

5/21(토)

신경림의 『시인을 찾아서』가 내 한 구석을 채워준다. 수능 공부 먼 데서 찾지 말고, 이런 책 하나 더 읽는 것, 내 특이한 방법론이다. 오늘 EBS를 하나 더 샀다. 돈 아까워하지 말아야지. 세상과 나의 치수를 재보고 싶다. 내가 자주 하는 말 "물을 끓이자" 그리고 한계를 돌파하자. 공부하는 건 혁명 같아서 계단을 보듯 올라간다. 언젠간 오를 거야! 슬럼프나 탈 여유 없다!

C의 생활 노트

5월 14일(토)

서울대 입학한 선배들이 와서 간단한 연설을 했다. 열심히 하면 된다는 얘기와 자기 소개, 진부한 내용들이 오갔다. 오히려 그런 것보다는 현실의 학벌 제도에 어느새 진하게 물들어버린 우리를 발견한 것이 놀라웠다. 선배들이 자기는 무슨 과, 무슨 과 할 때도 반응이 좋았지만 한 선배가 자신은 치의예과라고 소개하자 전의 호응과는 확실히 차이가 드러나는 더 강도 높은 호응, 이게 우리다.

우리들이 이제 기성세대가 되면 우리 또한 인간을 학벌이라는 잣대로 판단

하겠지. 교육제도가 제대로 된 인간들을 탄생시킨 순간을 보여준 순간이었다. 그렇다고 난 선민이라는 것은 아니다. 나 또한 작은 반항도 하지 않고, 그저 묵묵히 가고 있기 때문이다.

5월 18일(수)

5월의 반이 지나가고 있다. 이제 반 남았다. 내가 작년 이때쯤 놀러 다니면서 아는 형들을 마주치곤 하면 '저것들은 반밖에 안 남았는데 어쩌려고 저럴까?'라는 생각을 했는데 이젠 내 차례다. 후배들이 나의 모습을 보며 1년 전 나와 똑같은 생각을 하고 있다고 느끼며 더욱 정신 차려야겠다.

5월 20일(금)

슬슬 여름이 되가니 야자실에도 날파리들이 눈에 띈다.

생각해보면 참 모기 같은 인생이다. 한참일 때 피를 충분히 빨아들여야 추워지는 날에 결실이 있을 테니까 그렇다. 확실히 추워지는 날이다.

F의 생활 노트

5월 15일(일)

생활 노트가 내용이 들어갈 때마다 왠지 모를 뿌듯함이란 뭘까. 이제 반도 채 안 남았다. 어제는 핸드폰도 박살이 나서 정지시켜 놓으려고 한다. 있어 봤자 공부에 방해만 될 뿐이고 뇌세포를 먹어버리니⋯⋯. 핸드폰 없이 생활하려니 갑갑할까. 생각나고⋯⋯. 으⋯⋯ 에이, 몰라. 없이 살아봐야지 뭐. 고3의 적인 녀석을 옆에 두고 같이 사는 것도 겁나니까⋯⋯.

5월 17일(화)

비가 오는구나⋯⋯. 날씨가 많이 습하다⋯⋯. 덥고 짜증나고⋯⋯ 불쾌지수가 높다. 비가 온단 핑계로 난 야자 한 교시를 땡땡이 쳐버렸다. 뭐든 저지르고 나서 후회하는군. 이미 늦은 건데도⋯⋯. 난 언제나 겉으론 웃는다. 속의 화가 있어도 겉모습만은 언제나 당당하고 아무 일이 없는 거 같다⋯⋯. 기댈 수 있을 만한 친구들도 있지만 내가 남에게 기댄다는 그 행동이 어렵다. 사귄 지 좀 오래된 여자친구도 있다⋯⋯. 유일하게 기댈 수 있다고 할 수 있는 사람이다. 고3이 무슨 여자친구냐 한다지만 힘이 되어주고 서로 격려하며 고3 생활 지내고 있다. 하여튼 난 왜 이럴까⋯⋯. 말 앞뒤가 안 맞는다.

5월 18일(수)

'아, 내가 왜 인문계를 왔을까' 하는 생각을 가끔 한다. '숍 매니져가, 숍 디렉

터가, 이런 공부를 필요로 할까' 하는 엉뚱한 생각에 잠기기도 한다. 실무 경험이 뛰어나기만 하면 되지 않을까란 바보 같은 생각까지도……. 난 지식에 관해선 뛰어나단 생각은 해본 적이 없지만 이런 내 자신이 싫어지기도 한다. '차라리 실업계로 가서 내가 하고 싶은 분야를 열심히 할 걸'이라면서 지금의 나를 바보 취급하고 무시한다. 대한민국 고3이란 게 이렇게 압박을 받는 걸까. 내 분야에 뛰어난 사람이 되면 학벌이 꼭 중요한 게 아니라고 본다, 나는. 하지만 어쩔 수 없지. 지금의 나는 공부해야 하는 수험생이니까……. 대학으로 가면 그땐 또 언제 실무 경험을 늘리고 언제 자리를 잡아가고 언제 내 분야에서 성공적인 미를 거둘지 캄캄함이 밀려오는 건 나뿐일까? 내가 아는 누님은 전문대를 나왔다. 하지만 내가 꿈꾸는 분야에서 성공적인 삶을 살고 있는 커리어우먼이다. 내 동경의 대상이고…….

나도 가능할까? 믿고 싶어진다. 지금 내 길이 잘못된 것이 아니라고 믿고 싶다.

아이들의 좋은 생활 노트 4

J의 생활 노트

6월 6일(월)

결국 모두가 같은 어려움을 겪지만 차이가 나는 것은 역시 '태도'의 문제겠다.

오랜만에 친구의 싸이 미니홈피에 갔더니 참 좋은 문구를 써 놨다.

impossible? = I'm possible!

그래, 원래의 내 모습이 이런 것 아니던가. 할 수 있다고 생각하고 즐겁게 최

선을 다하라. 안 되면? 안 되면 안 되는 거고~.

(나비)

고치를 찢고 나와서 하지만 나의 날개는

팔랑거리며 날기까지 인고의 터널을 지나

어떤 일들이 있었는지 난 몰라 비로소 첫 날갯짓을 했단다.

그저 그래, 그런 것 같아.

'아, 흰나비다!' 이제는 나도

감탄할 뿐 알 것 같아.

(5월)

여왕은 곁에 없다 빈자리는

눈 한 번 마주치는 기회를 쓸쓸하다 쓸쓸하다.

끝내 허락하지 아니하고는 그 아름다움에 어느새 지나버린

문득 눈을 뜨니 취해서 5월의 끝자락을

어느 곁에 가버렸다. 낮밤이 가는 줄도 몰랐기에 놓지 않는다.

C의 생활 노트

10월 28일(금)

오늘 너무 아프다…….

○○대 최종발표가 있은 후, 교실에 들어가기가 힘들었다. 이미 4번의 수시

실패가 있었지만 시험도 어느 정도 잘 본 것 같고 앞서 A가 합격했으니까

그 어느 때보다 합격에 대한 기대가 컸다.

교실 밖에서 불합격 소식을 들었을 때 덤덤했다. 아니 덤덤한 척했던 것 같다. 교실로 들어가는 순간 나에게 집중되는 시선, 그 얼굴엔 '불쌍하다'는 말이 씌어 있었고 "괜찮냐?" "다음엔 붙을 거야." 이런 위로 섞인 말들을 듣는 순간, 태연한 척 미소로 나 자신을 감추고 있던 겉모습이 벗겨지고 나조차도 몰랐던 깊은 슬픔이 밀려왔다.

비참함과 한심함 그리고 창피함……. 그때 울컥하는 바람에 눈물이 쏟아질 뻔했지만 참았다. 친구들이 "평식이 갔으니까 이제 네 차례야"라고 말할 때마다 내심 기대에 부풀어있던 내 마음속의 풍선이 한순간에 '펑'하고 터져버린 것 같았다. 허탈했다…….

5교시에는 수시에 대한 생각을 잊으려고 언어 문제만 한 교시 내내 풀고 쉬는 시간에도 계속 바쁘게 바쁘게 이것저것 했다. 하지만 특별 보충 시간에 소식을 물어보는 다른 반 친구들, 그리고 '아니' 이 두 글자 대답하기가 어찌나 힘들던지…….

그래도 이렇게 힘들 때면 '힘내'라고 문자 보내주는 가족, 장난치며 날 웃게 해주려는 친구들, 따뜻한 위로의 말을 건네주는 친구들, 그리고 내가 힘낼 수 있게 격려의 글 남겨주시는 선생님의 고마움을 너무 벅찰 만큼 많이 느낄 수 있고 그래서 '난 정말 사랑받고 있는 사람이구나' 하는 생각과 감사한 생각이 든다.

수능을 모의고사를 보며 경험하듯이 수능 좌절도 미리 경험했다고 좋게 좋게 생각할 거다. 정말 이 순간 이 말이 생각난다. '독수리는 공기의 저항이 있어야 날 수 있고, 배는 물의 저항이 있어야 앞으로 나아가고, 사람은 중력

이 있어야 걸을 수 있다.'

지금 이 시련은 나에게 꼭 필요한 요소로서 조금 미리 경험한 것뿐이다. 그리고 이 시련을 겪으므로 나는 성장한다. 그러므로 결코 굴하지 말자!

A의 생활 노트

10월 17일(월)

정말 심신의 피로가 쌓이는 월요일이구나. 제일 흐트러지기도 하는……. 역시나 오늘 하루도 몇 시간을 흐트러졌었다. 제어를 해야 하는데 정말 몸도 못 가누게 될 때가 있어서……. 아침마다 비타민 영양제도 먹고 하는데 어렵구나. but! 독서실에선 최고의 컨디션을 보여줬다. 매주 월요일은 조금 가벼운 느낌으로 공부를 시작하려고 독서실에서 사탐 과목을 공부하는데 오늘은 아주 흡족! 대만족!

우선 경제, 지리를 제외한 나머지 3과목 모의테스트를 봤는데 국사 40점, 근현대사 43, 경제 44. 아주 화려하다. 10월 모의고사에서도 사탐 점수만 높았는데 이런 상태로 간다면 수능에서 사탐의 걱정을 그나마 덜 수 있을 것 같다. 언어와 외국어의 비중을 최대한 두고 보완해나가야지……. 외국어는 학교 시간에도 무조건적으로 투자하고 언어는 독서실에서 열심히……. 물론 외국어에 비중을 더 높여 6:4로……. 수능까지 37일.

이제 마무리 기간이다. 엄청난 문제풀이와 다지기로 승부해보자. 수능이란 놈! 노력과 수고가 없으면 보람도 없다.

10월 18일(화)

정말 하루하루가 절실하단 걸 느낀다. 마무리 단계에 와서 막판 뒤집기를 노리는 나로선 이 기간이 정말 절실하다. 뭔가는 해야 하는데 해도 안 될 것 같은 생각은 일찌감치 버린 지 오래지만 가끔은 하기도 한다. 물론 해서는 안 될 생각이고 해봤자 득이 될 생각은 아니기 때문에…….

독서실에서 그래도 중심 안 잃고 하는 나 자신이 힘을 준다고 할까. 가끔 꾀도 부리고 싶고 자고도 싶은데 그런 생각을 안 하게끔 해주는 또 다른 나 자신에게 감사한다. 오늘 외국어 공부 중 모의고사를 풀었는데 해괴한 점수가 나왔다. 점수는 비밀이지만 이 점수로 수능을 본다면 더할 나위 없을 텐데 너무 실전에서 흐트러지니까 문제다. 내일도 다시 테스트를 봐야지. 막 널뛰기 하는 거 아닐는지 모르겠다.

자! 오늘도 수고했습니다. 내일도 수고합시다!

10월 31일(월)

한 주가 새로이 시작됨과 동시에 10월을 마치는 하루.

벌써 11월이다……. 끝없이 달려왔구나……. 23일까지 정말 코앞이다.

해온 거보다 할 게 아직도 더 많은 것만 같은데 끝없는 공부 욕심은 언제 끝

이 날지…….

할 만큼 했다는 생각보다 더 해보자는 생각이 더 절실하다…….

말처럼 쉽게 지킬 수 있는 건 아니지만 23일 후의 내 입가에 미소가 가득할

지 욕설이 난무하고 좌절할지 아무도 모르는 일……. 조금씩 모의테스트 후

점수를 보면 아직도 멀다 멀다 하는데…… 수능 때 기적을 일으키겠지?

뭐 대학이 인생의 전부가 아닌 하나의 의례적인 통과문일 뿐인데 연연하지

말자. 하지만 그만큼의 노력을 하고난 뒤에 생각하자. 지금으로선 그게 내게

주어진 최소의, 최대의 방책이니까…….

T의 생활 노트

11월 3일(목)

오늘은 굉장히 뜻 깊은 날이었다.

'환란은 인내를 인내는 연단을 연단은 소망을 이루는 줄 앎이니라.'

너무 감사한 말씀이다. 힘들 때마다 생각한다.

오늘 학교에서 무척이나 열심히 공부했다. 비문학에 대해 좀 꺼려하는 마음

선생으로 사는 길

이 있던 나는 오늘 죽어라 풀었다. 40분 동안 40문제 풀고 그랬다.

아직 부족하기에 나에겐 희망이 있다.

아직 부족하기에 나에겐 열정이 있다.

아직 부족하기에 나에겐 소망이 있고

항상 부족하기에 주님을 의지한다!

독서실에 가서 말씀을 읽고 저녁을 먹고 독서실로 돌아와 지식을 쌓았다.

그리고 틈만 나면 영단어를 봤는데 지금까지 적어온 2권의 단어장은 복습을 끝

내고 아직 가물가물한 것만 체크해서 동생에게 목록 타이핑 해달라고 부탁했다.

그 2권 복습은 그런 식으로 했고 이번에 외우는 건 『고득점 200제』, 『final』 등

의 단어로 고급 수준의 단어들을 수록해놔서 내 실력이 쌓이는 게 너무 신난다.

오늘 수학 책(내가 하는 책)을 끝냈다. 다시 복습하고 문제집 한 권 더 풀고 갈

생각이다.

자! 영어도 오늘 12개 독해했고! 많은 걸 했다!

다만 더 하고 싶은 내 마음을 다스리기가 힘들 뿐이다!

세상과 학교의 밤 12시(子正)

늦은 밤 아이들과 오징어 나누어 먹으며 PD수첩 〈닫힌 광장, 연행되는 인권〉을 시청했다. 일본인 관광객은 효도 관광차 시내 나왔다가 예순이 넘은 노모가 보고 있는 가운데 경찰에 의해 구타를 당하고 있었다.

아버지의 목에 매달려 촛불을 들고 있던 아이는 촛불을 끄라는 경찰의 강압에 겁이 나 아버지를 살리려 촛불을 끄고 있었다. 친구가 끌려가는 것을 항의하던 여고생은 꼬박 이틀을 유치장에 갇혀 있었단다.

지적 장애 2급의 장애인을 하이 서울 축제의 풍선을 터뜨렸다고 잡아가고 있었다. 공권력을 상징하는 사무라이 조 경감은 적극적으로 앞장서 커다란 무기를 미친 듯이 휘두르고 있었다. 보호해야 할 시민들은 적이었다. 우리들의 젊은 아들들은 광주의 군인들처럼 시민들을 향해 곤봉을 마구 내리치고 있었다.

놀라고 분한 표정으로 아이들은 "나라도 대들겠다. 아빠라면 가만있었겠어?" 물었다.

"아이들아 12시다." 못 볼 것을 보여주었다는 자책감이 아팠다. 아이들을 저희들의 방에 들여보내고 자유 민주 공화국의 헌법과 집회 및 시위의 자유를 생각했다.

잃어버린 10년을 되찾아, 군사독재 시절의 강압통치를 재현하는 데 1년은 충분한 시간임을 깨달았다. 서울대 교수들이 시국선언을 한다는 데 암울했던 시절의 악몽이 섬뜩했다. 교수들이 나라를 걱정한다니 다행이다. 나는 교사이므로 학교가 걱정이다. 학교에 교육이 없고, 입시만 남았다.

우리 학교 3학년의 경우 교과서를 수업 시간에 단 1시간도 가르치지 않는다. 이즈음의 대한민국에선 교과 과정을 무시해도 전혀 제재를 받지 않는다. 공부 잘하는 특별반 아이들은 1시간도 강의수업을 받지 않고 자습을 한다. 학교에서 배려한 특별교실에서 자기가 필요한 공부를 알아서 한다. 그래서 올해부터 우리 학교에는 '담임'이 없고 '행정담임'이라는 것이 있다.

같은 반 아이들은 모든 수업을 찢겨져서 딴 반에서 수업한다. 5단계의 수준(특반, A+, A0, B, C반)으로 나뉘어 모든 과목을 이동하며 수업을 한다. 자기 반 아이들을 잘 몰라도 이상하지 않다. 반창회가 가능할지 모르겠다.

B, C반 수업은 거의 불가능하다. 대한민국의 수준별 수업은 소수의 A급 학생들이 담당하는 진학률을 위해 존재하지 학업이 뒤떨어진 아이들을 위한 배려가 절대 아니다. 아침에 1시간을 조기 등교하며, 방과 후 보충수업은 2시간으로 늘어났다.

등교할 때 현관에 항시 네다섯의 젊은 선생님들이 몽둥이를 들고 서 있는데 수십 명의 아이들이 붙잡혀 매 맞고, 어깨동무한 채로 오리걸음을 하고 있거나 제자리뛰기 하며 외치는 복창 구호 소리가 수십 년 전의 삼청교육대를 떠오르게 한다.

학원의 자율을 지켜준답시고 법으로 문제 삼지 않기로 한 학원 심야수업하느라 1시 넘어서야 귀가하여 몇 시간 자지도 못하고 간신히 등교하는 아이들도 많을 것인데, 학교에 들어서자마자 지각했다고 맞거나 벌을 받는다면 그들이 들어서는 학교는 아름답고 정다운 곳이 아니다.

2009년의 학교는 병영이다. 정권이 바뀌고 나서 학교와 학원은 무제한의 자율을 누리고 있다. 학교에선 학교 선택의 사활은 진학률밖에 없다며 단 한 가지 입시 성적에 올인하고 있다.

중간고사와 기말고사 외에 월중고사 4번이 추가되었다. 한 학기에 정규고사 6번에 매달 사설 모의고사와 평가원과 서울교육청은 물론 경기도 것까지 아이들은 끝없는 시험에 시달리고 있다. 나는 아이들에게 감히 책 읽고 생각하라는 말을 꺼내기조차 미안하다.

사람들이 애써 살아가는 의미와 사회의 깊이, 노동의 수고를 말하자면 아이들 공부 시간 빼앗는 것 같아 쫓기는 마음이다. 세상에 이런 나라가 있을까. 이런 교육이 세상 어디에 또 있을까. 교장의 무소불위의 자율은 대통령과 입시에 목매달고 있는 학부모들이 보장하는 모양인데, 영어교사들은 시험문제 출제까지 지리 선생인 교무부장의 지시를 따라야 한다는 정도다.

전교조는 뭐하고 있냐고 교총의 선생님이 술자리에서 물었다. 한 술 더 떠 노조와 재단이 모종의 양해가 성립되어 있는 것이 아닌가 싶단다.

"이제 당신들이 하라"라고 말했다. "단 한 번이라도 학교의 문제에 이의 제기한 적 있는가"라고.

학운위 교사위원 선거에서 79표를 득표했던 H 선생은 중학교로 전보 당했다. 분회장을 비롯하여 몇 분의 선생님들이 4장의 경고장에 더하여 해직시키겠다는 최종 경고장까지 받은 상황에서 싸움을 멈췄다. 분회장인 M 선생님의 사모님도 암을 선고 받았다. 해직을 각오하고 싸우기에는 모든 정황이 최악이었다.

20여 명에까지 이르렀던 기간제 교사들의 상당수가 청년 실업자가 즐비한 세상에서 철가방이라는 교직에 정규로 임용해준 학교에 감사하여 눈물을 흘렸다. 학교의 비리와 시설 개선 등등을 요구하며 제 얼굴에 침 뱉는 교사들과 같은 학교에서 생활하는 것이 부끄럽다고 말했다. 뼈 아팠다.

노조는 40대 이하의 선생님이 전무하다. 나는 부끄럽게도 물러서자고 말했었다. 그리하여 학교는 무제한의 자율로 수월성을 추구하고 있다. 나는 차마 아이들이 불쌍하여 오래 맡아왔던 고3 담임의 일을 거부했다. 아이들과 선생님들이 힘겹다고 하소연한다. 방학 때 주말 빼고 하루도 쉬지 못한 선생님들은 하얀 얼굴로 피로를 호소한다.

아이들은 지쳐 의욕이 없다. 물어도 대답하지 않는다. 잠시만 틈을 줘도 자고 싶은 아이들을 일으켜 세우며 힘내자고 말한다.

그래도 아이들아, 야무지게 현실을 이기자. 착한 아이들아, 선생님도 어른이어서 미안하다. 척박한 땅에서 단단하고 다부진 나무가 큰다. 세상과 학교가 밤 12시, 자정이다.

새날이, 새벽이 오리라.

2009년 6월 3일

사람의 길도 산길처럼
그랬으면 좋겠습니다

1. 먼 데서 천둥소리가 들려와요

　비가 오래도 내리시네요. 고3들의 야간자율학습을 같이하면서 복도에 책상을 내다놓고 장대비를 복도 너머로 바라보면서 글을 씁니다. 푸르더니 검푸르게 이제는 검은 비가 내리시네요.

　나무들도 푸른빛을 잃고 퇴근했구나 싶어 일어나 도시를 내려다보니 회색 안개에 묻혀 그 삭막하던 도시는 정다운 어느 산동네로 바뀌어 답답하던 연립주택들은 은은한 주황의 연노랑의 등을 달고 들꽃들처럼 깜박거리네요.

　밤비 나리는 소리가 아득하게 부드럽습니다. 묻혀버릴 듯하여 자는 아이들 세 명에게 다가가 조용히 두드려보니 금세 살아나 공부하네요.

　먼 데서 천둥소리가 들려와요.

2. 그저께 또 한 분 선생님과 이별했습니다

지난겨울에 제 술 친구이며 믿을 만한 후배였던 A 선생이 학교를 떠났고 올 여름엔 제 친구인 C 선생이 학교를 떠나네요. 두 분 다 노조원이었고 참 바르고 선한 분들이었습니다.

40대 후반의 A 선생은 강골의 대나무 같은 사내였고 50 초반의 C 선생은 예리하지만 처신 지혜로워 노조의 은근한 방패막이였지요. 똑똑하고 소신 있고 수업이며 아이들 입시지도까지 뛰어난 능력을 지닌 분들이어서 내 자식 맡기고 마음 놓을 수 있는 선생님들이었답니다.

두 분 다 말은 않지만 그들의 퇴직엔 자본의 비정한 칼날이 숨어 있을 것이 짐작되어 제 살 베어지는 듯 아픕니다. 그 정도 나이의 사내들은 서로의 궁경은 차마 묻지 못합니다.

3. 경쟁 교육의 비정함은 아이들의 눈빛마저도 변화시켰습니다

더 아픈 것은 선뜻 등 떠밀려 나가기를 결단할 수 있도록 정을 끊어준 학교 상황입니다. 아무리 개인적으로 엄혹한 경제 상황이어도 차마 아이들을 두고 떠날 수 없어 교단을 지키던 시절은 갔습니다.

학교가 입시학원과 다를 바가 하나 없이 되도록, 교장이나 이사장만의 학교 자율이 만개하여 그들의 전횡과 독단의 지시에 순순히 따르지 않는 양심적인 교사는 도저히 양심상 담임을 맡을 수 없는 구조가 대한민국의 사립고등학교의 현실입니다.

선생님과 아이들과의 훈훈한 정이 설 자리엔 대학입시라는 괴물이 모든 인간적인 교육을 대신하여 당당하게 서 있습니다. 대통령과 교육감이 앞장서서 지시하고 모든 학부모들이 현실이라며 최우선시하는 경쟁 교육의 비정함은 아이들의 눈빛마저도 변화시켰습니다.

4. 마지막 담임이었던

차라리 혼자 문제 풀겠다고 선생을 귀찮아하는 아이들에게 사람됨을 가르치는 일은 지난합니다. 무의미한 고역인 문제풀이 교육의 최일선에서 A, C 선생 두 분 다 화려한 전과를 올린 분들이었다는 것이 아이러니합니다.

강북의 가장 못사는 지역에서 한 해에 서울대를 자기 반에서 두 명도 보내고 거의 매년 한 명은 도맡아 보낸 최고의 진학률을 감당하는 선생님이 C 선생님이시었지요. M 선생과 C 선생이 그리고 저까지 지금 50대 초반의 노조원 선생님들이 이제까지 아마도 우리 학교의 고3들을 가장 먼저, 가장 오래 가르쳤을 것입니다.

학교의 일선에서 더 이상 의미를 찾을 수 없습니다. 미친 교육에 더 이상 협조할 수 없습니다. 먼저 떠난 A 선생에 이어 C 선생이 학교를 떠납니다. 그들의 선생으로서의 자괴감과 무의미를 거슬러 교사로서의 정년을 채우기를 당부할 어떤 의미도 찾아내기 힘들었다는 것이 슬프지만 솔직한 저의 변명입니다.

5. 영혼을 깨울 수 없는 수업

　부끄럽지만 저희 학교의 노조는 빈사 직전입니다. 일체 학교에서의 발언을 자제하고 칩거 중입니다. 며칠 전 2차 시국 선언에 동참했습니다. 해직 교사들이 너무 많아 본부에 성과급의 일부를 반납하는 일에 힘을 모아드렸습니다. 그러나 우리 학교의 일에는 거의 손을 떼고 묵묵히 견디고 있는 정황입니다.

　거듭 부끄럽지만 일할 여력이 없습니다. 수업을 하지만, 자는 아이들을 깨워보지만 영혼을 깨울 수 없는 수업이 참담합니다.

6. 사람의 길도 산길처럼 그랬으면 좋겠습니다

　떠나서 잘 살라고 했습니다. 먼저 떠난 A 선생이 잘 사는 것이 선생님들께 답하는 길이라고 했었지요. 아직 A 선생에게서 기쁜 소식은 들려오지 않고 많이 힘든 정황만 감지되는 것이 이제 떠날 C 선생을 보내며 마음이 무거운 이유입니다.

　당신은 잘 해낼 거라고 제가 말했고 C 선생이 담담하게 잘 해내겠다고 말했습니다. 술인지 눈물인지 모를 것을 마시는데 10년 전 나의 노트에 적어두었던 시가 떠오릅니다.

　"사람의 길도 산길처럼/ 봉우리가 보이면 좋겠다/ 그래서 그만 내려갈 때가 되었다는 것을/ 스스로 알 수 있다면" 좋겠다는 생각을 했습니다.

　우리 인생의 산길에 "땀 식히며 가파른 길 돌아볼/ 빈자리도 있다면/

엎어지고 미끄러질 때 있긴 있어도/ 멀어져 갈수록 깊어져서" "새소리 물소리 다 품을 수 있다면/ 다 비워낼 수 있다면/ 산길 밖에서도 산길에서처럼 이렇게/ 마음이 고요할 수 있다면" 좋겠습니다.

2009년 7월 18일

아름다운 젊은이 둘을 만났다

일요일 오후에 청춘들을 만나러 간다. 도서관에서 나와 제자 H는 여자친구와 함께 있다고, 선생님께 보여드리고 싶었다고 한다. 종로에 나들이하여 사람을 만나기엔 영풍문고가 좋다. 종로엔 이제 종로서적이 없다. 그 책방에서 친구를 기다리던 젊은 시절이 갔다.

씩씩한 청년 H가 "애인입니다 선생님." 소개하는데 늘씬한 키에 서글서글해 보이는 참 인상이 좋은 여학생. 조금 떨어져 방긋 웃으며 인사한다.

H와 서점 문을 열고 나오며 말했다. "성격이 시원하겠다. 너랑 비슷하다.""그래요. 저와 생각도 같고 시원시원해요."

H가 찾아가는 곳이 우연히도 지난달에 H의 바로 앞 선배인 K와 T와 술을 마셨던 같은 골목이다. 일요일 오후라서 조용했다. 창가 자리에서 삼겹살을 주문하고 두 젊은이들을 바라본다. 요즘 여학생 같지 않다. 화장을 전혀 하지 않았으며 멋도 내지 않아 순박했다.

"예뻐요." 내가 말했더니 수줍게 웃는데 하얀 피부에 눈이 정말 예쁘다. 눈이 마주쳐도 어색하지 않게 웃을 줄 알고 소주잔에 술도 서슴없이 받는다.

인터넷에서 알았단다. 서로의 글과 생각이 너무 잘 맞아 만나자마자 서로에게 깊이 빠져들었다고.

"진짜 똑똑해요. 책도 엄청 읽었고 의식도 제대로 되어 있고."

여학생은 서울대 경영학과 4학년, 외고 출신 같지 않게 소탈하다. 신기하다. H의 삶은 극적이고 역동적이다. 들어서 알고는 있지만 확인하고 싶다고, H의 고등학교 생활은 어땠는가 묻는다.

H가 스스로 말한다. "야구부와 바둑부 빼고는 밑에 진짜 아무도 없었어요." 그랬다. H는 조용히 전혀 공부를 안 했었다. 과묵하게 큰 눈을 뜨고 무게 있게 자리를 지키고 있던 아이. 당시 H가 이제는 사라진 교내 음성서클 '아해'의 '짱'이었다는 것도 졸업 후에 알았다.

H는 절친했던 우리 반 1등 Y와 입시면담을 하러 와서 Y의 면담이 끝나고 제 차례가 되었는데 면담이 필요 없다고 했었다. 곧바로 재수하겠다고, "서울에 있는 4년제 대학에 들어갈 것을 약속드립니다." 힘든 일이었다. 공부를 안 해본 아이라서 겁이 없구나 생각했었는데 H는 한다면 하는 놈이었다.

재수학원의 도서관에서 눌러앉아 밤 11시까지, 모의고사 보는 날을 빼고 무조건 공부에 열중하는 H가 놀라왔다.

H의 어떤 점이 좋았을까. 물으려다 내가 묻고 내가 대답을 하고 말았다. "H는 정말 발전적인 놈이지요. 자신감 대단하고 사내답지요? 앞으로가 기대되는?" 생활기록부식으로 말했더니 여학생이 밝게 웃으며 고개

를 끄덕인다.

H는 제법 좋은 득점을 했지만 내신 성적의 벽에 걸려서 재수에 실패하고 소식이 없었다. 그리고 몇 년 전 전화가 왔다.

"선생님, 약속 지켰습니다. 국민대 사회과학부에 편입했습니다."

서울의 전문대 다니면서 편입 공부를 하여 영어에도 자신감이 생겼노라고. H는 어렵다는 카투사 시험에도 합격하여 흔히 말하는 SKY 출신들과 당당하게 같이 근무하다 제대휴가를 나와서 선생님과 만나고 있는 것이었다.

H의 자신감은 그의 청춘의 몇 년을 온전히 바쳐 이루어낸 성취감에 바탕한 것이어서 튼튼하다.

"H가 지금까지 이루어낸 성취 때문에 조금 자신감이 업 되어 있으니 친구 분이 냉철하게 H를 잘 잡아주어야 해요. 사회 나와서의 현실은 공부와 달라 녹록치 않은 부분이 있으니. 그리고 금세 좋았다가 금세 식는 양은냄비 같은 사귐 말고 오래오래 끝까지 가는 사랑을 하고."

둘 다 "네" 하고 밝게 웃는다. H와 여자친구 둘 다 그늘과 어둠이 없었다. 청춘 특유의 열정과 사랑만이 빛났다. 나는 88만 원 세대를 걱정하는 늙은 선생일 뿐이다. 젊은이들에겐 각박한 세상에 주눅 들지 않는 그들만의 패기와 힘이 있었다.

"참 잘했다. H야! 아주 괜찮은 아가씨다. 절대 놓치지 마라." "저도 그러려구요."

소주를 각 1병씩 3병 마시고 2차로 한 두 조끼 맥주를 마셨는데 취하고 말았다. 그들의 사랑에 취했으리라. 젊음의 자신감과 싱싱함에 취했으리라. 쉽기야 하겠는가. H와 그의 여자친구가 꿈꾸는 세상이 선뜻 길을 내주겠는가. 그러나 사랑의 힘이 세다. 젊은 패기의 힘이 든든하다. 둘이 손을 꼭 잡고 씩씩하게 가면 두려움 없다.

한다면 하는 H와 H를 좋아하는 깨끗한 사랑을 믿는다.

2009년 8월 2일

신기한, 그리고 우직한 두 아이

학교 다닐 때 학습 지체의 문제가 있어서 내가 전문대 진학도, 군대 가는 것도 강력히 반대했으나 기어이 입대하여 훌륭하게 군복무하면서 키도 사회생활 능력도 훌쩍 키워내 나를 부끄럽게 했던 Y.

처음엔 군복 입고 당당히, 이번엔 사복 갈아입고 세련되게 나타나 나의 교무실 책상 앞에서 웃고 있다. 전역 후 다니던 학교에 복학하여 자격증 따 보이겠다고 하여 나를 또 감동시킨 아이.

생활 노트 한 줄도 쓰지 않고 졸업한 유일한 우리 반 아이가 된 Y는, 그러나 대학의 자기 과에서 제도를 가장 빨리, 가장 잘 해내서 교수님께 칭찬 받으며 A학점을 받아냈노라고 자랑한다. 자격증 시험문제도 풀어 봤는데 제법 풀 수 있어서 해낼 수 있을 것이라고 말했다.

그가 전역을 코앞에 두고 있다. 하나님께 기도 드린다. 그가 군대생활도 잘 이겨냈듯이 사회생활에 제대로 진입할 수 있도록 돌봐주시기를!

참으로 열심히 공부했던 J가 첫 휴가를 나왔다. 바른 자세로, 쉬는 법이 없이 우직하게 공부를 해서 너는 쉬며 공부해서 유연해져야 성적 나온다고 구박을 많이 했었는데 그의 쉬지 않고 공부하는 자세를 누그러뜨릴 수 없었던 아이. 서울 시립대 통계학과에 진학하여 그해 우리 반 아이 중에 가장 먼저 여자친구 있다고 고백해서 나를 놀라게 했던 아이.

그 아이와 결국 헤어져 가장 먼저 실연의 아픔을 겪고서 담담해져 군대로 떠났는데 행정병으로 편하게 지낼 수 있는 것을 굳이 마다하고 훈련소 조교를 선택했단다. 그가 담임 선생이 신병교육을 받았던 바로 그 양구 2사단 31연대의 조교생활을 하며, 옛날 나 같을 신병들을 가르치고 있다. 따뜻하게 신병들을 돌봐주리라. 믿음직한 놈이라 별로 걱정은 안 되지만 그래도 몸 조심, 무리하지 말라고 당부했다.

우리 집 위쪽의 시립대까지 같이 차를 타고 가다 그를 내려주었다. 토요일 오후의 캠퍼스가 그를 위로하리라. 우연히 예쁜 여학생을 만나는 행운이 있기를!

2009년 9월 14일

종묘 너구리, 우리 아이들의 현재

종묘에 너구리가 산다. 살아남기 위해. 그러나 새끼 너구리들은 죽어 갔다. 우리 아이들의 모습이다. 나는 종묘에 사는 너구리 가족의 삶과 죽음을 슬픈 마음으로 들여다보고 있었다.

1997년 어느 밤 한국방송의 자연다큐멘터리(아마도 환경스페셜이었던 것 같다)였다. 그리고 2009년 나는 오로지 경쟁 교육을 향해 거침없이 치닫는 우리 교육의 황폐를 분노하고 걱정하면서 종묘에서 살아남기 위해 고생하다 결국 죽어간 새끼 너구리들이 지금의 우리 아이들의 모습이라는 생각을 지울 수 없어 아프다.

1997년의 글

종묘에 너구리가 산다. 종묘 너구리의 삶을 TV에서 보고 나는 많이 감동했었다. 9월의 첫날, 나는 종묘 너구리의 살아남고자 애쓰는 삶의 곤경을 아이들에게 얘기해주었다. 아이들은 초롱한 눈을 뜨고 귀를 기울인다.

"북한산에서 시작되는 서울의 녹지축이 성균관대학을 거쳐 창덕궁, 종묘에 이른단다. 녹지축이란 큰 산에서 작은 산으로, 동네 뒷산으로 이어져 내려오는거야……."

개발에 쫓기고 오염에 시달리며 너구리들은, 특유의 호기심과 모험심에 끌려 녹지의 끝, 종묘에까지 와서 멈추는데 도심의 종로 3가, 방문객으로 들끓는 종묘에서의 너구리들의 삶은 험난하기 짝이 없다. 그에 대처하여 그들이 생존의 길을 찾기란 지난한 것이었다. 1년에 걸친 제작진의 수고로 너구리의 한 해 삶의 전모를 조금씩, 그러나 치열한 영상으로 담아낸 노작(勞作)이었다.

종묘의 밤, 거대도시 서울의 퇴락한 고궁에서 늦은 밤 드디어 너구리의 자취가 발견된다. 너구리들은 몇 백 년 전에 건설된 종묘의 하수구 통로를 길 삼아 일정한 간격으로 나타나곤 했다. 살아남기 위하여 방문객들이 버리고 간 쓰레기 더미를 뒤지고 종묘와 창덕궁을 연결하는 육교까지 그들은 이동의 통로로 이용하고 있었다. 피폐한 삶이었다.

절대 부족한 야생의 먹거리를 확보하기 위한 너구리의 목숨을 건 수고가 이어졌다. 곤경 중에도 삶은 계속되는 것이어서 너구리는 새끼를 배고 귀여운 새끼를 기어코 생산하는 것이었다.

선생인 나로서는 턱없이 열악한 환경에서의 너구리의 생존 노력의 치열함과 더불어 이제 태어난 새끼들의 성장에 관심이 갔다. 교육은 종묘의 너구리들에게도 결코 예외는 아니었다. 생명을 지키고 바로 키워내기 위한 어미 너구리의 노력은 필사적이었다.

조금이라도 더 나은 자양분을 나누어주기 위하여 어미 너구리는 한낮에도 위험을 무릅쓰고 먹이를 찾아 사람들이 다니는 길을 드나들었고 눈에 띄도록 수척해져갔다. 어미는 새끼들의 젖 빠는 위치까지 바꾸어주면서(좋은 자리에서 젖을 잘 먹는 새끼와 젖을 제대로 못 먹는 새끼의 자리를 바꿔줌) 어린 생명들을 배려해주고 있었다.

눈뜬 어린 너구리들의 어여쁨. 어린 것들이란……. 그들의 생명의 약동이란 가장 아름다운 황홀이다. 무척 척박한 조건 속에서도 생명은 성장하는 것이었다.

어린 너구리들의 첫 나들이. 종묘의 휴일 날, 모처럼 사람이 드나들지 않는 환한 대낮의 공간에 나가서 어미 너구리는 가장 먼저 '길 익히기'를 가르치는 것이었다. 장난꾸러기들은 열심히 어미 너구리를 따라 다니고…….

어떤 시대, 어떤 곳에서도 아이들은 스스로 성장을 시도하고 있었다. 한 어린 너구리가 쥐 잡기를 시도하는 장면이 카메라에 잡혔다. 쥐의 저항도 만만치 않아서 힘겹고 어려운 과정을 겪고 나서야 아이는 처음 제 힘으로 먹이를 싸워 획득할 수 있었다. 그러나 어느 순간에 다른 형제 너구리가 먹이를 낚아채 가고…….

어느 날인가 가장 힘차던, 그래서 항상 앞장을 서던 첫째 아기 너구리가 어디선가에서 심하게 다친 채로 나타났다. 언제나처럼 형제들과 어울리지도 못하고, 앞발만을 사용하며, 허리서부터는 몸을 쓰지 못하게 된 첫째 너구리는 끝내 멀찌감치 떨어져 제 형제들을 바라보다 멀어져갔다. 생명은 생명을 주고, 생명을 떠나보낸다.

어미 너구리는 단호하게 아기 너구리들을 떠나보내고 있었다. 항상 뒤쳐졌었던 막내 너구리는 역시 가장 오래도록 어미를 떠나지 못하고 있었다. 어미는 몇 번 씩이나 막내를 쫓아내기 위해서 되돌아오곤 했다.

치명적으로 위험하고 한정된 공간에서 늘어난 식구들의 생존은 너구리들의 삶을 한계 상황에까지 몰아가고 있었다. 삶에서 행복한 순간은 항시 짧고, 어려운 궁경은 끝없이 다가드는 법. 어린 시절의 빛나던 희열도 잠시 종묘 너구리 일가의 그대로의 삶은 참혹한 것이었다.

나누어 가질 수 없는 한계 영역에서의 상호 구역의 침범과 침탈, 구역의 확보를 위한 상호 투쟁이 처절한 상잔으로 이어졌다. 종묘 안에서의 그나마 안전한 삶에서 밀려난 너구리 새끼들은 살아남기 위해 위험한 종묘 바깥의 세상에까지 내몰리고 있었다.

끝내 그들은 죽어갔다. 가슴 아픈 사실이지만 카메라는 죽은 너구리들의 시체들을 하나둘씩 확인하고 있었다.

보이지 않는 너구리도 있었던 것 같다.

1997. 9. 어느 날

내가 아이들에게 너구리들의 어디까지를 얘기해주었는지 기억나지 않는다. 다만 나의 12년 전 기록은 비극적이었고 살아 새로운 가족을 이룬 너구리에 대한 기록이 존재하지 않았다. 물론 살아남은 너구리들의 이야기가 간헐적으로 이어졌다. 양재천 너구리의 이야기도 있었다. 그러나 종묘 너구리의 그 뒷이야기를 다시 본 기억이 없다. 지금도 종묘엔 너구리가 살고 있으리라는 애오라지 희망을 확인할 수 있다면 좋으련만.

나는 20여 년의 고등학교 담임 생활(고3 담임이 그중 많았다)을 통해 아이들의 고투를 함께 겪었던 교사였다. 지금은 아니다. 나는 더 이상 세상 어디에도 유래가 없는 경쟁 교육에 협조할 수 없다.

나는 담임을 맡지 않겠다는 의사를 어렵게 관철시켰다. 나는 우리 학교 노조원들 중에서 거의 마지막까지 남아 입시교육에 충실했던 교사다. 나에게와는 달리 기타 노조 선생님들은 교묘하게 담임에서 배제되는 수순이 진행되었고, 학교에서의, 전에는 아이들 생활 노트에 조언하느라 시간에 쫓길 시간에 이제는 블로그의 글을 쓰고 있다.

내가 겪는 자괴감과 무력감이 쓸쓸하다. 이제 50대 중반에 접어드는 가을. 더 이상 대한민국의 교육은 교육이 아니다. 대한민국의 교육은 아이들을 너무 학대하고 있다. 이제까지의 학대로 부족하단다. 정권이 바뀌고서는 학교 다양화라는 미명하에 기존의 자립형 사립고, 과학고등학교. 외국어고등학교에 더하여 자율형 사립고까지 생겨나 이제는 입시교육이 중학교까지 확대되어 경쟁교육을 심화시키고 있다.

학생의 학교 선택의 자유를 보장해주어야 한다는 또 아름다운 취지는 이제까지와는 비교도 안 될 정도로 일선학교들(특히 고등학교의 대다수를 차지하고 있는 사립학교들)을 막바지의 싸움으로 밀어 넣고 있다.

학교별 수능 성적의 공개, 명문대학 진학률의 제시로 발가벗겨진 학교들은 학교 생존의 목숨줄로 단 한 가지, 입시 성적만을 내세울 수밖에 없다. 다수 사립학교의 이사장과 교장들은 자식이 좋은 대학을 나와야 취업을 할 수 있다는 절체절명의 부담에 시달리는 학부모들의 위기감을 명확히 인식하고 있다. 새 정권 들어 거의 절대적인 자율권을 확보한 교장들은 앞 다투어 학생들을 오로지 입시 성적을 올리기 위한 자원으로만 활용한다.

학교는 이제 교과 과정에 따른 교과서로 수업하지 않아도 눈치 보지 않는다. 공부 잘하는 아이들은 특별반에서 스스로 입시에 필요한 공부만을 완전 자유롭게 할 수 있다. 요컨대 수업을 받을 필요가 없다.

그들은 입시와는 직결되지 않는 선생님의 가르침이나 급우들과의 사귐 같은 것은 전혀 필요 없다. 그들만의 어둔 도서관에 은둔하여 하루 종일 그들이 꿈꾸는 것은 SKY 대학이라는, 하늘이다.

어차피 상위 10~20퍼센트의 학생만 서울을 포함한 수도권의 제대로 된 대학에 갈 수 있도록 정해져 있는 싸움이다. 내 자식은 경쟁에서 이기리라 믿으며 너도나도 감행하는 이전투구는 비참하다.

서민 가계에는 벅찬 사교육비를 감당하며 부모님들이 염원하는 기대치를 충족시킬 수 없는 나머지 대다수 80퍼센트의 청춘들이 감당해야 할 좌절과 절망의 절박함을 경제가 성장 일변도여서 그다지 어렵지 않게 살 길을 찾을 수 있었던 옛 시대의 어른들은 실감하지 못한다.

나머지, 경쟁에서 뒤진 아이들은 대학 진학부터 취업까지 이르는 좁은 문의 초입에서부터 하염없이 들러리 서는 일에 저항하지도 못하고 무기력하게 병들어가고 있다.

그들이 할 수 있는 일은 압도적인 현실에서 나 몰라라 도피하여 학교든 학원이든 수업 중엔 자거나 판타지에 빠져들거나, 게임과 노래방을 전전하며 스트레스를 푸는 일밖에 없다. 노량진에 기숙하는 수만 명에 이르는 공시생들의 내일. 아르바이트 하고 있다는 대책 없는 젊은이들의 궁경이 그들의 미래로 고정되고 있다.

그러나 그런 각박한 경쟁의 현실을 완화하고 부담을 늦춰야 한다는 누구나의 생각에도 불구하고 현실 교육의 정책의 방향은 거꾸로 향하고 있는 것에 문제의 심각성이 있다.

그나마 중학교까지는 유예된 평화를 억지로 유지하는 힘이었던 대한민국의 평준화 교육을 특수목적고가 그 틈새를 절묘하게 비집고 들어가 허물기 시작하더니 새 정권이 들어서면서 사실상 완벽하게 해체하였다. 숫자나 비율로도 이미 외고, 과고, 자립형 사립고의 비중은 옛 1류 고등학교의 수준을 회복했다.

전교 등수 안에 들고, 한 달에 최소 100만 원 정도의 비용을 감당할 수 있는 아이들만 갈 수 있는 외국어고등학교의 한 해 배출 학생 수만 8000명이다. 외고, 과고, 자립형 사립고로 옛 1류 고등학교가 채워졌고, 2류 고등학교로 새 정권이 마련한 것이 자율형사립고이다. 성적이 중간 이상이 되는, 일반고의 3배 정도의 등록금을 감당할 수 있는 경제력을 갖춘 아이들이 가는 2류 고등학교가 그것이다. 자사고 정원의 20퍼센트 정도는 가난하지만 공부는 잘하는 학생들을 장학생으로 가져가는 배려도 잊지 않고 있다.

그 나머지, 이미 중학교 때 경쟁에서 밀려나 걸러진 일반고 학생들이 옛 3류 고등학교의 위상을 차지할 것이 분명해지고 있다. 교원의 능력이 옛날보다 떨어져 공교육이 파탄 나고 사교육에 뒤지는 것이 아닌 것을 모르는 사람이 있을까 싶다. 우리 교육의 문제는 구조적인 것이어서 선생들을 경쟁시키는 것이 결코 대안일 수 없다.

참된 의미의 교원평가를 하고 싶으면 앞으로의 교원평가는 인성교육을 제대로 펼칠 수 있는 교사인가를 평가하는 데 중점을 둬야 할 것이다.

대다수 일반계 고등학교의 교사들이 우수 학생들이 배제된, 이미 경쟁의 서열에서 뒤처진 학생들을 대상으로 하는 수업에서 교과수업 능력이 부족할 경우는 사실상 없을 것은 명백히 예견되는 미래다.

이미 경쟁에서 낙오한 아이들의 상한 마음과 좌절당한 자신감을 부둥켜안고 위로해줄 사랑과 정성의 마음을 교사들이 가지고 있는가를 평가하자면 교사들의 감수성과 진정성이 평가의 가장 중요한 준거가 되어야할 것이다. 그러나 마음이나 영혼을 어떻게 평가할 것인가. 차마 반 성적이나 진학률을 평가의 대상으로 하는 것은 누가 봐도 어처구니가 없는 것일 텐데 어쩌자는 것일까.

일제고사로 평가하여 학교들을 평가하여 학력을 높이겠다는 발상도 억지스럽다. 서울 강남의 학교들이 열심히 아이들을 가르쳐서 학력이 높은 것이 아니라는 것 정도는, 강북의 못 사는 동네의 학교들이 얼마나 열악한 환경의 아이들로 구성되어 있는지를 아는 사람은 다 안다.

이미 사회경제적인 조건에 따라 결정되어 있는 학력의 수준을 높이라는 것은 안 되는 것이라도 되게 하라는 6, 70년대 군사문화의 잔재인데, 시험 성적 올리는 것이 교육의 목적이라고 생각하는 단순무식한 봉건적 사고를 저변에 깔고 있는 60년대 수준으로 2010년대에 대처하겠다는 교육정책이 80년대 전두환시대의 교육정책보다 퇴행한 것임을 부정할 수 없다.

오로지 문제집 많이 풀어야 국가경쟁력을 키울 수 있다는 생각을 하는 후진적인 교육철학을 용인하는 사회가 전 지구적인 미래 변화에 능동적으로 대처할 수 있다고 생각하는 만용이 놀라울 뿐이다.

입시교육에 온 힘을 쏟고 거기에 더하여 학교의 행정적인 일까지 도맡아 하던 40대 초반의 선생님이 쓰러지셨다. 몇 년째 거의 방학도 휴식 없이(올해 우리 학교는 주말만 빼고 계속 방학인데도 하루 6교시를 보충수업 했다)

일하셨다.

그가 쓰러져 오늘로 20여 일 다 되어가도록 의식이 돌아오지 않고 있다. 내가 볼 때 그의 뇌출혈의 원인은 누적된 피로로 인한 것이다. 매일 아침 나는 그가 깨어나 학교로 돌아오기를 기다리고 있다.

고3 담임을 맡고 있는 여선생님들의 웃음이 드물다. 아침에 7시 20분까지 등교하여 0교시(아침자율학습)부터 오후 보충 2시간까지 10교시를 마치면 어둔 밤이다. 집에 가서 집안일 하고 아이들 돌보다가 다음 날 화장까지 하고 나타나는 그들은 힘 좋은 아줌마들이다.

아이들도 웬만해서는 수업시간에 웃지 않는다. 하도 다양하게 구성된 수준별 선택반에서 공부하는 아이들은 반 아이들을 잘 모른다. 담임이 누구냐고 물으면 "행정담임이요?" 묻는다. 서류상의 반 구성과 실제 반을 구분하기 위해서 우리 학교에선 담임이 아니라 행정담임이라고 부른다.

현관문에 CCTV를 설치하고 선생님들의 지각을 단속하겠다고 공언하는 곳이 요즘의 학교다.

나는 어느 사이 벙어리 교사가 되어, 제법 나이 든 교사가 되어 다시 6, 70년대의 학교처럼 젊은 교사들이 삼청교육대식 현관지도를 하는 현관을 못 본 척하며 등교한다.

어깨동무하고 쪼그려 뛰기, 지각 않겠다는 복창소리 요란한 새천년은 황당하다. 나는 퇴직하지 못하고 아직도 학교에 남아서, 지난 주 신종플루로 못 나오시는 여선생님의 반에 일주일 동안 임시담임을 맡았다.

짧았지만 나는 3학년 3반 아이들과 어느새 정이 들어 아이들을 아파한다. 오늘도 나는 수능을 1주일 앞둔 아이들에게 자지 말고, 졸리면 떨쳐 일어나, 사물함 앞에서 서서 공부해보라고 권한다.

아이들아, 너희들이 내 자식 같아서 그런다. 너희들이 나가 살 세상은 험한 세상이란다. 이미 대학의 서열에 따라 가중처벌당할 미래를 단호히 거부하고 살아남으려면 지금부터라도 단단해지고 야무져야 그 세상을 이긴단다.

착한 마음에 더하여 강인한 정신으로 부지런히 살 길 찾아야지 자버리면 안 된단다. 사랑하지만, 무력하구나. 대한민국의 선생은.

선택이나 자율이나 수월이라는 미명하에 저질러지는 아이들 영혼의 살육, 자유의 억압, 창의성과 자유의 억압 및 봉쇄로 우리들의 사랑스러운 너구리들이 위험한 종묘 바깥으로 내몰리고 있다. 그들은 내 자식이고, 내 조카이고, 내 손주의 다른 이름이다.

문제집 말고 책을 읽어야 할 아이들, 학원 말고 들과 산에서 운동장에서 함께 뛰어놀아야 할 아이들. 다양한 생각을 할 수 있고, 새롭게 창의적으로 일 해내는 능력을 말하는, 본디 수월성은 더불어 생각하고, 함께 놀고, 힘을 합쳐 일하는 과정에서 생성되는 것이거늘.

2009년 11월 12일

4장

잠시 아이들만
사랑하기로 했던
것입니다

88만 원 세대, 그다음 이야기

오래 기다린 해후. 2001년 2월에 졸업하여 올해 2010년 2월에 다시 만나니 한 해를 못 채운 10년 만에 그들을 만난다. 군대 가면서, 휴가 중에 들러 잠시 얼굴을 본 놈도 있지만 흔히 말하는 명문대를 들어간 다른 그룹에 비해, 오랫동안 만나지 못했던 비명문대 그룹의 제자들이다.

고3 올라올 때 열아홉이던 소년들이, 우리 나이로 올해 벌써 스물아홉 청년이 되었단다. 취업이 바늘구멍이라는 시대, 스펙이며 온갖 것을 요구하는 사회에서 그다지 좋은 대학을 나오지 않은 전형적인 88만 원 세대가 그들이어서 선생인 나는 그들이 몹시 걱정스러웠다. 그래서 나는 어려움이 예상되는 그들의 취업 소식을 많이 기다렸었다.

작년 말에 아마도 우리 반 반장들 중에선 가장 저조한 성적으로 대학에 들어간 S가 이마트에 평생 자리를 잡았다고 연락해왔을 때 얼마나 반가웠던가.

"그래, 네게 맞을 것 같다. 아주 잘했다. 마음고생 많았을 텐데."

단정하고 유순한 성격의 S에겐 썩 잘 어울리는 일터를 찾은 것이 흐뭇하였었다. S는 다소 내성적이고 자존심이 강한 아이였다. 그래서 나는 S가 조심스럽고도 신중하게 모시고 싶다고 말해와서 참 좋았다.

"S야, 네가 반장이니, 니가 주도해서 모임을 만들어서 내게 미리 연락하여라."

유통 쪽의 쉬는 날이 많지 않고 바쁘게 일할 때여서 오랜 날을 기다려 그들을 만난다. S는 한다면 하는 놈이다.

그들의 그룹 중에선 가장 좋은 대학을 나온 L이 고전하는 듯 졸업 후소식이 없어서 불안했었다. 그는 서울시립대 법대에서 서강대 법대를 거쳐 1년 반씩이나 인턴 생활을 계속하더니 기어코 연초에 삼성계열에서 독립해 나왔다는 어느 회사에 입사가 확정되었다는 소식을 가뿐 목소리로 전해 왔을 때, 참으로 기뻤다.

"고생했다. 고생했다. 어머님이 너무 좋아하시겠다."

어머님이 고령이신데도 일하러 다니시는 어려운 가정형편을 이기고 아르바이트로 대학생활을 해내고 드디어 부모님을 편안하게 모시게 되었으니 기쁘고 장한 일이다. 가장 최근에 취업한 두 놈들 축하도 할 겸 모이기로 했다.

아담한 키의 K는 더 예뻐졌다. 만나서 악수하는데 밝게 웃으며 K가 반기는 것이 오히려 고3 때보다 더 사랑스럽다.

오랜만에 반 아이들을 다시 만나보면 8, 9년의 세월도 어제 같아져서 조회하고 싶어지고, 늦게 온 놈은 청소시키고 싶고, 종례 때는 내일 당연히 놈들이 학교에 나올 것 같다. 그때와 달라진 것은 이젠 그들과 삼겹살집에서 소주를 마신다는 것이다.

제자들과 삼겹살 먹을 때는 내가 고기를 굽거나 안 잘라도 돼서 편해 좋다. 놈들은 나와 생활하며 친해져서 내 생각에 사심 없다. 나는 세상 어디에서보다 제자들 앞에서 자유롭다. 그들은 나의 마음과 뜻을 알기에 선생님에게 너그럽다.

우직하고 마음 착하고 우람했던 H는 키가 더 크고 날씬해졌다. "키가 더 컸네, 날씬해지고?" 말했더니 "제 얘기지요? 제가 키가 더 커졌어요." 키 작은 K가 넉살이 늘었다. H는 다이어트를 했다가 다시 늘어난 것이라며 아직도 예의 수줍은 붉은 미소를 짓는다.

대림대학을 졸업한 K가 여섯 중에 제일 먼저 삼성전자 정규직으로 취직했고, 제일 잘나간다고 아이들이 말한다.

"K가 고3 땐 정말 공부 열심히 했는데 성적이 잘 안 나와서 선생님이 마음이 아팠는데 결국은 시험 성적 말고, 착하고 성실한 것을 사회에서 알아주었구나. 잘했다."

수능 성적에 따라 대학 보낼 때 열심히 노력했지만 시험에는 약해서 노력만큼 성적 안 나온 착한 아이들을 위로할 때마다 나는 진심으로 하늘이 그 성실함과 착실하고 착한 마음을 아실 것이라고 그 마음의 자세가 끝내 인정받는 날이 올 것이라고 아이들에게 말해왔었다.

"그러고 보니 수능 성적으론 제일 좋았던 L이 제일 늦게 취직했네." 아이들이 이구동성으로 말한다. "L이 자살할까 봐 걱정했어요." L이 다소 진지해서 나도 걱정했었는데 아이들도 걱정스러웠단다.

누가 학교 다닐 때 공부 잘했고 누가 못했었다고 말해도 상관없는 나이가 되었는지라 우리는 스스럼없이 말할 수 있어서 좋다.

"H야, 너도 공부는 잘하지 못했었는데."

선생이란 고리타분해서 졸업하고도 공부 얘기다.

"사실은 선생님 제가 고2 때 선린상고에서 전학 와서 적응이 힘들었어요."

"그랬었지. 잊고 있었구나."

"그래 H야, 너는 보건쪽(동남보건대학)에 갔었는데 졸업하고 금세 취직했었냐?"

"사실 3년 비정규직으로 일하다. 녹십자수의약품으로 옮기면서 정규직으로 되어 주로 미생물 관련 업무를 합니다."

전공을 살려서 안정적으로 일한다고 밝게 웃는 H가 대견하다.

"이제 장가만 가면 되겠구나. 사귀는 아가씨는 있냐?"

담임 닮아서 연애를 못하는 순진한 놈들이어서 짝 있는 놈은 하나밖에 없다.

쇼핑몰 일하는 O는 철학이 있는 놈인데 오늘의 술판을 주도하며 재밌는 멘트를 곧잘 날린다. 나는 그들의 젊음에 서서히 취기가 올라 O에게 시비를 건다.

"O야! 너 쇼핑몰 하지 말고 꽃농사 지으면 어떠냐, 아버지 화훼하시잖아. 니가 가져온 풍란 오래 물 주면서 길렀었는데. 네가 그거하면 잘 할 것 같은데."

"아버지가 저보고 귀농하랍니다. 하지만 전 딱 50까지만 돈 왕창 벌고 그만둘라고요."

"니네 쇼핑몰에선 뭐를 파냐?"

외국 의류를 수입해다 판다는데 O는 고집과 제 철학이 분명해서 나는 그를 믿는다.

조용한 Y는 그다지 말은 하지 않고 웃기만 한다. Y는 시를 쓴다. 세 번 신춘문예에 떨어지고 군대 갔다 와서 학원에서 국어를 가르치고 있다.

"Y야, 너는 시인이 될 거야. 어려워도 이겨내거라. 국어도 잘 가르칠 거고."

학교에서 국어를 가르칠 수 있으면 좋으련만.

"선생님도 시를 쓰는데, 전문적인 그런 시 말고 생활 시 쓰는 것 아냐? 작품성 그런 것 말고, 손주들 읽히려고 쓰는 그런 시 쓴단다."

그의 시를 읽고 싶다.

자리를 옮겨 생맥주 집의 2차에선 오늘 자리를 같이 하지 못한 아이들 이야기도 들린다. 이국적인 마스크의 B가 사제가 되기 위해 수도원서 생활하고 있다고. C는 사진과를 졸업하고 사진 찍다가 카페를 냈는데 사진이 가득한 카페가 엄청 인기가 좋다는 소식 등.

그리고 유일하게 짝이 있는 L의 여자친구의 전화. 본래 선생님을 모시고 따로 선보이겠던 여자친구인데 당장 오라는 모두의 성화. 늦은 밤에 나타난 용감하고 예쁜 아가씨.

"L이 착하고 정말 진실한 놈이지만 워낙 진지해서 유연함을 도와드려야 하는 점, 집안이 어려운 것도 아시는지?"

담임 선생님이 말씀하시는 것들을 안다고 답하는 야무진 아가씨. 선생님이 되기 위해 임용고시 준비하고 있다는 당찬 예비 선생님. 아마도 놈들은 이제 줄줄이 짝짓기에 나서리라.

12시를 조금 넘은 시간이라서 먼저 가보라고 둘을 먼저 보내고 놈들과 노래방에 갔는데 30대 중반 정도까지는 전율이 온다는, 영혼의 가수(?)인 내가 부른 노래에 전혀 감동하는 것 같지가 않아 나는 쓸쓸한 마음을 누르고 자리를 일어섰다.

"나오지 말아라. 이젠 친구들끼리 재밌게 놀아라."

학교 때의 단호한 어조로 마구 일어서서 나오려는 놈들을 몸으로 막아버리고 나섰는데 어떻게 나왔는지 대표로 반장 S가 말을 안 듣고 나와 섰다.

"선생님 간다. 열심히 살아라."

"네~"

L과 그의 아가씨를 먼저 보냈다.

"선생님 다음엔 더 좋은 모습으로 찾아뵐게요. 열심히 하겠습니다. 조심히 들어가세요."

다음 날 내가 확인한 문자 말고 일주일 지나 이 글 마치면서 확인하는 문자까지.

"선생님 오늘 뵙게 되어 너무 즐거웠습니다. 9년 동안 연락 한 번 못 드려 죄송합니다. 앞으로는 연락 자주 드리겠습니다. 조심히 들어가시구요. 하루 남은 휴무 푹 쉬세요."

2월 21일 새벽 1시 넘어서 내게 도착했던 문자 두 개가 선명하다. 9년 전의 그 아이들을 떠나보내고 또 다른 세대의 새 아이들을 맞는 봄이다.

2010년 2월 마지막 날 새벽에

잠시 아이들만 사랑하기로 했던 것입니다

3월 1일 눈 온 날의 그림들을 3월 7일에 올리고 한 달 넘게 전혀 글을 올리지 못하여 따뜻하시고 정 깊은, 저의 좋은 이웃님들이 몇 번이나 안부 글도 주시면서 궁금해하시고 나중엔 걱정까지 하시는 것을 모른 체 지내는 것이 정말 많이 죄송했답니다.

심지어는 방송국에서 일하는 후배까지 "블로그에 너무 오랫동안 글이 없어 형님 무슨 일 있으신가 걱정스러워……." 전화를 해 오는 것이어서 더 지체할 수 없어 하던 일을 멈추고 서둘러 글을 올립니다.

사실 제가 블로그를 연 때는 2008년 수능 마치고 텅 빈 11월 말의 어느 날 오후였습니다. 고3들 수업마저 없는, 첫 고3 비담임을 맡은 선생의 공허는 참으로 허한 것이었습니다. 반 아이들 없는 선생의 외로움을 달래려 옛 글들을 미친 듯이 타자를 쳐서 올렸던 것입니다.

아무도 들러주지 않는 블로그, 글의 창고에 고교시절의 글부터, 학교를 박차고 나와 심하게 방황하던 고교 중퇴생의 아픔을 지켜주었던 신앙의 글, 군대 갔다 와서, 역시 아주 늦게 대학에 입학한 만학도로 견뎌야 했던 엄혹했던 80년대의 글들을 아프게 돌아볼 수 있었던 30년의 남루와 누추의 세월을 반추한 경험이었습니다.

그리고 2009년은 학교 아이들이 아닌, 바른 뜻을 지니고 살아가시는 세상의 어른들을 만나 한 해 동안 아이들의 생활 노트에 조언하던 시간에 블로그 이웃들과 따뜻하고 선한 생각들을 나누는 기쁨을 누렸습니다.

그리고 올해 봄에 학교로 돌아와 다시 아이들을 만났습니다. 고3이 아닌 고1 아이들은 어찌나 풋풋하던지요.

3월 초에 어느 날 한 아이가 교무실에 와서 배가 아프다고 양호실에 가겠다고 했습니다. 저는 아이를 사무적으로 대했던 것 같습니다. 아이는 두 번이나 저를 찾았는데 저는 양호실에 입실하든가, 집에 가든가 마음대로 하라고 말을 하다 문득 물었습니다.

"집에 가면 어머니 계시냐?"

아니라고, 가도 집에 아무도 없다고 아이는 조용히 말하는 것이었습니다.

"가끔 배가 아프다." 말하고 그는 교실로 돌아갔습니다.

그날 퇴근하는데 문득 그 아이가 떠올랐습니다. 선생의 본능은 이상한 것입니다. 차를 몰면서 나는 아이의 자기소개서와 환경조사서를 가방에서 꺼내 다시 읽었습니다.

"초등학교 3학년 때 어머님 돌아가심.

아버지는 울산에 거주, 나이 차가 많은 형과 살고 있고, 부분적으로 전신 아픔(허리, 귀, 무릎 등), 가끔 두통."

엄마를 초등학교 3학년 때 잃은 아이에게 나는 "엄마 집에 계시냐"고 물었던 것입니다. 배가 아프다고 조용히 바라보던 그의 시선이 아프게 제 마음을 베었습니다.

그다음 날 나는 "누가 밥하냐." 아이에게 물었고, "제가 해 먹습니다." 아이가 짧게 답했습니다.

"반찬은?" 또 물었고 "아버지가 가끔 돈 보내주시면 사 먹습니다"라고 아이가 말했습니다.

그 아이가 배 아프다는데 나는 너무 냉담했던 것입니다. 눈물이 나오려고 해서 나는 역시 애써 냉담했습니다.

아이에게 저녁식사를 해결할 수 있는 야간자율학습을 권했고 아이는 순순히 야간자율학습을 받아들였습니다. 배치고사 전교 266등의 성적으로 입학했던 아이는 집에 혼자 있던 시간을 학교에서 지내며 첫 내신시험이었던 3월 월중고사 때는 80등 대의 성적을 거둘 수 있었습니다.

학비 지원을 위해 보험료를 얼마 내는지 묻는 내게 들려오던 울산 아버지의 목소리는 힘이 없었지만 선한 기운이 느껴졌습니다.

"혼자 사시나요?" "네, 혼자 지냅니다."

담임들이 학기 초에 제일 먼저, 가장 많이 마음을 기울이는 것은 학비지원 문제입니다. 아이들에게 가난은 떳떳한 것이라고 말합니다. 선생님도 가난했었다고, 집안의 경제형편이 어려운 것이 하나도 부끄러운 것이 아니라고 말합니다.

어른들이 일을 하다 보면 사업이 잘못되는 경우가 얼마든지 있다고, 너희들의 책임도 부모님의 책임도 아니라고. 형편이 어려운 것이 부모님이 노력하지 않아서도 아니라는 것을 주지시킵니다.

한 아이가 집안 형편이 어려운데 학원비도 그렇고 해서, 혼자 해보겠노라고 말합니다. 학원을 끊고 야간자율학습을 신청하고 싶은데 아버지가 자기를 믿지 않으니 선생님께서 전화를 드려보시면 좋겠다고 말해서 그의 아버님께 전화했었습니다. 아버지의 목소리가 많이 피곤하게 들렸습니다. 그 아이가 단 이틀 야자를 하고 내리 일주일을 무단으로 결석했던 것을 나중에서야 알았습니다.

아이를 많이 때려주었습니다. 아이는 울었습니다. 나는 아이를 제대로 지도하지 못하면서도, 그것을 깨닫지 못하고 있던 나의 무디어진 선생도 맞아야 한다는 것을 또 확인할 수 있었습니다.

아이들과 떨어져 지내는 동안 나는 선생이 아니었다는 생각이 들고부터 나는 학교에 등교하고서부터 퇴근할 때까지 담배 피는 시간을 제외하고 단 1분도 쉴 수 없었습니다. 하루에 보통 비는 수업이 없는 시간 3시간 중에 2시간을 아이들 생활 노트를 읽고 조언하는 데 썼습니다.

120권의 책을 마련하였습니다. 우리 학교는 교실 뒤편의 게시판을 뜯어버려 하얀 벽면만 남겨져 있어서 나는 스스로 다시 5개의 게시판을 준비해 교실 벽에 부착해야 했습니다.

아이들에게 좋은 책과 좋은 글들을 읽도록 하려고 오늘 저녁도 나는 아이들의 글들을 타자 치고 있었는데 잠시 그 글들 중에 두 개의 글만이라도 블로그에 올리면 죄송한 마음을 조금이라도 변명할 수 있지 않겠나 싶었습니다.

어느덧 나는 1학년 담임 선생님들 중에서 제일 나이 먹은 두 선생님 중에 하나가 되어 있었습니다.

아내는 싫어하지만, 사실 나는 교장 선생님과 마지막 담임이라고 약속하고 올해 1학년을 맡았던 것입니다.

선생으로, 담임으로 나는 어쩌면 마지막 제자일지도 모를 아이들을 진심으로 사랑하고 싶습니다. 후배 선생님들에게도 진실한 교사의 모습을 보여드리고 싶습니다.

우리 반에 아주 저조한 성적으로 들어온 아이의 글을 읽다가 또 마음이 아팠습니다. 아이는 공부를 잘해보려고 마음의 지옥을 겪고 있었습니다. 그의 이름을 밝히지 않고 그를 칭찬하면서 그가 '울었다'는 것을 말하는데 순진한 그 아이는 얼른 책으로 얼굴을 가립니다. 그의 생활 노트의 생활 메모입니다.

K의 생활 노트

4월 3일(토)

오늘은 날씨가 너무 좋았다. 그래서 친구랑 집까지 걸어갔다. 이제 봄이 왔나 보다!!

오늘은 집에 와서 일주일 동안 못했던 게임을 하였다.

아직도 중학교 때의 성격(버릇)이 남아 있다는 걸 나도 잘 알고 있다.

토요일에는 게임 시간을 줄여보려고 노력해야겠다.

아무튼 게임을 하다가 학원에 가서 공부를 했다. 근데 학원에서 다른 애들은 수학 수업을 할 때 잘 따라가고 이해를 하는데 나만 못 따라가고 이해가 안 되어서 너무 짜증났다!!

너무 짜증나서 내가 풀어도 안 풀리는 걸 나 혼자 스스로 풀었다. 수업을 안 듣고……. 그래도 안 풀렸다!! 결국 나는 너무 짜증나서 좀 울었다. 나는 너무 짜증나면 우는 게 있다.

아무튼 정말 난 잘하고 싶은데 너무 안 되었다. 애들이 다 가고 나랑 선생님 이랑 얘기를 했다. 선생님께서 "네가 잘하고 싶은 마음이 있으니까 이렇게 운 거야"라고 하셨다.

너무 공감되는 말이었다. 따뜻하고!! 생각해보니까 정말 그렇다……!! 정말 난 수학을 언제 잘 할 수 있을까?? 그리고 수학 공부 방법을 정확히 모르겠다.

▶ K야, 선생님 감동했단다.(그래서 조언을 길게 못쓰겠구나.)

학원 수학 선생님 참 따뜻한 선생님이시구나.

4월 4일(일)

오늘은 일요일!! 잠을 많이 자고 자유가 있는 하루!!

그치만 난 어제 일 때문에 일요일에는 수학 공부를 해야겠다고 생각했다. 원래 안 했었는데……. 정말 잘하고 싶어서 일요일에도 할 것이다.

오늘 1시에 일어나 어제 못 보던 드라마만 보고 밥 먹고 바로 수학 공부를 하였다. 어제 선생님께서 하신 말씀이 자기가 틀린 것 오답을 해봐야 한다고 했었다. 그렇게 해봤더니 좀 몰랐던 문제가 좀 이해가 된 것 같았다. 그리고 계속 한 문제 오답을 쓰니까 문제 푸는 법도 저절로 외워진 것 같았다.

너무 신기했다! 조금씩 되는 것 같았다. 이렇게 하나하나씩 수학 실력을 올려야겠다고 생각했다! 수학은 긍정적이어야 한다고 선생님께서 그러셨다……! 몰랐던 문제가 있으면 알면 되고, 틀린 문제가 있으면 알아 가면 되고, 이렇게 긍정적인 마음이 중요하다고 하셨다.

난 선생님께 "수학을 잘 하셨어요?"라고 물었었다. 선생님은 "수학을 진짜 못했는데 긍정적인 마음을 가지고부터 잘했어"라고 대답하셨다. 그래서 결국 선생님은 연세대를 나오셨다고 했다. 정말 훌륭하고 멋진 선생님인 것 같다! 나도 이제부터라도 안 풀린다고 짜증 안 내고 긍정적인 마음으로 수학을 해 봐야겠다!!

▶ 어제는 안 했지만 오늘은 해내는!!! K의 그 자세, 그게 좋은 거야.

수학 선생님, 정말 좋은 선생님이고, K도 정말 좋은 학생이구나.

4월 5일(월)

오늘은 학원을 안 가는 날! 내가 스스로 공부할 수 있는 시간이다!

집에 오자마자 바로 공부는 안 했지만 새벽 2시까지 내가 알 일을 마치고 자야겠다고 오늘 할 일을 정했다! 새벽 2시까지 하니까 힘들고 지치지만 이렇게 계속 공부하다보면 잘 할 수 있을 것이라고 믿는다!!

▶ 정말 K가 열심히 하는구나. 그러나 새벽 2시는 안 돼. 앞으론 새벽 2시가

아니라 12시 넘으면 무조건 자야 해.

4월 6일(화)

오늘도 학원을 안 가는 날! 좋긴 좋다! 오늘 영어 시험 범위가 누적된 걸
보고 너무 놀라고 걱정을 많이 했다. '이렇게 많은데 3주안에 어떻게 다
해??!!' 계속 이 생각만 했다. 솔직히 너무 많다…….

고등학교 시험범위가 이렇게 많을 줄은 몰랐다……. 다른 과목도 열심히 해
야 하는데 정말 언제 다할까? 시간이 너무 없는 것 같다. 고등학교 가면 시
간이 부족하다는데 딱 맞다…….

그래도 하는 데까진 열심히 해봐야겠다고 생각했다! 파……이팅!

▶ "누적된 걸 보고 너무 놀라고 걱정을 많이 했다." 이미 한 번 공부한 것이
니 너무 걱정 말고, "계속 이 생각만 했다." (X)

4월 7일(수)

오늘은 학원에 갔다 왔는데 집에 오니까 너무 피곤하고 졸리다. 그래서 집에
와서 복습도 별로 못하고 단어도 못 외웠다. 오늘은 너무 피곤한 날이었다.
쓸 것도 없다.

▶ 피곤할 때도 있어. 그땐 쉬어야지? 또다시 힘내보고.

우리 반 아이들에게 내일 좋은 생활 메모의 예로 게시판에 붙여놓을 생활 노트의 내용입니다. 아이들은 고등학생이 되고부터 얼마나 마음고생을 겪고 있는지 모릅니다.

제가 고등학생이던 70년대 중반 이후의 상황과 지금의 경쟁의 강도는 비교할 수 없는 정도랍니다. 국어는 전교 7등의 성적을 거둔 아이가 수학은 513등을 할 수도 있는 시험을 그들은 치르고 있습니다.

P의 생활 노트

4월 1일(목)

벌써 4월이다. 이번 달은 중간고사가 있는 달이기 때문에 이번 주 며칠 정도만 나만의 시간을 가질 듯하다. 중학교 때도 시험 한 달을 남기면 막 놀지는 못했는데, 고등학교에 와서는 한 달이면 적은 시간이 아닐까? 정확히 하자면 26일 정도 남은 셈이다. 월중고사에서 특히 수학을 망쳐서 큰일이다. 중간고사로 만회해야 하니 빨리 다시 마음을 다잡아야겠다.

▶ 그래. 일단 중간고사에 전념(몰두). 이젠 실제 생활내용표 스스로 그려서 체크해야지? 앞으론 연필로 말고 볼펜으로 생활 노트 쓰도록 해보자.(지워지고 뭉개지지 않게. 나중에도 볼 수 있도록) 나중에 1학년 때의 생활 노트가 저력이 된다.

4월 2일(금)

월중고사	국어	수학	영어	전과목	
석차	전교7등	513등	231등	학급 34명 중에 **20**등 (학교 평균으로 보면 13등 정도)	18개 학급 633명 중에 239등
석차백분율	1.10%	81.17%	36.49%	39.58%	
등급	1	7	4		

3월 중간고사 성적표가 나왔다. 받고 나서 할 말을 잃었다. 수학이 무려 7등

급이 나오고 말았다. 내가 잘 못하는 과목이다 보니 정말 노력했는데 점수가

고작……. 중간 중간 힘들 때가 많았지만 이 정도일 줄은 몰랐다.

계속 숫자 몇 개 바뀌고 순서 좀 바뀌었다고 아무것도 풀지 못하다니…….

그나마 맞은 것은 찍은 것 합하면 뭐 0점이나 다름없다. 너무나 답답하다.

아무리 못해도 5등급은 될 줄 알았는데 이게 뭐지. 힘을 내고 싶은데 너무나

심적으로 힘들고 충격이다. 중간고사에서는 성적이 오를 수 있을까?

언어는 원래 자신 있는 쪽이니 그렇다 치고 영어도 큰일이다.

내 기초는 지금 녹아 있는 얼음 수준인가 보다.

▶ '① 단지 내 노력이 부족했을 뿐이다. + ② 기초가 단단하지 않았구나.'

깨닫고 내신 시험: 시험 2~3주 전/ 수능 기초 닦기: 평상시 하면 된다!

를 믿자.

4월 3일(토)

오늘은 학교를 나가는 토요일이었다. 토요일이자 마지막 휴일인 셈이다. 이제 24일. 중학교 때만 해도 24일 정도면 시험을 쳤지만 지금은 다르다. 솔직히 지금 수학만 해도 2주 이상 걸릴 것 같은데 만약 시험이 범위 누적의 형식으로 된다면 끝장이다. 무엇보다도 서술형 대비가 정말 골칫거리다. 답지에 답 전개하는 방식을 눈여겨보아야 하는 것 같다.

▶ 서술형이라고 겁먹을 필요 없다. 다 외우려 들지 말고, 시험 범위의, 수업에 제시된 것만은 정확히!
어떤 문제의 형태에도, 단어들 주고 한 문장으로 완성하라고 하면 문장 구성 원칙에 따라 내 힘으로 쓸 수 있을 정도면 된단다.

4월 4일(일)

수학 진도를 따라잡고자 애쓴 하루였다. 내 수준별 수학반이 꼴찌반 제2교과실로 강등하면서 수학 시간이 싫어진 까닭인지 배운 게 잘 기억나지 않았다. 무엇보다도 제2교과실은 공부할 분위기가 안 되어 있는 것이 문제다. 이번엔 이를 꽉 깨물고 최소 B반까지는 올라가고자 한다. 목표는 정해졌으니 그곳으로 나아갈 뿐이다.

▶ P가 조금 자신감이 약해진 듯한데 속단하여 주눅 들지 마라. 모의고사에서 언어와 사회가 각기 3등급 받았다는 것은 수학과 외국어에서도 가능하

다는 얘기란다.

'스스로가 해낼 수 있다' 라는 생각 잊지 말자.

4월 5일(월)

점점 공부 습관이 흐트러진다. 집에 오고 나서 밥을 먹고 나면 바로 책상으로 가야 하는데 그렇게 잘 되질 않는다. 긴장 상태가 집에 들어오면 흐트러지는 듯하다. 미루고 미루고 미루다가 겨우 1시간 공부했다.

이런 일이 자꾸 반복되는 것 같아 학교에서 교실 야자를 신청하고 왔다. 야자를 하면 흐트러진 내 공부 습관을 잡을 수 있을 것이다. 내일부터 야자가 시작된다. 이제 남은 일은 노력과 그에 따른 결과를 기다리는 것 뿐. 지금은 일반 야자 교실이지만 언젠가는 특별 야자실로 가는 부끄럽지 않은 성적이 될 것이다.

▶ 참 잘했다. 스스로 여건 만들고 스스로 분위기를 몰아나가자.

4월 6일(화)

첫 야자가 시작되었다. 석식 먹은 후 교실에 들어가니 6시였다. 10시까지 하게 되는데 벌써 분위기가 잡혀가는 게 공부하기에 참 좋았다.

집에서는 이래저래 흐트러지는 게 많은데 학교에선 한 가지 일, 즉 공부에만 집중할 수 있어 무척 좋은 것 같다. 수요일은 교회의 3일 밤 기도회 때문에 못하지만 일주일 동안 헛되게 쓰는 시간이 줄어들어 만족한다.

내 인생 첫 야간자율학습인데, 이것으로 성적이 대폭 향상된다면 얼마나 기쁜 추억이 될까? 이번에 야자 신청한 내 결심이 흐트러지지 않고 고등학교를 졸업한다면 꿈을 이룰 수 있을 것이라 난 믿는다.

▶ 좋은 글이구나. P가 어려움 이겨내고 선한 결실 이루기를 기도하는 마음!!!

아이들의 밝은 부분을 보여드리지 못한 것은 준비한 글을 쓴 것이 아니라서입니다. 본디 더 나중에 아이들이 활짝 웃는 모습을 싣고 싶었습니다.

속으로, 혼자서는 아이들은 절망하고 많이 아파합니다. 그러나 쉬는 시간에 교실에서 아이들은 얼마나 까불고 즐겁고 환하기도 합니다.

아이들 생활 노트를 복사한 글을 워드로 타자 쳐 내일 게시판에 걸어 놓으려고 작업하다가 글을 올려서 글이 조금 어둡습니다.

잠시 아이들만 사랑하기로 했었던 것입니다.

2010년 4월 11일

선생님의 봄 선물
우리 반 학급문고

오랜만에 고3 건물을 떠나, 1학년 건물로 돌아와 보니 학교 건물이 지어진 지 40년이 넘어 게시판도 낡아 뜯어버려 흰 벽면만 남아 있다.

교실에 게시판이 없는 학교가 있을 수 있다. 나는 담임을 하면서 벽면에 도배하다시피 좋은 글들을 담아놓지 않으면 허전해서 견딜 수 없다.

1학년 부장인 학생부장에게 게시판 설치가 어렵겠느냐고 물었더니, 힘들 것 같다고, 3년 있으면 건물을 헐어낼 예정이므로 도저히 곤란할 것 같다고 매우 죄송해하면서 말씀하신다.

헐어버릴 건물이라지만 그 건물에서 3년을 지낼 아이들에게 제시해줘야 할 내용들은 어디에 담는단 말인가. 학습 도움 글, 진로 직업에 관한 정보들, 생과 세상과 인간에 대한 좋은 글, 선생님이 주는 글, 나누어 읽어야 할, 같은 반 아이들이 쓴 글들의 자리는 어디인가?

아마도 내가 담임을 쉬었던 2년 동안 게시판이 사라졌던 모양이다. 1학년 부장인 학생부장 선생이 살짝 화이트보드 한 개 건네주고 간다.

내 오른쪽 옆 반 젊은 총각 선생님은 게시판 사러 갔더니 코르크 게시판 한 개에 2만 5000원이라 비싸서 스트로폼으로 만든 게시판을 사서 붙인다.

공부에 지쳐 몹시 피곤한 아이들에게 글을 써 오라는 숙제를 내는 일은 마음 독하게 먹고 한다. 도서상품권 1만 원 한 장을 내걸고 3월의 놀토가 있던 첫 주말에 첫 학급 백일장의 글들을 쓰게 했다. 글 제목은 '새로운 나'였다.

아내와 두 아들을 공동 심사위원장으로 해서 하나의 글을 장원으로 뽑으려고 했지만 가족 넷의 의견이 각기 달라 결국 4명의 아이에게 각 5000원의 도서 상품권을 나눠주었다. 뽑힌 아이들의 글 말고 모든 아이들의 글을 교실 벽면 여기저기에 붙였다.

아이들의 글이란 다 뜻 있고 귀하므로, 잘 쓰고 못 쓰고가 없다.

"같이 까불기만 하는, 겉의 친구만 보지 말고 속으로 어떤 생각들을 하고 있는지 마음과 뜻을 보아라, 아이들아."

새로운 나 — 정지호

요즘 상품 또는 여러 가지 법, 기술, 제도 등등은 새롭게 잘만 새롭게 바뀌는데 왜 사람(나)은 새롭게 안 바뀔까? 위의 것들과 사람은 새롭게 바뀌어야 할 공통점이 있는데 유난히 사람은 좀처럼 진정으로 새로워지지 않는다.

왜 그런 것일까? 답은 나도 모른다. 그러나 분명한 것은 사람이 새로워지는 게 사람을 제외한 모든 것들이 새로워지는 것보다 몇 배나 어렵다. 그 이유는 간단하다. 인간에게만 뚜렷하게 있는 성격, 생각, 습관 때문이다.

생각해보면 당연하다. 예를 들면 핸드폰을 새롭게 바꾸려는데 그 핸드폰의 성격(있다고 가정할 때)이 변화를 싫어한다면 과연 핸드폰이 제대로 새로워질 수 있을까?

힘들 것이다. 바로 이 핸드폰이 우리(나)다. 우리는 새로운 나(변화)가 찾아오면 낯설고 왠지 대면하기 싫다. 나 또한 지금도 그렇다.

고등학생이 되었으니 공부도 더 많이 해야 하고, 노는 것도 줄여야 하며, 모든 생활 습관을 새롭게 바꿔야 하니 중학교가 부럽다.

하지만 단지 힘들고 노는 게 줄어들었다고 새로운 나를 버리기엔 아깝다. 새로운 나는 미래이다. 새로운 나는 미래를 결정해준다. 새로운 나는 미래를 결정하는 데에 있어서 중요한 보물상자이다. 그래서 버리기엔 아깝다.

새로운 나는 보이지 않는 보물상자이다. 우리가 만약에 길을 가다 보물상자가 있는데 보물상자 겉모양이 이상하고 낯설다고 그냥 지나가버리면 정말 아깝다. 그 안에 뭐가 있는지 모르는 현재의 나처럼 설사 보물상자가 낯설지 않더라도 노력이라는 열쇠가 없으면 보물을 얻을 수 없다.

새로운 나―박찬경

올해는 어느덧 2010년이다.

세월이 빛처럼 빨리 지나감을 몸소 느낄 수 있을 정도이다. 불과 며칠 전 초등학교에 입학한 듯했고, 불과 며칠 전 중학교에 들어간 것 같았는데 이제는 수염이 나기 시작하는 17세의 청년이자 고등학생이 되어버린 나.

2010년이 됨과 동시에 많은 새 생명들이 태어났을 것이고 전국에서 수만 명의 중학생들이 고등학생이 되었을 것이다. 나뿐 아니라 수많은 아이들이 그랬겠지만 수능은 딴나라 얘기 같았고 입시지옥 같은 말이 뉴스에서 흘러나올 때 신경조차 쓰지 않았다.

그러나 지금, 그 입시지옥이라 불리는 대한민국 경쟁의 중심에 우리들은 뛰어들고 있고 어디로 가는지조차 모르지만 순간순간 누구보다 치열하게 살아가는 고등학생이 되어 있다.

나도 지금 그 중심에 서 있다. 아무 생각 없이 해맑았던 어린 시절의 나를 뒤로한 채.

오늘도 아침을 먹는 둥 마는 둥 하며 부스스한 눈으로 일어나 교복을 입는 나, 아, 아니, 나뿐아니라 이 순간 수천 명 내지 수만 명이 같은 표정과 같은 기분으로 하루를 맞이한다.

'힘들다' 혹은 '피곤하다'라는 생각을 지우지 못한 채 반수면 상태로 학교로 향하는 것이다. 사실 이 순간이 가장 행복한 때라는 것을 우리는 생각지 못한다. 어른들은 말씀하신다. "너희 때가 좋을 때"라고. 나뿐 아니라 모든 아이들은 그 말을 공감하지 못한다.

사회라는 깊고 넓은 바다가 얼마나 어렵고 무서운 곳인지 알지 못하기 때문이다.

우리 학생들은 막연히 공부를 하면 인생이 편해진다는 말을 듣고 그것에 맞춰 꿈과 목표를 정하고 살아간다. 정말 자신이 하고 싶은 일이 무엇인지를 깨닫지 못한 채.

나도 물론 그런 아이들 중 하나다. 그렇지 않은 아이들도 있을 것이다. 그러나 이 나이에 벌써 "나 자신이 어떤 일을 하고 싶은가?"라는 질문에 명확한 대답을 할 수 있는 행복한 아이들은 그리 많지 않다.

순수했던 어린 시절, 그때는 무엇이든지 될 수 있었다. 대통령이든 경찰이든 세계 정복이든.

우리들에게 불과 10년 정도 만에 많은 변화가 일어났다. 꿈을 잃고 목표를 잃은 채 하루하루 똑같은 일상을 반복하는 기계처럼 되고 말았다.

"힘겨운 세상을 헤쳐 나가려면 공부를 열심히 해야 된다"라는 말을 귀에 딱지가 앉도록 듣고 자라왔다. 그 덕분에 우리는, 아니 나는 꿈이 무엇인지 잊고 막연히 기계처럼 되고 말았다.

그럼 이것은 누구의 책임일까. 부모님? 사회의 분위기? 아니다.

본연의 꿈을 잊고, 나도 모르게 물질 만능주의를 쫓아가는 나 자신에게 있다.

내 얘기를 해볼까 한다. 내 꿈은 의사였다. 왜 의사였을까. 지금이라면 돈 때문이다. 하지만 어렸을 때는 아픈 사람을 고쳐준다는 그 자체만으로 나의 꿈이었다. 그러나 자라오며 물질에 눈을 뜨게 되고 또 그것은 얼마나 힘든 일인지 알게 되고부터 내 꿈 그리고 목적이 달라졌다.

7살 때부터 지금까지 즉, 약 10년의 세월 동안 나에게 어떤 변화가 일어났을까. 지금 꿈은 교사가 되어 있다. 나 자신이 정말 아이들을 가르치는 데서 보람을 얻으려 그 꿈을 설정한 것인지 아니면 안정성 등의 현실을 바라본 것인지 나조차도 알 수 없다.

너무나 불행이라 생각한다. 그런데 이런 불행이 나뿐만 아니라 지금 이 순간 살아가는 수많은 아이들의 공통점이라니. 이보다 더한 비극은 없다.

그깟 수학 문제 하나, 영단어 하나 더 안다고 개인의 가치가 달라질까? 나는 그렇지 않다고 생각한다. 물론 공부 잘해서 성공하면 부와 명예를 누릴 수 있다. 하지만 그 일이 자신이 원하지 않는 일이었다면 어떨까. 그것은 불행이다.

정말 행복한 사람은 자신의 꿈을 이루고 자신이 원했던 삶을 사는 사람이다. 나도 지금 이 순간 물질만능주의에 입각하여 설정한 꿈을 향해 달려가고 있지는 않을까.

어렸을 때의 순수했던 나와 달리 지금 새로워진 나는 어디를 향해 가는 걸까. 사람은 한 치 앞의 일을 알지 못하기 때문에 순간순간이 가치 있는 것일지도 모른다.

지금 이 글을 쓴 나는 10년 후엔 어떤 모습일까. 내 순수했던 꿈을 찾아 행복하게 살아가고 있을까.

새로운 나 — 김민규

나를 수식하는 말이 중학생에서 고등학생으로 바뀌었다. 하기 싫었던 공부도 해야 되겠다는 생각으로 바뀌었다. 그 이유가 선생님과 가족 등 주위의 압박 때문인지 나 스스로 그렇게 생각했는지는 모르겠다.

수동적인 공부에서 (미약하지만) 능동적인 공부를 한다고는 하지만 아직 공부로의 목표가 없다.(막연한 것뿐) 그래서 나름의 얄팍한 생각을 해보지만 여전히 답은 나오지 않는다. 음악이 좋은, 우물 안 개구리인 나는 몸이 성장하지는 못 하더라도 마음만은 성장하고 싶다.

나이를 먹어가며 지금 내가 욕하는 속물이나 꼰대가 되지 않고 나만의 고집을 부리는 내가 되고 싶다. 중학교 때보다 성숙하게, 게으르던 내가 새롭게 내 인생의 주인공이 되려면 하루하루 힘차게 발을 디뎌야겠다. 그러므로 중학생 때 마구 놀았던 습관을 스스로 공부하는 습관으로 바꿔가야겠다.

나는 내가 꿈을 꾸는 만큼 이뤄지리라는 것을 믿는다. 3월 모의고사가 4, 4등급(수리, 외국어)이 나왔는데 월중고사는 더 좋은 점수를 얻도록 공부해야겠다. 중학생 때 두려워했던 야자를 지금 하고 있는데 3일째가 힘들고 그 후론 적응이 되었는지 시간이 좀 빨리 간다.

아침에 기상하는 건 아직도 힘들지만……. 고등학교 3년 동안 불안감과 함께하지 않고 자신감과 함께 가고 싶다. 자유와 성장의 기대 마당에서 '새로운 나'가 되길 기대한다.

우리 반 학급문고에 꽂혀 있는 책들……. 고1 때만이라도 좋은 책을 읽히고 싶다.

'왜 공부해야 하는지.'

학급문고의 책들을 읽어서 '더 높은 뜻의, 선한 지향으로서의 학업의 정당한 의미'를 아이들 스스로가 찾아내기를 바라는 마음이다. 그리하여 고등학교 3년은 그 선한 지향을 실천하는 야무진 생활력을 연습하는 열정의 시기일 수 있다면 정말 좋겠다.

아이들 스스로 점심시간에 한 권 한 권 책들의 겉장을 비닐로 씌울 기회를 줬다. 아이들 스스로가 겉장을 싼 책 몇 권에 정들게 하고 싶었다. 책의 제목만 목록으로 붙여놓으면 아이들이 책을 읽지 않을까 봐 나는 중간고사 5일 내내 혼자 교무실에 남아 책의 내용을 간단하게 소개하는 글을 썼다.

처음엔 그냥 복사한 채로 나눠주려다 조금 욕심이 났다. 작은 책자로 봄 선물로 아이들에게 주고 싶었다. 한 장에 100원인 색지로 겉장을 만들어 작은 책자를 완성할 수 있었다. 중간고사가 끝나기 전날 밤 중3 둘째와 한 장 한 장 종이를 접어 호치키스로 찍어 밤 11시 반에 50권을 완성할 수 있었다.

우리 반 학급문고의 내용 소개 책자의 제목은 '책 보따리'이다.

2010년 5월 5일

학교의 겉과 속
나는 무엇을 하고 있나

이제는 곽노현 서울시 교육감이라고 불러야 하지만, 내가 그를 처음 만났을 때 그는 곽노현 교수, 우리 학교 학부모였을 뿐이다.

2002년인가 8년 정도 전이었으니 그가 나를 기억할 수 있을지 모르겠다. 그는 우리 학교 학교운영위원회 학부모위원으로 성실하게 활동해 주셨다.

노조 선생님들과 대학로에서 처음 만나 어느 한식집에선가 전과 부침개와 막걸리를 마셨었다. 그리고 2차로 젊은이들로 가득한 선술집에서 맥주를 맛있게 먹었던 기억. 그리고 두 번째의 만남은 인사동에서였다. 나와 곽 교수님 둘만 만나 주먹밥에 맥주를 마시며 내가 옆 반 담임 선생으로 고3 영어 수업을 했던 그의 아들에 대해 조금 걱정을 했었다.

고2 때까지 아이가 책만 많이 읽었다고 다른 학부모처럼 아들 공부에 신경 쓰지 않았던 것을 그는 미안해했었다. 얼굴이 하얗고 말이 없던 그의 큰아들은 조금 고생을 했지만 그해에 연대에 입학했었다. 아마도 외고 다니는 아들이 있다면 나이 차가 제법 있는 동생이겠다.

외고를 싫어한다면서 자기 아들을 외고 보낸 것에 대해 말이 좀 있지만, 그를 비난할 수 없다. 우리 둘째도 외고에 생각이 있었는데, 밤늦게까지 비인간적으로 공부하기 싫다고 스스로 거부했을 뿐이다. 둘째가 고집했다면, 나도 반대의사를 표명은 했겠지만, 그의 의사를 존중했을 것이기 때문이다.

나는 그의 교육철학을 크게 의심하지 않는다. 인사동의 그날 오래 술 마시면서 둘이 의기가 통했었던 기억만은 지금까지 또렷하기 때문이고 이번 선거에 나선 그의 정책들이 MB 교육에 명확하게 반대하고 있어서이다.

내 기억에 곽 교수님은 나를 뜻이 맞는 친구 같다고 말했었고 나도 역시 뜻이 맞는 형 같다고 했었다. 그가 교육의 희망을 열어가기를 기도하는 마음이다.

암담하던 대한민국의 미친 경쟁 교육, 아동학대 교육의 절망의 끝은 어디까지일까 회의하던 세월이었다. 기적처럼 곽노현 교수님이 경기도의 김상곤 교육감과 함께 수도서울의 교육감으로 당선되던 날 19명이던 노조원이 이제 9명밖에 안 남았지만 우린 북한산 아래서 기쁨의 술을 마셨다. '쥐구멍에도 볕들 날 있다'는 말을 실감한 날이었다.

지금의 곽노현 교육감님도 동참했었던, 법적으로는 학교 운영의 최고 의결기구인 학교운영위원회 문제의 현실을 통해 우리 교육의 문제를 조금만 살펴보겠다.

나는 우리 학교 모든 선생님들의 직접 투표에서 최다득표로 추천이 이루어져 임명된, 노조원으로서는 마지막 학운위 교원위원이었다.

나의 사퇴(아직 내가 현직에 있어서 차마 밝힐 수 없는 일이 있다)로 보궐선거를 했지만 110명이 넘는 선생님들 중에 70명이 넘는 득표를 한 노조의 H 선생님을 제쳐두고 교장 선생님은 노조 몫으로 인정했던 1명의 교원위원 임명의 관행까지도 무시하고 간신히 20표를 넘은 교총 소속 선생님을 기어이 교원위원으로 임명하였다.

지금의 사립교육법에 의하면 교장은 적어도 학운위교원위원 임명에 있어서 완벽하게 다수 선생님들의 의사를 무시할 수 있다.

그나마 올해부터는 노조는 이제 4명의 교원위원을 직접 투표로 추천할 수 있는 3배수 12명의 후보를 낼 수 없어 교원위원추천을 위해 전체 교원들 앞에서 교원위원으로 왜 나서는지 정견을 발표하고 자신이 원하는 교원위원에게 1표를 행사하는 직접투표 자체가 전혀 없었다. 우리 학교는 순전히 교장 선생님 마음대로 교원위원을 임명할 수 있게 되었다.

학운위 교원위원 임명 대신 70표 넘게 득표했던 H 선생은 중학교로 부당전보 당했지만 법원은 앞으로 결원이 있을 때 우선적으로 고등학교로 원복시킬 수 있다는 선에서 사건을 마무리했을 뿐이다.

그래도 멈출 수 없는 일이 교육이다. 어쩌나 까불고 시끄럽던지 보충 시간에 애먹었는데 몇 달 고운 담임 선생님의 사랑을 먹고 성숙해져 요즘 눈에 띄게 수업 태도가 좋아졌다.

18반과 대조적으로 첨엔 좋은 반이었는데 요즘 개판이라고 지탄을 받는 우리 16반. 젊은 선생님들은 다 반 티셔츠도 맞춰놓고 그랬다는데 늙은 교사는 그런 것이 있는지도 몰라 우리 반 아이들은 그냥 입던 옷을 입고 달리기를 했다. 애들은 땀 흘리며 뛰는데 늙은 선생은 달리기 길의 중간을 잘라 가로질러 와놓고도 선선히 그늘을 걸어 그들 뒤를 따라갔다.

쓰레기 더미의 산길에도 고운 야생화들이 피어 있다. 우리 대한민국의 교육도 저러하다. 온갖 탐욕과 비인간의 쓰레기를 딛고 아이들은 맑은 꽃으로 피어난다. 무수한 붓꽃들 우리 아이들도 황폐와 열사를 이기고 억척같이 살아남을 것이다. 그리하여 온갖 아픈 상처들의 산기슭에 맺힌 맑은 이슬들의 꽃.

붉은 희망의 꽃봉오리 우리 아이들, 어떤 열악하고 척박한 토양에서도 꽃은 끝내 피어난다는 소망과 믿음이 없다면 차마 부끄러운 선생으로서의 자괴심을 어찌 이기랴.

우리 학부모였던 곽 교수님은 서울시 교육감이 되어 참교육을 위한 다부진 실천에 나섰는데 나는 학교에서 무엇을 하고 있나 돌아봤다. 전에 우리 반 교실을 보여드렸는데, "게시판의 내용도 좋겠지요?" 묻던 이웃 분이 계셨다.

나는 함석헌 선생님의 '생각하는 백성이라야 산다'를 굳게 믿는 교사다. 중학교 때 교지 편집을 마치고 늦은 밤에 학교를 나서면서 짜장면 사먹으라고 교장 선생님께서 주신 돈으로 짜장면 대신 성동천 다리 위 좌판에서 『씨알의 소리』를 사 먹고 자란 세대이다. 고등학교 땐 YWCA 소강당에서 문익환 목사님, 안병무 박사님, 한완상 교수님들의 강의를 듣고 자랐다.

새벽 화장실에서 보는 신문을 우리 반 신문 활용 교육에 활용한다. 인터넷을 뒤질 시간이 물리적으로 내게 존재하지 않는다. 나는 A4 혹은

B4 용지를 풀로 잇고 신문을 오려 붙여 게시판에 압핀으로 고정하여 게시하는 아날로그 선생이다.

정성만이 선생의 무기다. 진심밖에 없다. 글 열심히 보는 J에게 게시판의 내용을 시험 문제로 내보라고 했더니 알찬 시험 문제가 나왔다.

이번 교육감 선거는 아이들에게 민주주의에서 최소한도의 자기 의사표명이 스스로들의 세상을 변화시킬 수 있다는 것을 보여준 첫 사건이었다. 양비양시론은 비겁하며, 진짜 쿨한 것은 '투표했다는 인증샷'임을 명쾌하게 보여준 쾌거였다. 그러나 나는 "두발자유화는 언제 이루어지냐"라고 묻는 아이들에게 학생인권조례가 통과해야 하며, 단위 학교들의 반발 등을 합리적으로 조정해야 하는 등의 먼 길을 말해주었다.

내 머리를 기르고 싶은 대로 기를 수 있는 자유 하나를 얻으려면 얼마나 먼 길을 오래 걸어야 하는지를 아이들은 충분히 경험하면서 제대로 된 민주사회를 결국 열어나갈 것을 믿고 희망한다.

선생으로 내가 느끼는 가장 힘든 일이, 공부해내기만도 시간이 절대적으로 부족한 고교생들에게 유일한 삶의 낙인 컴퓨터 게임이나 TV 보는 시간의 조금이라도 쪼개어 책 읽고, 운동하고, 정서적인 시간을 마련해보라고 부탁하는 일이다.

지난 중간고사 기간 내내 저녁 늦게까지 교무실에 혼자 남아 28쪽짜리 학급도서 소개의 책자 『책 보따리』를 만들어 아이들에게 1권씩 안긴 것은 공부하라고 말하면서 책도 읽으라고 말하는 선생의 부대끼는 양심의 최소한의 안간힘이었다.

다행히 몇몇 아이들은 책을 읽는다. 이번 '현실과 이상'을 주제로 열린 교내 독후감 대회에 아마도 우리 반 아이들이 가장 많이 글을 냈을 것이다.

금상을 받은 L의 글(내가 원하는 꿈을 향해서 나아가자—『꿈처럼 자유로운』을 읽고)도 좋았지만 1반에 1명만 상을 받아야 하는 규정에 막혀 상을 받지 못한 P의 성실한 글(『전태일 평전』을 읽고서)이 많이 아깝다.

서점에 나가 보면 공부 잘해 좋은 대학에 가는 비법 등을 적은 책은 엄청날 정도로 많다. 우리나라의 교육은 12년 동안 대학 가는 데만 목숨을 걸고 있다. sky나 최소 inSeoul 4년제 대학에 들어가는 선까지가 교육의 모든 것이다.

대학 다음의 전공, 직업에 관해 구체적으로 제시하고 있는 책은 정말 찾기 어렵다. 시험문제 푸는 데는 귀신인 아이들도 정작 공부해서 무슨 꿈을 이루겠다는 것인가에는 무지한 교육은 무엇인가. 나는 학교를 졸업하고 세상에 나가서 제 할 일, 제 몫만은 해낼 아이들을 키우고 싶다.

나의 일은 내가 한다!

1	강명수	시험 범위에 따라 매일 아침 그날의 어휘 칠판에 어휘 써놓기
2	김경주	창문 옆 구석 청결 관리(신발, 우산, 침 뱉지 않을 것 등)
3	김민규	특별야자실 출결 상황 보고(결석이 있는 경우 꼭 선생님께 보고) 및 석식 도서 담당 배정(창문 잠그기 당부하기 등)
4	김민규	칠판받이 청결 관리 및 마카펜과 지우개 조달
5	김요섭	분리수거 관리, 교육 및 비우기
6	김윤기	쓰레기 통 주변 정리 및 쓰레기 봉지 교체
7	김지석	좌측 1th 통로 청결 관리
8	김진열	청소도구함 정리 / 청결 관리—대걸레 빨아놓도록 주번에게 권고
9	김태훈	학급 도서 담당(대출 및 도서 정돈) / 독서 후기 걷어 게시

10	김현우	우측 1th 통로 청결 관리
11	류태훈	칠판 지우기 관리
12	박건우	12시 30분 이후 교실 정숙 당부하고 관리 정숙을 방해한 학생들 보고
13	박대영	프로 입단을 위해 열심히 바둑 두기
14	박윤	화이트보드에 주번(토요일엔 다음 주 월요일 7시 40분에), 주번 조회 참석을 미리 통고 배식(순서 지키기 유지, 청소 순서 등 쓰고 알림 고지)
15	박정훈	학급 체육활동 전반 책임지고, 교실에서 하는 공놀이 통제 책임 사행성 도박 금지 책임(한 경우엔 보고)
16	박제홍	게시판의 좋은 글 2주마다 시험 출제 및 채점, 상 줄 아이 선정
17	박찬경	일반야자 및 기초학력 수학반 출결 상황 관리 (결석 학생이 있을 경우 그다음 날 꼭 선생님께 보고)
18	서덕민	좌측 2th 통로 청결 관리
19	송해승	전면 좌측 게시판 관리(게시물 부착, 제거 및 TV, PC 운용 책임)
20	심규범	우측 2th 통로 청결 관리
21	엄재필	칭찬 받거나, 본받을 만한 일 한 학생, 그 좋은 일 기록 / 잘못한 일도
22	오현우	교실 뒤편 관리
23	이강산	교실 앞면 및 교탁 관리
24	이동준	학급회계 및 지각자들 물걸레 청소 시키고 장부에 서명 3번 오전 1회, 점심시간 외출 금지시키고 청소 1회, 종례 전 청소 1회
25	이승준	도서 보조관리 및 선생님 책상(서랍 정리) 및 화분 물 주기 담당
26	이윤형	학급 총괄 생활 노트 수거 및 분배 / 지각 관리 기록
27	이재성	복도 청결 관리
28	전지용	전면 우측 게시판 관리 및 거울과 열쇠 관리
29	정지호	학급비품 수리, 에어컨 관리 등 담당 / 영어기초반 출결 보고
30	조수환	학급 총괄 / 매달 초 생일 축하 담당(축하문구집, 축하 초코파이 준비)
31	주민혁	좋은 생활 노트 내용 워드로 쳐서 게시하는 일
32	최광혁	사물함 관리(지저분한 사물들 제거 / 청소 및 사물함 파손 관리)
33	최진서	어휘 시험지 준비 / 어휘 시험 미달학생들 어휘 숙제 수합, 선생님께 전달
34	최창준	가정통신문 담당(교무실에서 가져와 배부 및 제출할 것은 수합, 선생님께 전달 ―안 낸 아이 독려 미제출 학생 등 보고)
35	한재석	손걸레 및 대걸레 관리(빨아 건조시키는 것 책임지고 해당자 시킴)

아이들은 일주일의 제각기 어느 하루에 생활 노트를 제출한다. 나는 하루에 7명의 생활 노트에 조언한다. 수업이 없는 하루 평균 3시간의 공강 시간 중에 2시간을 아이들 생활 노트에 할애한다. 한 시간 내내 2권의 노트밖에 조언하지 못하는 경우도 많다. 나의 오른팔은 항상 아프다.

아이들은 의외로 공부에 관해 주로 쓴다. 하루에도 수천 가지의 생각과 느낌을 쓰라고, 가족과 친구들에 대해서도 쓰라고 조언하지만 어떤 아이는 거의 '학원 생활 노트'를 쓰는 것이 역시 또 현실이다.

아이들에게 필요한 자료를 제공하고 오려 붙이게 하지만, 붙여 오지 않으면 내가 손수 오려 풀로 붙여준다. 선생은 도(道)를 닦는 수행인이어야 한다. 아이들은 무조건 오래 참고 기다려야 하는데, 거의 끝까지 아이들은 제 한계를 극복하지 못한다. 선생은 그래도 그의 말을 듣고 함께해야 한다. 기껏 한두 달 공부 좀 해보려고 하다 실망해버리고 자포자기하는 학생들이 많으므로 선생도 아이가 몇 달, 심하게는 일 년 내내 끝까지 제 한계를 극복하지 못하고 떠나보내더라도 그를 믿고 기다려야 한다.

선생이란 1학년 때 뿌린 씨는 2학년 때 혹은 3학년 때, 사실은 학교 졸업하고 나서, 중년이 되어서야 그의 마음 한 구석에서 꽃 필 것을 믿어야 한다.

착실한 아이들도 많다. 스스로 성취도도 기록한다. 스스로 그동안의 생활을 정리하는 글도 쓴다. 아이들 스스로가 첨엔 좋았는데 3달이 지난 지금은 반이 너무 시끄러워서 짜증날 정도라고 쓴다. 본디 중간고사 지나면 고3도 흐트러지는 것이 일반적이다. 그러나 사람들은 본디 첫 모습이 아니면 실패라고 생각한다. 아이들과 오래 같이해보면 선생은 아이들에게 실망하지 않게 된다. 아이들만 아니라 본디 사람들이 사는 모습이 다 그렇다. 그래서 선생은 부단히 혁신과 쇄신을 위해 별 짓을 다해야 한다.

오래 참다가 가끔 무섭게 때리기도 한다. 거듭 잘못하는 네 아이를 아프게 때려주고 나서 바로 그다음 시간 1시간 동안에 마구 써서 곧바로 점심 먹는 아이들에게 나눠준 글이다.

[소년들의 작은 잘못들에도 불구하고, 선생님은 소년들의 착한 마음, 착실한 실천을 믿고 희망합니다.]

오늘 아침 지각 체크한 친구에게 항의하는 일이 있어 보기 흉했습니다. 잘못을 우리 반 친구들에게 기록하게 맡긴 일은 선생님의 잘못이었습니다. 반 친구들의 화목과 믿음을 깰 수도 있는 상황을 벌어지게 한 선생님의 어리석음을 통감합니다.

아이들이 잘못한다면 그것은 거의 많은 부분을 선생님이 바로 가르치지 못해서입니다. 그렇다고 잘못을 반복하는 나쁜 일이 반복되는 것을 내버려둘 수 없습니다. 스스로가 제 잘못을 분명하게 깨닫는 일부터 시작하기로 합니다. 제 잘못에 눈 감고 잊어버리는 일이 없도록 합시다. 매일 '깨달음의 벽'을 교실에 붙여두기로 하겠습니다. 잘못을 저지르는 일은 아직 부족하고 불완전한 소년이므로 있을 수 있습니다. 그러나 스스로 잘못한 것을 기록함으로써 용서받을 수 있습니다. 잘못과 어리석음을 분명하게 깨닫고 스스로 기록하는 일은 그 잘못을 반복하지 않겠다는 다짐입니다.

스스로의 잘못을 지적하고 오히려 잘못을 깨달음으로써 더 나은 나를 지향하는 거름으로 잘못을 선용하기 바랍니다.

모든 잘못은 스스로 적도록 합니다. 모든 벌도 스스로 받습니다.

1. 지각하였으면 지각한 사실을 스스로 기록합니다.

   내일 또 지각하지 않기 위하여 스스로 점심식사 후 청소합니다.

   종례 후 청소합니다.

2. 생활 노트를 제출하지 않았으면 제출한 날까지 내지 못한 것을 스스로
   기록합니다.

   물론 잊지 않기 위하여 그날 청소를 합니다.

   생활 노트 제출은 조회 마치면 곧바로 이윤형에게 냅니다.

3. 어휘 시험 기준에 미달하였으면 스스로 기록합니다.

   청소합니다.

   2번 써서 내지 않았으면 제출할 때까지 매일 기록하고 청소도 합니다.

4. 수업 시간에 잘못한 것 역시 스스로 기록합니다.

   숙제를 못해서 지적을 받은 일

   교재가 없어서, HP 등등을 사용하다 걸린 일

   졸다가(졸리면 사물함에 가서 서서 공부하는 것이 우리 반의 규칙), 떠들다가

   장난을 하다 지적을 받은 일

5. 야자나 기초반 수업에 빠진 것 역시 스스로 기록합니다.

잘못과 어리석음보다 착하고 바른 일이 더 많이 행해지고 있습니다. 선생님
마저도 아이들의 좋은 부분보다 잘못에 더 시선이 가고 화를 내곤 합니다.

사실은 잘하는 일이 더 많은데 우리는 착하고 좋은 일에는 무심합니다.

생활을 착실하게 잘한 것은 당연하다고 넘어가버리고 안 좋은 일만 또렷하게

남는다면 학교생활의 선한 의미를 어디서 찾을 수 있겠습니까. 잘못은 명확

히 스스로 인정하여 기록하여 청소 등의 의지로 스스로 벌주어 고쳐나가고,

친구들의 선하고 아름다운 부분을 서로 배워나가는 일에 더 힘써야겠습니다.

우리 반 좋은 아이들의 착한 일, 열심, 착실한 작은 일 하나하나를 보는 대로

얼른 쪽지에 적어 '아름다운 저금통'에 쌓아나갑시다.

1. 수업 시간에 개똥이가 정말 열심히 공부하고 있구나, 느낌이 올 때가 있
   습니다. 쉬는 시간에 수업 시간과 개똥이 이름을 적어 저금통에 넣어봅
   시다. 졸릴 때 자발적으로 자리를 박차고 일어나 사물함에 가서 서서 공
   부한 경우도.

2. 친구의 질문에 성의 있게 가르쳐주는 친구를 칭찬하는 쪽지도 저금통에
   넣어봅시다.

3. 먼저 일어나 묵묵히 청소를 하는 친구를 기억하여 이름을 적어 저금해둡
   시다.

4. 성적이 많이 오른 친구를 선생님은 칭찬하지 않아도 쪽지에 적어봅시다.

5. 문득 쉬는 시간에 어휘수첩에 어휘를 기록하고 있거나 종 친 다음에 어
   휘를 암기하고 있는 친구를 보면 기록해둡니다.

6. 떨어진 종이를 주워 종이 분리함에 넣은 친구, 쓰레기통에 버려진 재활용
   가능한 깡통을 주워내어 분리수거함에 넣는 친구를 찾아봅시다.

7. 무엇인가를 싫은 내색 없이 빌려주는 친구를 칭찬합시다.

8. 선생님이 할당한 우리 반 제 할 일을 실제로 해내는 것 보면 주저 없이 쪽지에 적어봅시다. 주번이지만, 제 할 일이지만, 선생님이 하라고 지시하지 않았는데 스스로 그 맡은 일 해내는 것이 잘하고 선한 일입니다.

9. 나의 고민을 들어주고 이해해준 친구를, 내 부탁을 들어주었던 착한 마음을 기록합시다.

10. 음료수 한 병, 빵 한 입 먹게 해준 일이 정다운 미담일 수 있습니다.

11. 휴일날 같이 도서관 가자고 전화한 일도 착하고 아름답습니다.

12. 선생님이 나열하지 못한 곱고 정 깊은 일들을 여러분들은 아주 많이 압니다.

새삼 돌이켜보면 얼마나 소중하고 의미 있는 날들인데 바람처럼 스쳐 보내고 있습니다. 잘한 일들을 보면 곧바로 적어서 '아름다운 저금통'에 넣는 수고와 사랑을 실천해봅시다. 그 착하고 바른 일의 향기로움이 우리 반 모두에게 전해지길 바랍니다.

'깨달음의 벽'에 적으면 모든 일이 용서됩니다.

청소는 스스로를 정화하는 첫 걸음입니다. 스스로에게는 엄하게, 친구에겐 너그럽기를 서로의 선한 지향을 진심으로 기뻐하는 16반 소년들에게 희망을 봅니다.

2010년 6월 29일

아이들이 행복한 교육

이룰 수 없는 꿈

대한민국에서, 고등학교에서 아이들이 행복한 교육을 꿈꾸는 것은 이룰 수 없는 꿈이다. 나는 서울 강북의 전형적인 인문계 사립고등학교에 근무하고 있는 초로의 교사에 불과하다.

나는 지금의 경쟁적인 입시교육이 잘못된 교육임을 절감한다. 겁에 질려, 좋은 대학 못 가면 아이의 인생이 끝장난다고 생각하는 부모들과 어린 학생들을 앞에 두고 내가 할 수 있는 일은 많지 않다. 압도적인 입시 현실을 외면하지 않으면서, 그러나 인간적이고 바른 교육을 꿈꾸는 나의 처지는 궁색하고 난감하다.

"정상적으로 수업 받고 열심히 공부하면 해낼 수 있다. 너무 겁먹지 말고 제 공부 꾸준히 해나가면 제 길 열어갈 수 있다고 믿는다"라고 말하며 고1 아이들을 맡아 봄, 여름 그리고 이제 가을을 맞이하는 시점에 느끼는 자괴감은 절망적이다.

선행 없이 중학교 때까지 정상적인 수업을 열심히 받고, 학교 시험공부 정도만 하고 고등학교에 입학한 아이들은 고등학교 시험의 압도적인 강도와 세기에 넋을 잃고 열패감에 사로잡혀 무기력하다.

소년들은 그러나 중학교 때의 상대적으로 편안했던 생활의 관성에서 벗어나지 못하고, 거기 안주하고 싶다. 그들은 갈등하고 좌절하고 절망하며 살아남기 위하여 고투한다. 나는 하루에도 몇 번 씩 아이들을 달래고 꾸짖고 격려하다 아프고 지쳐간다.

속 썩혀서 미안하다고, 반 아이들이 미술시간에 접어놓은 장미꽃들을 모아들고 왔다.

B의 10월 31일(일)부터 11월 3일(수)까지의 생활 메모

우리 아이들의 슬픈 모습

10월 31일(일)의 생활 메모
9:00부터 숙제 10:00 숙제
11:00부터 학원 12:00 학원 1:00 학원
2:00부터 PC 3:00 PC 4:00부터 밥
5:00부터 학원 7:00 학원 8:00 학원 9:00 학원 10:00 학원
11:00부터 라디오
오늘은 처음으로 과학 수업을 들어봤다. 재밌었다. 나에게 많은 도움이 되었

으면 좋겠다. 그리고 오늘은 기운이 죽는 소리를 들었다.

엄마와 누나가 이야기하는 말이 "서·연·고 대학을 제외하고는 다 거기서 거기"라고 하셨다. 그 말을 듣고 기운이 빠져서 엄마한테 그런 말 하지 말라고 했다. '나머지가 다 비슷하면 내가 공부하는 이유가 없지 않나'라는 생각이 머리에서 떠나지 않는다.

대학생인 누나가 나한테 말했다. "너는 너무 참는다"고, 그래서 "어느 순간 터지면 자살할 것 같다"고. 그래서 나를 뒤돌아봤다. 무엇을 위해서 여기까지 달려온 것일까, 나는.

▶ B의 심경이 어땠을지 충분히 이해한다. 선생님도 가슴 아프구나. B의 의문은 정당하단다. 특정 대학 3개 말고 다 같다면, 특정 대학 가지 못하는 아이들의 수고는 무엇일까? 선생님이 감히 말하겠다. 전혀 그렇지 않단다. 세칭 서연고가 감당하는 부분은 먼지 한 톨에 불과하단다. 이제까지 우리 사회를 지탱하고 발전시켰던 이들은 서연고 출신의 그들이 아니라 우리 반 대부분의 아버지와 같은 분들(명문대 출신 아닌)이었단다.
단지 B로서는 아직 미래의 가능성이 열려 있는 소년이므로 스스로의 자리에서 최선을 다해 배움에 힘쓰면 그것이 입시 결과와 상관없이 앞으로의 B의 인생길을 터가는 평생의 힘으로 남을 것임을 믿어야 해.

11월 1일(월)의 생활 메모

6:00부터 밥

7:00부터 수학 8:00 수학 9:00 수학

10:00부터 라디오

11:00 잠

J가 나한테 이런 말을 했다. "수학 잘하는 아이들을 보면 수Ⅱ까지 끝내는데 너는 그렇지 않아서 신기하다"고. 그 말을 듣고 나도 미리 선행을 해야 되는지 고민했다.

▶ 고2 때 너무 많은 분량의 수학이 요구돼서 1학년 겨울방학 때는 미리 선행하는 것이 불가피하다고 수학 선생님들께서는 말씀하시더구나.

우리 반 착한 아이들

11월 3일(수)의 생활 메모

6:00부터 밥

7:00부터 수학 8:00 수학 9:00 수학

10:00부터 TV 11:00 TV

가끔은 정말 내가 숨 쉬는지 궁금하다. 사는 이유가 뭔지, 왜 사는지 나를 위해 살고 있는지 정말 궁금하다.

정말 내가 맞아? 정말 진실인지 심장이 답답해.

▶ 이런 의문도 답답함도 그 나이의 소년으로서는 당연하고 자연스럽단다. 스스로 묻고 스스로 답을 찾으면서 그래서 책(양서)을 읽는 것이란다.

내가 여기까지 온 것은 자의일까 타의일까. 인문계 온 것이 맞나?

앞으로 어떻게 할까. 앞으로 달려는 가겠지만 뒤에서 누가 억지로 미는 것 같아. 제 속도는 안 나올 것 같다.

▶ 그런 느낌 있을 거야. 우리나라 상황이 가족을 포함해서 온 사회가 강요하니까. 그러나 누가 뭐래도 B 스스로의 길을 가는 것임을 잊지 말고 고집하자. 힘겨워도 거기서 의미 찾자.

to 선생님

저희 때문에 고민이 많으셔서 죄송합니다. 남은 기간 잘 하겠습니다.

▶ 고맙다, B야~.

다 잘해도, 공부 하나만 못하면 끝장인 나라의 아이들은 불행하다. 아이들은 착하다. 몸이 안 따라서 그렇지 아이들은 나름 노력하면서 성장하고 있다. 교육이 헛된 노력이 아닐까 싶은 것은 단지 오래 기다릴 수 없어서일 뿐이다.

2010년 11월 7일

그 아이의 고3

수능 시험 준비에 고단했던 모든 고3들에게

우리 큰아이도 고3이다. 고3 담임 생활을 통해 숱한 고3들을 수험장으로 보냈던 소위 입시에 프로인 중년 선생도 막상 제 아이의 시험에는 무력하다. 마음 비우고 가벼워지는 일밖에 할 일이 없다.

동료 선생님들이 며칠 전부터 매일 떡이며 초콜릿, 엿 등을 보내줘서 저녁마다 나는 쇼핑백을 한아름 안고 집에 돌아간다. 고3인 아이는 조금 부담스러워하면서 "먹는 것 말고는 없나?" 묻고, 중3 둘째만 산처럼 쌓인 먹을 것이 하도 많아 황당하다면서도 매일 새로운 먹거리를 뜯어보며 신났다.

외할머니는 성당에 촛불을 놓아두셨고 멀리 미국의 가족들도 내놓고 아이에게 전화를 못 하고 내게만 살짝, 기도하고 있다고 전한다. 엄마는 차마 아무 말도 못하고 아이의 눈치를 살피며 해줄 것이 먹을 것밖에 없어 새벽에 일어나 떡국도 끓인다.

아침마다 그나마 학교 가는 길이라 고3을 태우고 다니던 것도 오히려 수능 시험을 앞두고는 그만두었다. 아내는 서운해하지만, 우리 반에 지각생들이 너무 많아 담임 선생인 나라도 지각 안 하고 일찍 가야 했기 때문이다. 아침 찬바람 맞으며 걷는 것이 시원하고 정신 들 거라고 말했다.

예비소집일이라 다들 수능시험장에 감독관 회의하러 가는데 나는 처음으로 감독에서 빠졌다. 교무실을 빠져나오는데 영어과의 예쁜 여선생님 K가 얼른 따라 나와 내 손을 꼭 잡아주며 "파이팅!" 조그만 소리로 말해서 고마움에 찡해온다. 나는 갑자기 비장해진다.

오랜만에 이른 시간에 차를 몰고 집으로 향하는데 큰아이가 H 고등학교가 시험장이라고 전화해온다. "밥 줄게, 집으로 오너라."

집으로 가는 길에 지난 세월들이 떠오른다. 큰아이의 어린 시절 환한 얼굴들, 온 나라가 수능에 목숨 건 듯 다들 수험생들 시험 잘 보라고 난리인데 나는 그 아이, 우리 집 큰놈이 많이 컸구나 깨달으며 잠시 비장했던 나를 웃으며, 문득 감상에 젖는다.

가끔 아이의 외할머님께서 말씀하신다. 가을에 단풍잎 우수수 떨어지는 것을 손짓하며 '아~!' 놀라 감탄하던 서너 살 때 아이의 감수성을 잊을 수 없다고. 지리산에서 만난, 숲과 나무의 생태를 조사 연구하는 제자 이야기를 했더니 임학과에 가면 좋겠다던 아이. 아이가 평생 산에서 나무와 더불어 살 수 있다면 얼마나 좋을까!

수능 시험 보러 가는 아이를 생각하며 애비는 그의 꿈을 돌아본다.

고3 들어서 가끔 '깍꿍이들'(내가 어린아이들을 부르는 호칭) 가르치며 사는 것도 좋겠다던 놈. 애비가 제일 부러워하는 생을 사신 분이 시인이며 좋은 선생님이셨던 김용택 님인 것을 큰아이도 안다.

큰아이가 버스에서 만난 갓난아기와 눈빛 나눈 것을 얘기하며 까꿍이들을 사랑스러워하는 심성을 알기에 초등학교 선생님이 되기 위해서라면 혹은 평생을 산속에서 나무 보살피며 살기 위해서라면 아이가 재수나 지방대를 선택한다 해도 나는 어느 쪽 길이든 흔쾌히 그를 격려할 생각이다.

요즘 들어 자기가 이과인이라고 전형적인 문과생인 애비를 무시하는 것을 보면 어느 대학이든 그가 원하는 이과인의 길, 그것이 기계공학이든 보건 쪽이든 개의치 않는다. 문제는 그가 원하는 그의 생의 방향을 그가 진지하게, 세상의 잣대로 말고, 그의 잣대로 열심히 개척해나가기만을 바라고 소망한다.

나는 수능시험을 보러 가는, 대한민국의 입시 현실에서는 그다지 뛰어난 성적을 거두지 못하고 있는 아이를 걱정하기보다는 오히려 아이가 앞으로 펼쳐나갈 무한한 가능성에 마음이 더 간다. 아이의 모의고사 등급을 모르지 않으면서 그러나 "이제 꿈길의 시작이다. 진짜 공부는 이제부터이지?" 말해주고 싶다.

사람 사는 일에 왜 어려움이 없을까. 특히나 입시 현실은 엄연하고 냉혹하다. 그럼에도 불구하고 나는 고등학교 3학년 과정 이후의, 수능 이후에 아이가 걸어갈 길의 수고와 분투가 진정한 배움 길의 시작이라는 생각을 떨칠 수 없다.

곧 받아들 수능 점수에 따라 그의 생이 결정될 것이라고 나는 생각지 않는다. 큰아이가 정상적인 고교 과정을 제대로 겪어낸 것이 기쁘다. 아이는 나와 아내의 바람대로 착하고 바르게 성장해주었다.

초등학교 때 선생님 말씀대로라면 '천사 같은 아이'의 마음을 고3까지 견지해낸 것이 나는 무엇보다도 고맙고 대견하다. 은근히 괴롭힘을 당하는 반 아이를 보호해줄 수 있는 따뜻한 마음을 가진 놈으로 누구도 함부로 대하지 못하는 당당한 사내로 자란 것만으로도 충분하다.

두 형제는 커갈수록 우애가 어찌나 좋은지. 학교에서 돌아올 때마다 큰아이가 이제 자기보다 키가 커버린(180에 가까운) 중3 동생을 까꿍이라고 껴안는 것을 볼 때마다 나는 행복하다.

"나는 '서연고'를 못가겠지만, 가지도 않겠다"라고 말할 수 있는 신념과 줏대를 큰아이가 분명히 가지고 있으니 앞으로 제 주장만큼의 고생을 감수할 것이라고 나는 믿는다. 비인간적인 강도를 요구하는 서열의, 경쟁의 굴레에 큰아이를 몰아넣고 싶지는 않았었다. 아이도 그다지 모진 마음이 아니었으므로 담담하게 그러나 당당하게 그에게 펼쳐진 가시밭길조차도 이겨나갈 것을 나는 믿는다.

나는 평생 제가 하고 싶은 것을 선택하지 않고 어중간하게 살아온 생의 벌을 받고 산다. 상대는 무조건 싫었고, 국문과는 가난과 천분의 부족을 핑계로 피하다 보니 영문과를 선택하는 식의 죽도 밥도 아닌 삶을 억지로 살아내는 삶은 나로서 족하다.

새로운 아이들은 비록 삶의 정황이 엄혹하더라도 원하는 삶을 살았으면 싶다. 정해진 조건과 체제의 억압을 분연히 거부하고 조금은 더 자유로운 생의 길을 열어갔으면 좋겠다.

나는 고3 문과생들과 수업하면서 말하곤 한다. 어쭙잖은 경영학과 말고 베트남어과 인도네시아어, 중남미어 배워서 멀고 너른 세상으로 나가라고. 우리 때는 좁은 우물에서만 갇혀 더 큰 세상에 눈멀어 있었지만, 아이들아, 너희들의 시대는 오로지 대기업, 공무원 시험 공부에 갇혀 좁쌀만큼 줄어드는 범생보다는 배 타고 인도네시아 수상가옥 찾아다니며

조미료 팔아내는, 베트남서 세탁기 홍보하는 열정을 마다않는 진취적인 기상과 호연지기의 진정한 사내를 요구하고 있다고. 의대, 법대가 보장하는 삶의 협소와 빈곤을 뛰어넘어 궁핍과 몰이해에도 기초과학 연구에 정진하는 청년들이 절실하다고.

나는 우리 집 큰아이가, 세상의 모든 아이들이 이번 수능시험을 치르고 나서 생각의 높이가 한 키만 더 커지고 마음 씀씀이의 도량이 한 자락만 더 넓어지기를 기도한다.

서연고 서성한 어쩌구의 줄서기의 한 자리에 껴들어서기 위한, 그래서 취업의 악다구니에서 살아남기 위해 공부해야겠구나,가 아니라 온전하고 절실한 생의 의미와 가치에 눈떠 진실한 공부의 지경에 가 닿기를 기도한다.

나는 수능 점수를 믿지 않는다. 그 아이의 꿈을 믿는다. 이 세상 모든 젊은이들의 저마다 타고난 소질과 역량을 믿는다. 실패와 좌절에도 불구하고 그들이 끝내 이루어 내고야 말 삶의 복됨을 믿는다.

어디든 가라!

지방대든, 전문대든, 재수학원이든, 외국대학이든 스스로의 열심과 열정을 놓지만 않는다면 온갖 실패와 좌절의 밥을 수없이 먹더라도 이미 정해진 한계와 조건과 타협하지 말고, 타의로 사는 일은 단 하루라도 용납하지 말고 긍정과 희망의 불씨를 끄지 말고 제 몫의 수고와 정성으로 절망의 끝까지라도 밀고 나가라!고 감히 말한다.

이 아이들, 우리 모두의 아이들이 모두 제 몫은 해내는 청년으로 성장할 것만이 분명하다. 이 세상 모든 어머님들이, 아버지들이 아이의 핸들과 선한 지향을 의심하지 않고 오로지 사랑과 따뜻한 믿음으로 평안하시기를 기도드린다.

수능 일 오후에 가혹한 입시 현실에 고단한 고3들과 그들의 어버이들께
2010년 11월 18일

빛나는 꿈의 역주
박태환 그리고 대한민국의 청년들에게

박태환의 웃는 얼굴이 참 좋다. 나는 장대비가 퍼붓던 2011년 7월 26일 6시 50분에 박태환의 200미터 경기를 봤다. 둘째와 동메달이라도 따내기를 간절히 바라며 TV 앞에서 응원하다 아쉽게도 4등이어서 서운해하는 아빠를 보면서 둘째는 "그래도 세계에서 4등인데 엄청 잘한 거지"라고 제법 어른스럽게 말한다.

그렇다.

4년 전, 2007년 세계선수권대회 때, 나는 200미터 경기를 보면서 그가 따낸 동메달을 얼마나 자랑스러워했던가. 맞다! 장하다! 감히 우리가 수영이라는 가장 불리한 종목에서 세계선수권대회 결선 라인 8명에 당당히 설 수 있으리라 꿈에도 생각해본 적 없던 어른들을 대한민국의 젊은이들은, 태환이나 연아는 참 당당하게, 환하게 웃어주는구나.

대한민국의 청년들이 다들 그렇게 어려움 이겨내고 환하게 웃기를 바라는 것을 용서 바란다.

선생으로 사는 길

나는 2007년 3월에 그랬다.

박태환이 금메달을 딴 400미터 말고, 동메달을 따낸 200미터 경기를 보면서 나는 대한민국의 고3 아이들이 대한민국의 미친 교육, 그 경쟁과 효율의 악다구니에 끝내 절망하지 않기를 바랐다.

꼭 수능 점수 말고, 시험 문제 푸는 재주 말고 사람됨이나 은근과 끈기, 우직함, 손재주 등 저마다의 빛나는 1퍼센트의 재주로 이미 학력으로는 엄청나게 벌어진 거리를 평생 걸려서라도 줄여나갈 수 있음을 믿으라고 나는 말했다.

18세 소년 박태환이 2미터 가까운 거구의 세계적인 선수들과 맞서 싸운 정신에 희망이 있다고 4년이 지난 2011년의 대한민국의 정황이 더욱 엄혹하여도.

빛나는 꿈의 역주-박태환, 그리고 대한민국의 청년들에게

2007년 3월 25일에 열린 세계선수권 대회. 400미터 금메달보다 더 값진 200미터 동메달의 의미를 고3들, 청년들과 나누고 싶습니다.

야자(야간자율학습) 하는 학교 저녁식사 시간에 교실에서 18살 박태환이 머리 하나만큼 큰 세계적인 선수와 겨루는 장면을 봤습니다. 며칠 전 400미터 경기는 나중의 녹화 화면으로 보았었지요. 스포츠에서 가장 기본적인 종목인 육상, 수영은 우리나라 사람에겐 넘어설 수 없는 벽인 줄 알고 있었습니다. 그 벽을 우리의 새로운 세대, 18살 어린 소년이 넘어서고 있었습니다.

선생님은 박태환의 거의 모든 부분이 우리 고3 아이들에게 귀감이 될 수 있다고 생각합니다.

400미터 경기에서 마지막 50미터부터 역주를 시작 350미터까지 앞서 나가던 선수 4명을 제쳐내는 그의 뒷심은 감동이었습니다. 그리고 야자 교실에서 200미터를 볼 때 나와 함께 저녁식사를 미루고 TV 앞에 서 있던 고3 아이가 기대했던 것은 3등 내에 들어 동메달이라도 따내길 바라는 소박한 것이었습니다.

200미터는 막판 뒷심을 발휘하기에는 신체적으로 불리한 박태환에겐 너무 짧은 거리이고, 더욱이 장거리 1500미터가 주종목인 소년에겐 과도한 요구임을 우린 알고 있었습니다.

너무 심하게 차이가 벌어지고 있었습니다. 현존하는 최고의 선수 펠프스와의 거리는 점점 멀어지는 듯 했습니다. 너무 짧은 거리, 너무 짧은 시간이 남아 있었습니다.

첫 50미터를 통과할 때 박태환은 4명의 선수를 앞에 두고 있었습니다. 150미터 지점 4위를 따돌리고, 마지막 10미터 지점에서 3위를 마저 따라 잡는 순간 저녁밥도 마다하고 응원하던 아이와 나는 소리를 질렀습니다.

나는 금메달보다 동메달을 따고 환하게 웃는 박태환이 더 자랑스러웠습니다. 자신보다 목 하나만큼 더 큰 세계 최강자들을 상대로 모든 불리한 조건을 이겨내고 "너무 좋다. 내 기록을 깨는 것이 우선이었고 이걸 달성했다. 내 몫을 다했다고 생각한다. 세계 기록을 깨뜨린 펠프스에게 축하한다고 말해주고 싶다"라고 말하는 그가 너무 자랑스러웠습니다.

우리 반 아이들이 모두 박태환이었으면 좋겠다고 생각했습니다. 너무 늦게 공부하기 시작한 우리 아이들이 모두 박태환이기 바랍니다. 그는 그보다 앞선 이에게도 너그러웠습니다.

"오늘 밤은 푹 자고 내일부터는 1500미터에 대비해 몸을 다시 만들겠다"라고 다짐하는 그의 앞날을 나는 믿습니다. 우리 아이들도 내일, 더 긴 미래에 대비해 다시 몸을 만들 것을 믿습니다.

"어제와 변한 건 없다. 그저 최선을 다하겠다고 생각했다. 초반부터 힘을 아끼지 않고 치고 나갔다. 정신없이 앞만 보고 달렸고 옆 레인의 선수를 신경 쓰지도 못했다. 그들이 너무 앞으로 치고 나가서 제대로 안 보였다."

우리 아이들도 너무 앞으로 치고 나간 강자들을 신경 쓰지 말았으면 싶습니다. 그저 최선을 다하겠다고 생각하며 남은 50미터를 역주하기 바랍니다.

"공백이 있어 사실 불안했지만 지금까지 좋은 길을 가고 있다고 생각한다. 웨이트트레이닝도 중요했지만 올 초부터 항상 옆에서 열심히 잘해줬던 훈련 파트너 용환 형에게 고맙다는 말을 전하고 싶다. 용환이 형이 없었다면 이렇게 못했을 것이다"라고 말하는 그에게서 우리 아이들의 크고 긴, 공백과 불안을 발견합니다.

중학교 특목고 입시부터 시작된 선행학습의 공부경쟁의 레이스는 50미터만을 남겨두고 있는, 150미터 지점의 고3들에겐 엄청난 부담입니다. 그러나 지금까지 좋은 길을 가고 있었다고 믿으며, 늦었지만 열심히 공부하는 우리 아이들에겐 빡센 웨이트트레이닝이 필요할 것입니다.

옆 레인의 앞선 선수들에게 신경 쓰지 말고 이제는 치고 나가야 합니다. "그들이 너무 앞으로 치고 나가 안 보였다"라고 말해야 합니다. 마지막 10미터 지점에서 마지막 선수를 따라잡으면 됩니다.

경기는 끝나지 않을 것입니다. 이제는 먼저 도착한 이에게도 축하를 하는 너그러운 시야와 도량을 갖추고 더 이상의 난관도 지혜롭게 견뎌낼 수 있는 큰 사람으로 우리의 아이들은 성장할 것입니다.

혼자 1등하는 것이 아니라, 야자 시간에 도서관에서 함께 공부하던 친구들에게 고마워하는 아이들이었으면 좋겠습니다. 더불어 사는 기쁨을 평생 느끼며 살기를 바랍니다.

오늘 내 기록을, 어제까지의 나를 쇄신하고 새로운 내가 되는 것이 우선입니다. 내 몫을 다하면 족합니다. 1등보다 아름다운 3등이 있습니다. 그에게 내일이 있습니다. 그는 푹 자고 몸을 다시 만들어 1500미터에 대비합니다.

3학년 18반, 그리고 우리 학교 아이들 모두가 대학입시라는 최악의 단거리 경주로 경기가 끝나는 것이 아님을 알았으면 좋겠습니다. 더 길고 긴 장거리 인생길을 우리는 준비하고 있습니다.

오늘 박태환처럼 활짝 웃기 바랍니다. 고3이, 대학입시가 이렇게 힘들 줄 몰랐다고 좌절하기엔 너무 빛나는 미래가 우리 앞에 있습니다.

마지막 50미터가 남았습니다.

빛나는 힘의 역주.

따라잡아야 할 너무도 아름다운 생의 결승점이 보입니다.

2007. 3. 30.

2011년 7월 26일

내 영혼의 처음 자리
6월 항쟁 이후 반값 등록금까지

6월 10일 나는 등록금 반값을 희구하는 젊음들에 힘을 보태러 광장에 나가지 못해 많이 죄송하다. 떨치고 가지 못하는 아쉬움에 빛바랜 낡은 일기장을 열어본다. 젊은 시절에 쓴 글들을 모아놓은 노트도 열어본다. 내 영혼의 처음 자리를 돌아보는, 내 나름의 속죄 방식이다. 그가 용서하실지.

그리고 6월 10일 광장에서의 싸움이 있었다. 그때 시청광장에서의 기록은 나의 남루와 누추의 세월, 1987년의 글들에 새겨져 있다. 항쟁 이후의 쓰라린 기억을 나는 '메주와 겨울 칸나'라는 글로 남겨두었다.

변혁은 오랜 시간을 필요로 했다.

메주와 겨울 칸나 - 6월 항쟁 이후의 좌절에도 불구하고
1987년 12월 26일의 기록

1. 어머니와 절구통을 마주하고 메주콩을 찧었다

조용한 토요일 오전이었다. 마당은 물로 씻어 깨끗했다. 겨울 날씨론 포근했다. 솥뚜껑을 열었다. 삶은 메주콩의 훈기가 얼굴 가득 끼얹어져 왔다. 한 바가지 가득 양동이에 메주콩을 퍼 담았다. 알맞게 익은 메주콩이 와라락 쏟아지며 소리를 냈다. 부엌문을 닫고 나선 마당의 청결한 대기에 메주콩의 하얀 김이 헝클어져갔다.

마당 한가운데에 조그마한 절구통이 놓여 있다. 오목하게 부드러운 선으로 패인 절구의 둥근 웅덩이에 메주콩을 쏟아 담았다. 콩의 알갱이들이 눈부셨다. 절구통을 사이에 두고 어머니와 마주 앉았다.

"옛날엔 소나무로 절구를 만들었지. 이건 박달나무로 만든 거구. 이사 올 때 사람들이 팔고 가라는 걸 안 팔고 가져왔다."

물로 씻은 박달나무 절구를 들어 서툴게 절구질을 시작한 내게 어머니의 말씀이 이어졌다.

"처음부터 그렇게 성급하게 찧어대는 게 아니다."

욕심껏 넘치게 담고 우악스럽게 힘으로 찧어대는 절구질에 절구통 바깥으로 콩이 튀었다. 어머님이 절구를 되받아 익숙한 솜씨로 힘들이지 않고 절구질을 모범 보이셨다.

어머니의 절구질은 은근한 것이었다. 맑은 빛 매끄러운 콩이 알알이 부서지며 어지럽게 삶은 콩의 온기가 코끝으로 치밀어 들어왔다.

"제가 하지요." 어머니에게서 절구를 넘겨받았다. "시골에선 다들 농사일

마치고 메주 빚을 때면 힘센 남정네들이 절구질을 해주는 법이야." 이쪽저쪽 들쑤시는 것이 아니라 적당한 양을 차근차근 한 곳으로 몰아가며 착실하게 절구질을 해야 했다.

절구를 내리칠 때의 힘의 세기와 빼어들 때의 자연스러운 힘의 포기의 리듬이 조화로워야 했다.

2. 박달나무 절구질에도 깨어지지 않았던 메주콩들

선거가 끝나고 며칠 지나지 않았었다. 나는 절구질에 몸이 더워지면서 선거 결과의 분을 풀 듯 절구질의 신명에 젖어가고 있었다. 떠오르는 사람 사람들의 면면이 메주콩의 한 알맹이 한 알맹이로 또렷했다.

부서져야 할 개개가 곤두서서 부서지지 않은 결과로 우리는 한 덩이 몸을 이루지 못했다. 지역과 인연이 다르대서 나뉘고, 노선과 이념이 다르대서 갈라지고, 입지와 입장이 다르대서 사람들은 제각기였다. 알맹이들이 알맹이대로 고스란히 남은 채로, 단단한 제 껍질들을 끝까지 고수하고 나중엔 고집까지 했다.

애초부터 따로 태어났고, 다른 상황과 조건에서 나름대로의 처지를 살아와 여러 양상의 생을 살아온 사람들이 처음부터 무조건의 한 덩이가 될 수는 없는 것은 물론 당연할 수 있다. 그러나 그동안 겪어온 바람직하지 못한 생의 간난들, 부자유와 억압과 그로 인한 희생과 좌절 등의 연단을 겪으면서 이런 상태가 계속되어선 안 되겠다고 깨달았던 것이다.

고문으로 인한 죽음(박종철), 최루탄에 의한 희생(이한열), 부정으로 범벅된 여러 사건들, 노동자들과 야당에 대한 공공연한 탄압 등등의 단단한 박달나무 절구질에 개인이 깨어지고 아픔을 치름으로써 우리는 비로소 깨달아 '민주화'라는 보기 좋은 메주 만들기에 합의한 것이 올 한 해의 모든 것이었다.

따라서 한 알 한 알의 메주콩들이 보다 나은 세상을 위한 절구질이 심하대서, 피차의 몸뚱이들이 부딪쳐 제 몸이 얼마만큼 깨어진다고 해서 절구통을 이탈하여 맨바닥으로 떨어져 나가선 안 되는 것이었다.

모든 사회세력의 연대와 공감은 절구통이 상징하는 억압의 종식과 민주화의 테두리를 벗어나 제 집단의 이익을 주장해서는 이루어질 수 없는 것이었다.

3. 흩어진 메주콩들을 다시 담아서

그리하여 아집과 분열을 끝내 해소하지 못하고 치른 역사의 심판은 준엄했다. 막연한 민주주의에의 꿈만으로 덮어 가리려 했던 균열과 괴리의 상처는 그 실상이 선거의 과정을 통하여 극명하게 드러났다.

이미 이 사회에 내재해 있던 문제점들의 확인이 주는 충격만이 문제가 아니었다. 더 큰 문제는 이 민족과 사회를 여러 어려움 속에서도 꿋꿋하게 올곧은 역사의 방향으로 지향해가던 합의의 공감대가 그 좋은 모양새를 잃어버린 데에 있다. 눈감고 살아가면 안주할 수 있다는 '어찌 됐든'의 대다수 심리가 역사의 큰 흐름에 역류로서 자리 잡아 정체의 무시할 수 없는 바탕을 마련할 것이다.

오랜만에 대세를 이루었던 이상 지향의 신념들이 현실의 벽에 부딪혀 분명하게 깨어져나감으로써 이 사회엔 보수의 뿌리가 단단한 입지를 마련하게 되었음도 인정 않을 수 없다. 야권 세력의 선거 패배 후 무력한 대응은 표피적인 상처의 일단에 지나지 않는다.

더 깊이의 상처가 심각하다. 회복하기 위해선 오랜 각고가 다시 요구될 것이다. 진실과 정의, 자유와 진보를 향한 숨길이 꺼져나가선 안 되겠다는 각오가 절실한 것이다.

그래서 흩어진 메주콩들이 다시 절구통에 담겨지고, 아무리 절구질이 심해도 제 몸 바쳐 메주 빚을 덩어리를 이루어가야 하는 것이다.

4. 나는 찬란한 메주나라에의 도타운 꿈을 다시 꾸고 있었다

이마에 진땀이 흘렀다. 절구질을 멈추었다. 알알이 또렷하던 메주콩의 모습이 사라지고, 으깨지며 쏟아내던 엉클어진 더운 김이 가시고 어느덧 빚을 만한 메주 한 덩어리가 곱기도 했다.

"곱게 잘 찧었다."

어머님이 모양을 빚은 네모꼴 메주는 모가 나지 않았다. 손으로 투박하게 다듬은 태의 완곡함이 자연스러웠다. 쌀푸대를 깔고 얹은 한 덩이 메주에서 가느다랗게 여린 김 오라기가 모락모락 피어올랐다. 그렇게 나는 메주콩을 다시 한 바가지 퍼오고 절구질을 계속해서 온몸이 후끈해져올 때쯤이면 한 덩이씩의 메주를 빚어낼 수 있었다.

쌀푸대 위에 메주덩이들이 늘어갔다.

메주의 보기 좋은 순박한 몸마디에 군데군데 선명하게 부서져 박혀 있는 콩의 조각들을 확인하면서, 절구질의 신명에 익숙해져가면서, 몸을 헐어 고운 살을 이룬 메주콩들의 함성을 떠올리면서 나는 찬란한 메주나라에의 도타운 꿈을 다시 꾸고 있었다.

그리고 나는 박달나무 절구에 엉겨 붙은 것들을 깨끗한 물로 씻고 갈무리해두었다. 자그마한 절구통의 깊이에도 손을 대 구석구석 씻어냈다. 빚은 메주로 맑은 간장을 우려내고 나면 구수한 된장의 맛이 남으리라.

5. 부엌의 한 모퉁이에서 칸나는 알뿌리를 숨겨두고 있었다

메주콩 삶던 솥을 들어내다가 나는 부뚜막 옆에 비닐봉지에 싸인 조그마한 화분에 눈이 닿았다. 이게 뭐냐는 내 물음에 솥을 건네받던 어머님이 대답하셨다.

"죽었는 줄 알았는데 파란 게 조금 돋는 것 같아 비닐로 싸두었다."

비닐봉지를 열어보니 제법 파아란 움이 손가락만큼 돋은 꽃나무였다.

"왜 저번 여름에 칸나가 빨갛게 이쁘게 폈었지?"

칸나는 화분 밑에 알뿌리를 숨겨두고 있었던 것이다. 죽어 스러진 줄 알았던 생명이 추운 겨울 날씨를 용케도 견디면서 오히려 겨울의 한가운데 날에 제법 푸른 기운을 고집하고 나선 것이었다.

그 여름에 눈부시던 칸나의 빛깔이 생각났다. 부뚜막의 온기에 힘입고, 초라한 비닐봉지에 보호된 채 칸나는 겨울에도 자라고 있었다. 겨울 칸나는 더디 자라리라. 작은 화분의 척박한 토양에서, 온실도 아닌 찬바람 새어 들어오는 초라한 부엌의 한 모퉁이에서 무슨 기름진 양분이 그에게 가 닿으랴. 그러나 버려진 생명의 결코 끊어지지 않는 모진 건강함에 구원의 고귀함이 와서 머문다.

그렇듯 어딘가에서는 생명의 울림이 지속되고 있었다. 어머니와 내가 한나절 공들여 빚은 메주덩이는 오래 익고 몸이 삭아 곰팡이 슬도록 묵혀진 후, 보기 흉한 모습으로 일그러져 제 몸 바침으로써 오는 새해에 우리 밥상에 없어서는 아니 될 간장과 된장을 마련해줄 것이다.

겨울에도 진한 생명력을 잃지 않았던 칸나 역시 어느 여름날 찬란하게 꽃 피우리라.

1987. 12. 26.

그리고 나는 망설임 끝에 선생이 되었다. 세월은 흘러 1999년 7월 15일 밤에 나의 일기장에 새겨둔 글이다.

15일은 우리 학교 교원노조 창립일이다. 척박한 우리 고등학교에 학교에서 인정하기 싫은 최초의 조직이 생겨나는 것이다. 사립학교의 속성을 너무도 잘 알기에 나나 나머지 10명의 선생님들이나 결코 편치 않은 마음이었으므로 창립일 아침까지도 부딪치기 싫은 장면을 피해왔던 터다.

결국 교장실 앞에서 돌아서 나왔다. 아침 보충 마치고 통고하기로 했다. 그리고 아침 보충을 마치고 나니 아까 교장실에 있던 이가 최영중 선생님이었으며 이미 전교조 분회창립 행사를 위한 장소 제공은 결코 안 된다고 했단다.

통고절차는 마쳤다. 점심시간에 분회보를 선생님들 책상마다에 올려놓았는데 교실에 들어가 점심시간 자율학습을 마치고 돌아오니 교무실마다 교장 선생님의 명령으로 분회보를 수거해 갔다는 소식이다.

분회장 곽철 선생이 교장 선생님과 면담, 그가 다음 주로 연기를 부탁해와 그것마저 거부할 수는 없었다고 하여 공식적인 분회출범은 다음 주로 연기했다.

전광석화처럼 반전이 많았던 날, 그러나 격돌은 없었다. 결국 학교에서 분회창립식을 열지 못하고 학교 앞 은하수 분식집에서 조촐한 우리만의 창립식을 열었다. 은하수 아주머님께서 정성스레 마련해주신 잔치마당에서 우리 학교 노조의 설립은 실현된 것이다.

공식행사를 학교에서 치르지 못했어도 우리 학교에 노조가 생기고 노조원 열한 명이 건재함을 세상이 다 안다.

전국교직원 노동조합 사립 부위원장 선생님의 맑게 늙으신 고결한 풍모.

그의 해직 12년이 결실한 또 한 송이의 꽃봉오리. 일군다운 사무국장 선생님의 다부진 모습. 두 분께 초라한 우리 분회의 잔치자리가 미안타. 우리 학교 노조 설립을 위해 분투 노력하신 홍기복 선생님께도 미안타.

홀로 비합법노조원으로 외로움을 옹골차게 이겨왔던 이윤찬 선생님은 끝내 우셨다. 그의 충정에 온전히 답하지 못해왔던 나의 소심함도 미안타.

그러나 하나님도 아시리라. 7월 15일은 우리 학교에 민주, 자주의, 참교육을 지향하는 노조가 설립된 날이다. 노회한 교장 선생님부터 바른 일에 너무 오래 소극적인 관성에 길들여진 사립학교의 교육 현실에 연착륙하기 위해 단지 가시적인 숫자, 날짜 등의 연기만이 있었을 뿐 실재하는 노조는 1999년 7월 15일에 우뚝 선 것이다.

앞에 서지 못하고 맨 나중이지만 끝까지 남는 정신이 우리 분회에 영원하리라. 동참을 주저했던 많은 동료 교사들이 언젠가 노조의 활동과 존재에 긍정하는 날이 꼭 올 것이다.

올바른 일은 꼭 좋은 결실을 맺는 법이다. 하늘에 우러러 떳떳한 일에 신의 섭리는 자연이다. 손으로 하늘을 가릴 수 없다. 진실은 항시 그 맑은 빛을 기어이 드러내고 마는 것이다. 각기 사람들의 불안과 좌절, 고통에도 불구하고 역사는 정의의 물꼬가 터지는 큰 강물로 흘러왔다.

집에 돌아오니 아내도 "○○ 분회 만만세"로 나를 놀린다.

담임을 맡지 못하고 중학교로 가라고 하더라도 바른 선생의 가는 길 기쁜 일이다. 사십 넘어서야 뒤늦게 가는, 가야 할 길로 접어 들었나 보다. 어려운 일 많겠지만 바른 일, 이제 당당하게 행해야 한다. 나이 들면서 추한 삶 거두고 정갈함이 더해져야 하리라. 生의 깊이에 무게 얹는 일에 힘써야겠다.

1999. 7. 15.

2000년 11월 1일 밤 나의 일기다.

우리 학교 학운위 학부모위원인 곽노현 교수님과 교사위원인 민천기 선생, 곽 교수 아드님의 담임 교사인 송영만 선생 그리고 나, 넷이 대학로에서 만났다. 선의로 가득했던 만남. 진지하고 즐거웠다.

시간이 가는 줄도 모르고 담소를 나누다 새벽 1시 다 되어서 헤어졌다. 아직 젊은 학부모 곽노현 교수는 경기고 서울 법대를 나온 방통대 교수이며 민교협 초대회장을 지내신 분이다. 그의 사려 깊고 바른 생각이 좋았고 민 선생과 송 선생도 빛났다.

민 선생은 시골 농부의 막내로 태어나 학교에서 열심히 일하다가 스스로 세상에 눈뜨고 눈뜬 후에는 우리 학교의 참된 발전을 위해 구체적으로 학교를 개혁하기 위해 바른 노력을 꾸준하게 해나가고 있다.

많은 고민 후에 흔들림 없이 위, 아래 교사들을 다 배려하며 실제 학교 행정, 프로그램 등에 진실로 아이들에게 유익한 변화를 도모하기 위한 실천에 힘쓰는 모습이 아름답다. 송 선생도 그 이상주의와 긍정적 열심이 보기 좋다.

대화의 알맹이가 있었고 건강한 모임이어서 다른 때처럼의 술 먹은 다음의 쓸쓸함이 덜했다. 비록 아내와 아이들에게 약속했던 11시를 지키지는 못했지만 맑은 만남이어선지 취기가 싫지 않았다.

스스로 좋은 어울림을 갖자. 비관의 토로가 아닌 희망의 울림일 수 있도록.

2000. 11. 1.

선한 세상, 행복한 아이들을 꿈꾸며 살아온 세월 꽃 피던 봄날이 가고 때 이른 더위로 뜨거운 아스팔트에 다시 나가 반값 등록금을 외치는 나의 제자며 내 아들 딸인 젊음들의 함성을 다시 떠올리며 나는 무력한 선생이어서, 그래도 조금 더 힘이 남아있었던 옛 글들을 다시 읽어 힘내고 싶다.

봄이 왔다. 개나리가 피고 진달래, 목련 아름답다.

아침에 학교에 조금 더 빨리 등교하여 아침 면담부터 시작했다. 몇 분의 학부모와 아이 문제를 상담하면서 학교에서 학급 담임이 아이와 대화할 시간이 무척 많이 필요함을 절실하게 느꼈었다.

아이들은 선생님과의 직접 대화를 선호한다. 가능한 한, 기회 있을 때마다 교실에 들어가 교사용 책상에 앉아 아이들과 마주해야 한다.

기온이 갑자기 올라가 꽃들이 피고 오늘 오전 교무실엔 봄바람. 창 너머로 시원한 바람. 맑은 생활에 힘써야겠다. 아름다운 일 자주 생각하자. 새벽에 일어나 출근 준비하는 바쁜 와중에도 김밥 싼 아내. 자랑스럽게 내밀던 김밥 도시락.

아침 일찍 면담한 아름다운 소년 오윤동. 울다 잠이 들었지만 아빠 품에 가득 안겨 들어오던 기윤. 둘이 마주앉아 디지몬 카드놀이에 열중하던 형제.

일곱 살 기석의 "희망이 좋은 거야. 용기가 좋은 거야?" 묻던 무구한 질문.

일요일 오후의 배봉산 길, 그 언덕은 얼마나 평화로웠던가. 그루터기 큰 나무 등걸 아래서 놀던 아이들. 엷은 연두, 봄 오름, 번지던 분홍, 진달래꽃 더미.

어제는 무척 피곤했었다. 오늘은 그러나 맑은 아침. 살아 푸르르자.

2001. 4. 10. 화요일 오전

봄날은 간다. 그러나 2001년 봄날의 글은 지금도 유효하다.

"내 삶도 빛날 수 있어요."라고 쓴 10년 전 나의 다짐이 50 중반의 나이 든 선생에게도 등록금에 청년실업에 옥조여 촛불 든 청년들에게도 작은 희망의 불씨이기를 소망한다. "그 봄이 꼭 옵니다." 다짐해본다.

내부순환도로로 출근을 한다. 북한산 본다. 신록과 연한 보라의 소담한 어울림. 웅자한 산의 자태, 저토록 포근한 빛으로 빛날 수 있다니. 계절마다 다른 빛으로 묵묵히 제자리 지키고 있는 아름다운 산. 나도 북한산처럼 살고 싶다. 터널을 넘어서 은평구의 야산들은 온통 색의 향연. 섬처럼 서울의 야산들은 이 시절이면 연보라 그 들뜬 개화의 꽃망울을 터뜨리는데 온 산이 벚꽃, 진달래 등으로 부풀어 오른다.

북한산 자락 허리 잘린 산 옆구리 춤에서 진한 진달래 꽃다발이 눈부시다. 우리나라 봄날은 슬프도록 아름답다. 우리 삶의 피폐와 누추를 꾸짖어, 결코 좌절하지 말라고 촉구하는 산, 거기 꽃들의 질타.

결코 봄은 오는 것이며, 새로운 한 해의 엄정한 질서로서 봄은 우리 삶의 나태에 물러서지 말라는 충고로서 봄은 오는 것이다. 그래서 봄이 오면 나는 몰래 가슴 설렌다. 그 가슴의 설렘을 잊을 수 없다. 매년 이맘때면 새로이 꿈꿔보는, 내 마음속 깊은 데서 아직도 살아 숨어 있는 그 꽃망울.

내 삶도 빛날 수 있어요. 오랜 겨울 추위를 견디며 꿈꿔온 나만의 봄. "그 봄이 꼭 옵니다." 다짐해본다.

2001. 4. 꽃 피던 날에

2011년 6월 12일 아침에 글을 맺다.

떠나보내고

겨울 생활 노트

2010년 12월 29일 겨울방학과 함께 1학년 우리 반 아이들을 떠나보낸다. 앞당겨 2학년에 진급한 아이들은 2학년 담임과 혹한의 겨울방학 내내 6교시까지 보충수업을 한다.

겨울방학이 끝나고 개학식이 있던 날도, 봄방학 하던 날도 아이들은 1학년 교실이 있는 별관건물로 오지 않는다. 한 시간이라도 아이들이 돌아와 1학년 16반 교실에서 헤어지기를 바랐지만 아이들은 오지 않는다. 그렇게 잘 가라는 말도 못하고 아이들과 헤어진다.

선생님은 12월 29일 그날이 마지막 날인지 몰랐는데 아이들은 알았을까. 그날 아침에 나의 책상에 편지 한 장 놓여 있다.

선생님께

안녕하세요. 기억하실지 모르겠으나 이번이 두 번째 편지네요. 일단 선생님께 감사하다는 말을 드리고 싶어요. 한 해 동안 저희 1학년 16반을 위해서 선생님이 한 고생을 어찌 말로 표현할 수 있을까요? 끝까지 저희를 위해 힘써주셔서 감사합니다. 특히 생활 노트는 너무 감사히 생각합니다. 제가 귀찮아져서 결국은 쓰지 못했지만요. ^^

그러나 2학년 때는 다시 시작할 계획이에요. 내가 한 일을 다시 쓴다는 것은 참 의미 있는 일이었어요. 내 생활을 반성도 하고, 앞으로 나아갈 방향도 생각했고, 내 마음도 표현했으니까요. 전에 수학여행 갔을 때 선생님이 버스에 안 계실 때 15반 L이 이런 말을 했어요.

"나는 저런 사람이 제일 싫다. 너무 완벽해서 싫다."

그 당시에 장난으로 또는 그냥 싫어서 한 말일 수도 있지만, 저에게는 머리에 확 박히는 그런 말이었어요. 빈틈이라고는 찾아볼 수 없는 분이 선생님이셨어요. 또 그다음 B가 청소를 도망가서 선생님이 크게 혼내신 적이 있어요. 그때 선생님은 B가 생활 노트도 내지 않자 이런 말씀을 하셨어요.

"내가 너희에게 나쁜 짓을 시키냐? 내가 나쁜 짓을 하면 그것은 목숨 걸고 막아라. 그러나 나는 지금까지 부끄러운 짓을 한 적이 없다."

누가 이런 말을 떳떳이 할 수 있을까요? 선생님이어서 그런 말을 할 수 있었다고 생각합니다. "부끄러운 짓을 한 적이 없다"라는 말을 저도 할 수 있게 떳떳하게 제가 한 일에 책임을 질 수 있도록 생활하겠습니다.

전에 어떤 아이가 생활 노트에 "우리 반이 된 게 싫다. 아이들이 너무 떠든다"라고 쓴 적이 있지요. 조금은 과장된 것일지도 모르겠으나 그 아이에게 이런 말을 해주고 싶어요. "만약 네가 2010년에 우리 반이 된 것이 불행이라면, 나에게 있어서 2010년에 선생님을 선택하고 1-16반이 된 것은 올해 가장 큰 행운이라고 말이다."

다시 한 번 말씀드리지만 감사합니다. 그리고 존경합니다. 제가 누군지는 비밀로 할께요. 창피하잖아요. ><

선생님은 지금까지 제가 본 선생님 중(담임) 가장 연세도 있으시고 ㅎㅎ 가장 훌륭하시고 가장 존경받을 가치가 있으신 분이세요.

2010년 12월 29일 수요일 아침 7시

— 이 세상에서 외할머니 다음으로 선생님을 존경하는 제자 B 올림.

나는 어떻게 아이들과 만났던가. "부끄러운 짓을 한 적이 없다"고 한 말을 아마도 아이는 기억하고 있나 보다. 그렇지 않다고 부끄럽기 한이 없는 삶을 살았다고, 잘못 들은 것이라고 고백하기까지 오랜 날이 지나야 하리라.

1월 20일이었던가?

학교에 찾아와 나의 책상에 몇 권, 아이들이 놓고 간 생활 노트를 연다. 보충수업도 안하고 집에 숨어 있던 선생은 보충수업 하는 2, 3학년 교무실과 떨어져 있는 텅 빈 1학년 교무실에서 아이들의 방학 중 생활 노트를 본다.

거의 한달 동안의 몇 아이들의 생활 노트에 몇 자 적다 보니 저녁 7시 반. 적막한 교무실의 문을 잠그고 나는 어둔 겨울밤을 걸어 나온다.

K의 생활 노트다.

그의 방학 중 생활 노트엔 사실은 나쁜 선생에게 그가 보낸 편지가 숨어 있다.

나의, 모두의 선생님

선생님께 드리는 편지

선생님, 일전에 제가 선생님께 편지를 쓴다고 약속드렸었는데, 그 약속을 이제야 지킵니다. 저는 편지 쓰는 게 좋고, 글 쓰는 게 좋네요. 선생님도 물론 그러시겠죠.

가끔 블로그를 들여다보면 선생님의 글귀들이 참 제 가슴을 따뜻이 데웁니다. ㅎㅎ

이 편지를 쓰기로 결심했을 때(약속 드렸을 때)는 선생님과 유쾌했던 1학년 생활을 마치고 헤어질 생각을 하니 마음이 아팠고 섭섭했어요. 하지만 계속 생활 노트 검사를 해주신 그 부분이 너무나 죄송해요. 그래서 이런 가슴 아픈 (또 제가 초래한) 일들을 긍정적으로 순화시켜 생활을 안정적이고 바르게 바로잡기 위한 촉매제로 사용하려 합니다.

선생님은 제가 가장 존경하는 분 중 하나세요. 많은 제자 분들이 존경을 마다치 않는 선생님을 존경할 수 있게 인연이 닿은 것에 감사드립니다.(모두에게 감사드려요.)

선생님과 제가 지금까지 쓰고 소통해왔던 생활 노트가 제 인생에서 가장 소중한 값진 보물이 되었다는 것은 두말할 것도 없습니다. 평생에 걸쳐서도 이런 방대한 양의 조언과 사랑 어린 충고를 진심이 담긴 말로써 해주시는 분은 전무후무할 거예요. 또한 저를 특별하게 바꾸어주신 것도 너무나 감사드려요.

블로그에서 본 글, '사실은 가장 바람직한 생활(독서 활동 등에)을 영위하는 것이 저라는 것을 일깨워주시고 물론 대한민국에서는 이것이 힘들 것이다'라고 말씀해주시기까지 한 것은 많은 도움이 돼요.

가장 크게 감사드릴 것은 저의 상상의 나래와 사상들을 마음껏 쓸 수 있는 기회를 주신 것입니다. 하루 10줄의 성찰과 상상의 글들이 얼마나 고귀하고 값진지 모릅니다. 평범한 고등학생이었을 저를 어떤 생각을 가지고 어떻게 살아가는지 알고 싶어 하시는 관심을 주시는 것 덕에 특별해집니다.

저는 생활 노트를 통해 몇 층 더 업그레이드되었음을 느낍니다. 어떻게 살아야 하고 어떻게 준비해야 할까? 어떤 생각이 유익할까? 이 사상이 옳은가? 저 사상이 옳은가? 사회는 어떤 식으로 흘러가야 하는가?

수많은 질문들을 쓸 수 있고 거기에 대한 나름의 생각을 쓸 수 있다는 것, 또한 그것을 누군가가 조언해주고 충고해준다는 것, 이것은 크나큰 축복이 아닐 수 없습니다. 이런 기회들이 제게 온 것은 다름이 아니고 사용하라는 것입니다.

"기회는 많지요. 하지만 그 순간을 잡아내는 것이 관건입니다"라는 문장이 생각납니다. 선생님께서 평생의 조언자, 은사님으로 남아주신다면 그것만큼 큰 영광은 없을 거예요.

감사합니다, 선생님. 사랑합니다, 선생님.

1월 18일 생활 메모

제목: 희망, 선생님

하나의, 또 하나의 희망이다. 소통의 창구이며 유일한 사상과 상상, 견해의 장. 난 오늘도 쓴다. 그리고 나아간다. 이것이 인간이 말하는 진보 중 하나일 것이다.

나는 인간의 가장 큰 진보, 발전의 하나로서 과학과 기술의 발전이 아닌 문학을 꼽을 것이다. 기쁨의 호수이다. 들어오지도 나가지도 않는다. 그 자리에 가만히 존재하는 기쁨의 공간, 문학, 글쓰기, 시, 펜 잡기.

나는 책읽기 좋아하고, 글쓰기 좋아하는 K에게 공부를 권하는(정당한 만큼의 공부는 해야 한다고 강변하는) 보수적인 선생이다. 허울만 전교조 교사이지, 사실은 B급좌파 김 모 씨가 비판하는 그런 선생이다.

방학 때 겨울 청계천의 콘크리트 하천에 흐르는 수돗물 위에서 사는 오리들을 본다. 겨울 오리들, 나는 그들에게서 우리 아이들을 본다.

숨 막혀서, 아이들은 자유의 맑은 바람 희구하지만 나는 답답하게도 아이들에게 야무지게 챙길 것은 챙기도록 권한다. 공부하고 나머지 시간에 책 읽고, 글쓰기를 권한다.

우리 반 아이들이라면 다 착하다고 인정하는 O가 먼 데 일 나가시는 부모님 대신 손자를 돌봐주시는 할머니의 고생스러운 생을 그린 마음의 시, 제목 없이 O가 생활 노트에 담아놓았던 시를 다시 꺼내 읽어본다.

늦은 밤 어린 딸 업고 두 손엔 좌판 들고 버스에 탄 사람이 있었습니다.
넘어져 비틀어진 손가락 꽉 돌려 잡고 눈물 흘렸던…….
끝내 아무에게도 말 못한 비틀어진 손가락의 서러움이 반평생 지나
가족들에게 풀어집니다.
이른 새벽 생선이고 시장 나가 생선 외치며 돈 벌던 그 사람…….
들쳐 업은 어린 딸 머리에 생선국물이 흘러
우는 아기의 엉겨 붙은 머리카락을
눈물로 떼어내며 같이 우셨답니다.
그렇게 평생 작은 집 한 채 마련하시고는 당신 집 놔두고
오늘도 아들 집에서 빨래하시는 분.
그만하실 때도 되었는데…….

철없는 손자 뒷바라지에 오늘도 낡은 몸을 일으킵니다.

언덕길을 같이 오르던 날

할머니의 눈 밑으로 땀이 흥건했지만

할머니는 왠지 우는 것 같았습니다.

착한 놈 O는 시(詩)를 안다. 정(情)을 안다.

올해 고1이 된 둘째와 밤에 불꺼놓고 같이 누워 말한다.

고등학교 들어가 월요일부터 금요일까지 밤 10시까지의 야간자율학습을 시작한 아이가 말한다.

"수요일만 일찍 집에 오고 싶어."

야자실을 확보한 아이는 하루도 뺄 수 없다지만, 수요일만 쉰다면 좋겠다는 아이에게 담임 선생님께 빼달라고 전화해줄까 말하니 둘째는 제 입으로 말하겠단다. 월, 화는 수요일을 바라보며 할 만하고 목, 금은 토요일을 바라 버틸 만할 거라고.

아이가 장난스레 묻는다.

"공부 못하면 막 때릴 거지?"

"아니, 아빠는 기석이가 행복하기만을 바래. 공부 잘했어도 불행한 사람들 많아. 정말 아빠가 바라는 것은 기석이가 행복한 거야."

수업 중에 깨워도 깨워도 일어나지 않은 아이라며 보여주는 사진 한 컷. 젊은 여선생님의 휴대폰에 담겨 있던 많이 피곤한 아이의 모습이 슬프다. 고3 보충수업 9교시에 들어가 많이 피곤한 아이들에게 말한다.

힘들지만 힘내자고, 무력한 선생님이고 아버지여서 많이 미안하다고. 지금 대한민국처럼 다들 힘겨운 나라 말고 조금 못 살더라도 아이들도, 젊은이들도, 어른들도 진정으로 행복한 나라를 마련하기 위해 오늘 공부하자고.

2011년 3월 22일 화요일에 글을 마치다.

아이들의 생활 노트

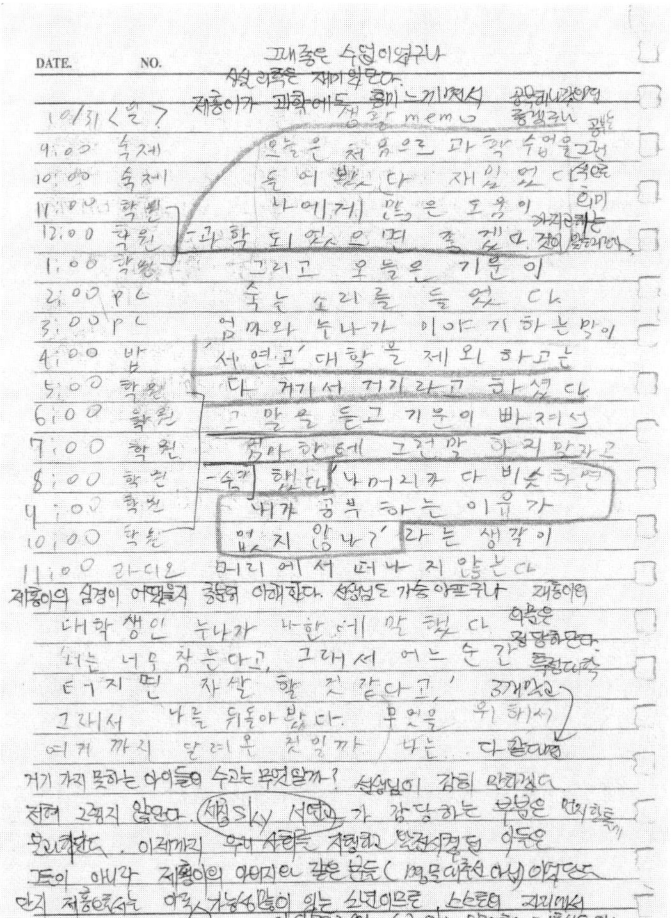

P의 생활 노트

K의 생활 노트 1

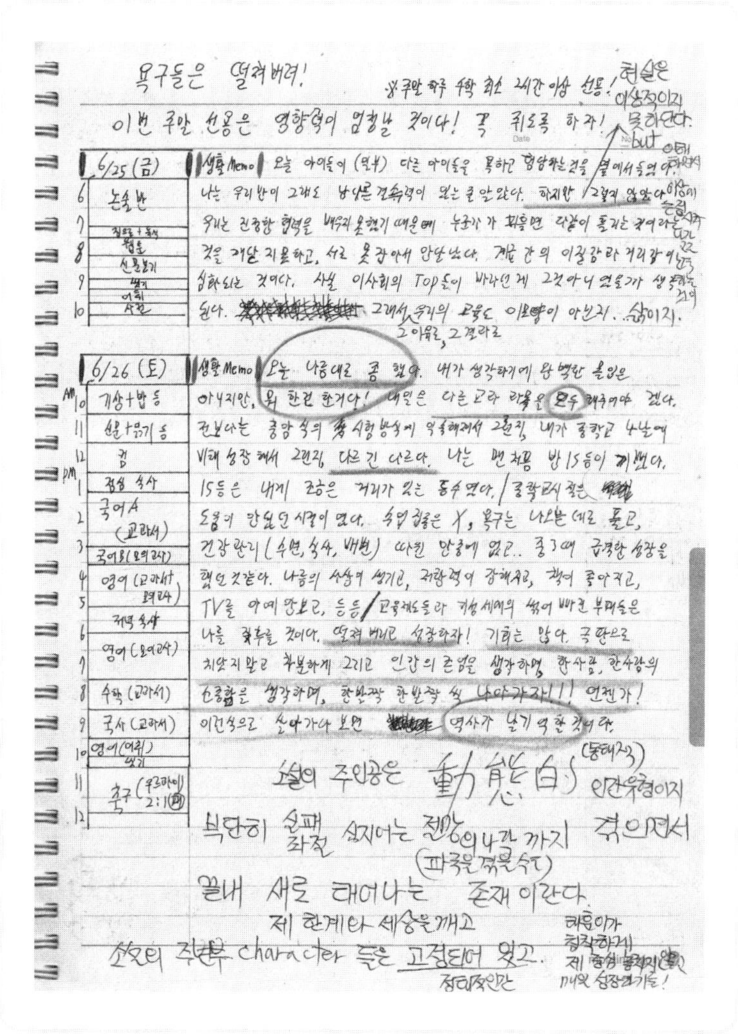

K의 생활 노트 2

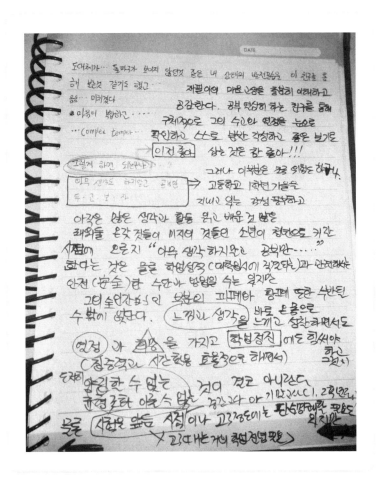

E의 생활 노트

선생으로 사는 길

제자들의 글

선생님을 그리며

조용히 그리고 치열하게

"시(詩)가 끝이 없을 듯한 겨울을 지나고서 봄을 맞았을 때의 기쁜 탄성에서 생겨났다는 영어 지문이 생각나는구나. 오랜 수고 후의 봄을 꿈꾸자."

2001년 3월, 충암고등학교 3학년 6반 학생들이 이관희 선생님으로부터 받은 첫 과제는 생활 노트를 쓰는 것이었습니다. 일주일의 학업 계획을 적고, 매일 일기를 쓰면서 일일삼성(一日三省)을 생활화하라고 하셨지요. 선생님께서 첫 주 생활 노트에 적어주신 말씀입니다.

13년이 지난 봄날 새벽, 책장에 꽂힌 노트를 꺼내어 한 장 한 장 다시 읽었습니다. 몇 번을 울었습니다. 늘 햇빛처럼 환한 표정으로 저희를 가르쳐주셨던 선생님의 열정과 고민이 한 자 한 자 정성스럽게 쓰여 있었습니다.

선생님께서 일일이 적어주신 말씀들은 세찬 물살 아래 둥글게 깎인

조약돌처럼 빛났고 아름다웠습니다. 지면을 빌려 노트에서 잠자던 문장들을 따라 선생님에 대한 기억을 이어가고자 합니다.

"생(生)의 어떤 때 누구나 스스로와 싸우는 외로운 시기가 있단다. 진정한 만남을 준비하기 위해 홀로인."

졸업 후 군대와 대학을 거치고 어수룩한 사회인이 되었을 때, 선생님을 다시 찾아뵈었습니다. 여전히 환한 표정과 다정한 목소리로 저희와의 시간을 기억하고 계셨고, 미래를 축복해주셨습니다. 분위기가 깊어질 때면 선생님께서는 저를 따로 불러 이런저런 말씀을 하셨고, 물으셨습니다. 그때 하셨던 말씀들이 몇 년 전 생활 노트에 그대로 쓰여 있었다는 것을 너무 늦게 깨달았습니다.

"아직은 가끔 흔들릴 수 있는 나이란다. 어른인 나도 이렇게 많이 흔들리는데……."

"의선이가 청춘의 어느 지점을 충실하게 겪고 있구나. 선생님도 그 시절 실연도 했고 슬픈 일을 겪기도 했단다. 항상 아직은 끝이 아니지. 다시 만날 수도 있지만 영원히 만나지 못할 수도 있단다. 모든 것을 담담하게 겪어나가야 할 책임이 있다. 그 시기는."

2012년 저는 너무 안타까운 이별을 두 번이나 하게 되었습니다. 신촌 세브란스 병원에 장기 입원한 아버지의 몸에 주사바늘 자국이 가득했습니다. 병석을 지키다가 부고를 들었습니다. 바로 옆 건물 장례식장으로 향하던 길이 어찌 이렇게 길고 황망했는지요. 그해 겨울 아버지를 보내드리며 다짐한 일들을 다시 생각했습니다. 담담하게 겪어나가야 할 책임이라는 문장을 오래 들여다보았습니다.

"누구나 좌절하면 현실에 집착하게 된단다. 허나 그로 인해 앞으로 매 순간 기회가 주어진다. 좌절과 기쁨이 반복되면서 자신의 진짜 중심이 생기게 된단다. 우리에게는 묘한 균형감각이 있어서, 스스로 알면서 그것을 깨기도 하고 피하기도 하지. 늘 절제와 균형을 생각하자. 중심을 잡고 무슨 일이 있더라도 그것을 놓치지 말자. 조용히, 그리고 치열하게."

그로부터 2년이 지나서야 저는 낡은 노트 한 권을 펼치고 부끄러운 글을 씁니다. 좋은 일보다 슬픈 일이 더 많이 일어나는 시간을 겪으며 저는 그 시절을 앓았던 병에서 벗어나지 못하고 있습니다. 허나 그것이 진정한 만남을 준비하기 위한 홀로 서기라는 선생님의 말씀을 방패삼아 이겨보려 합니다. 생활 노트를 앞으로도 자주 열어보려 합니다. 그리움과 감사를 열심과 착함으로 바꾸어 살겠습니다. 비록 낮고 쓸쓸한 삶이지만 제 중심을 잃지 않고 조용히, 그리고 치열하게 살겠습니다.

충암고 31회 3학년 6반 **황의선**

드리지 못한 이야기

바깥세상 어떤 고민도 닿지 않는, 작은 건물만이 나의 세상이던 시절, 남고 교실의 지저분하고 찌그러진 철문을 여는 아침이면, 내가 사는 세상이 펼쳐집니다. 기름 냄새 나는 교실, 아침 일찍 자율학습 때문에 먼저 나와 있는 피곤한 표정의 친구들과 늦게 탄 버스 탓인지 5분만 늦게 뵙고 싶었던 이관희 선생님. 철문 사이로 수줍게 눈인사를 드리면서 하루가 시작합니다.

대학을 가지 않겠다 마음먹었기에 자율학습이 없는 걸 부러워하던 친구들이지만, 지금쯤 와선 선생님에 관한 기억 한 조각이라도 더 가질 자율학습을 하지 않은 게 조금은 아쉽기도 합니다. 학창시절에 항상 따뜻한 별을 닮은 선생님, 어려운 가정환경을 스스럼없이 말할 수 있게 편한 분 이셨고, 대학 진학을 포기하는 저를 이해하면서도 항상 걱정해주시던 선생님은 학교를 떠난 이후 에도 언제나 그리웠습니다.

어린 나이에 어른이 되고 아무것도 모른 채 욕심만으로 살며 언젠가 번듯해져서 반드시 선생님을 찾아뵙고, 인사도 드리면서 학창시절에 다 전하지 못한 고마움을 전해드리겠다며 마음 한구석에 설익은 야망을 갖기도 했습니다.

20년을 학교에서만 살다가 나온 어른이 살기에 세상은 어렵고 쓰고 힘듭니다. 나에게도 달콤함이 있을 것 같지만 결국은 아픈 독초 같은 곳이었습니다. 호기롭게 술에 취해선 철없이도 살아보고, 누군가의 마음을 얻지 못한 아쉬움에 눈물도 흘리면서, 그래도 아직 알 것이 더 많은 세상 속에 시간만 흘러 졸업한 지 1년 여 만에 동창회로 다시 뵙게 된 선생님은 정말 전보다 더 따뜻한 분이셨습니다. 이전부터 따뜻한 분이셨을 텐데 제가 가까이 느끼지 못한 것이겠지요.

꼭 권투선수가 링에서 한 라운드를 버티고 코너에 돌아와선 세컨드를 만난 느낌일까요. 정신없는 생활 속에서 만난 선생님은 저희를 가르치기보단 걱정하시고 어떻게 지내왔는지 더 물어보시며, 함께 시간을 보내셨습니다. 그렇게 뵙고 남아들은 다시 세상 속으로 떠났습니다. 어지러운 시간 속에 나를 잡고 원하는 것을 쫓고 군대도 가고 그렇게 흩어졌다가, 제대 후에 하나씩 모여선, 스승의 날이면 선생님을 찾아뵙곤 했습니다.

찾아뵙고 싶었지만 대학도 안 가고, 하고자 하는 일에 몰두했지만 이렇다 할 성과도 내지 못한 스스로를 부끄러워해서 선생님을 뵙는 친구들을 따라갈 수 없었던 시기.

잘 지내시고, 우리를 아직 기억하시고 이야기한다는 소식만 건너 들으며, 어서 번듯해져선 내년 스승의 날엔 찾아뵐 수 있도록 다시 시간을 달립니다. 서툴고 큰 나의 욕심보다 어려운 세상, 조금이라도 자리 잡힌 모습 보여드리고 싶어서 멋진 사람이 되고 싶어서, 스스로를 많이 움츠린 채 하고자 하는 일에 몰두했습니다.

그러던 어느 겨울 선생님과의 모임이 있다는 친구들의 연락. 나가고 싶었던 그날도, 선생님 앞에 서기 부끄러울 것 같아, 많은 고민 끝에 결국 그 자리에 나가지 않았습니다.

후일 선생님이 남기신 블로그의 글을 보니 '88만원 세대 그다음 이야기' 라는 제목으로 제 친구들과 만난 그 당시 사진들과 이야기들이 곱게 간직되어 있었습니다.

선생님이 가르친 제자의 수와 이름을 모두 헤아리시진 않으실 겁니다. 하지만 선생님은 모두 소중히 생각하고 언제든 환영하고 사랑하셨다는 걸, 이후에서야 블로그와 선생님이 남기신 졸업생들의 기록을 담은 노트를 보고 알게 되었습니다.

그리고 시간이 다시 흘러 2011년 9월, 5월에 드리기로 했었던 스승의 날 선물을 전해드리고 다음 주 친구 결혼식에도 흔쾌히 참석하시겠다고 말씀한 선생님. 10월 8일 하늘 높은 가을날에 우리와 거리가 멀 것만 같았던, 결혼식, 정장, 낯선 강남의 성당과 함께 선생님을 뵙게 됩니다.

식이 시작할 즈음 후다닥 오셔선 제자들 사진을 찍으시곤, 신랑 신부 사진도 찍으시던 선생님, 식이 끝난 후엔 신랑을 데려와 친구들과 함께 세우고 사진을 찍으시면서 기뻐하시던 모습이 기억에 많이 남습니다.

식을 끝까지 보고 사진도 찍으시느라 식사 시간이 끝나서, 일어나고자 하시던 선생님을 말리며 마지막까지 앉아서 선생님과 작은 이야기 하나라도 더 하고 선생님과 함께 술을 마실 수 있었던 함께 앉은 제자의 모습을 담아주신 그날을 감사합니다.

그렇게 식사도 끝나고 친구들과 동네로 와선 밤이 되도록 술을 마셨습니다. 선생님을 만난 기쁜 날이기도 했고, 기분도 좋고, 날씨도 좋고, 친구들도 좋았던 탓에, 새벽달이 빛날 때쯤에야 비틀거리며 집에 들어와선 해장을 합니다. 라면 하나 맛나게 끓여서 컴퓨터 앞에 놓곤, 낮에 들었던 선생님 블로그가 생각나서 찾아 들어갑니다.

익숙한 모습, 못 보던 사진, 지난 주와 오늘 낮의 친구들과 나, 그리고 우리를 바라보시는 선생님의 글이 담겨 있습니다.

내용은 너무나도 곱게 읽혀 갑니다. 세련된 말이라기보단 곱고 솔직한 말들로 우리를 적어주셨습니다. 저에 대한 이야기도 있습니다. 저에게 바란 모습도 있습니다. 제가 살고자 했던 것처럼 번듯하고 출세한 제자가 아니라 그냥 저의 이야기들을 보고 싶어 하고 계셨습니다. 사진마다 곱지만 어려운 이야기들이 적혀 있습니다. 모르는 단어가 있어도 내용은 읽혀갑니다. 사진 속 우리를 이렇게 바라보고 계셨구나, 아까 이렇게 우리를 보고 계셨구나. 이렇게나 누군가를 사랑만으로 바라볼 수가 있구나,라고. 처음으로 알게 되었습니다.

집어먹던 라면을 내려놓고 한참을 울었습니다. 이렇게나 사랑받고 있었구나. 누군가에게 친절하고 착하게 마음을 열고 사는 일이 바보 같은 일이라고 생각했는데. 이렇게 가치 있는 일이란 걸, 처음 알았습니다. 선생님이 지켜오신 생각들이 틀리지 않았단 걸 증명하기 위해서라도, 저는 착한 사람이 아닐 수 없게 되었습니다.

그 후 선생님을 뵐 수 있었던 건 연말 동창 모임에서 잠깐이었습니다. 약속이 있으셔서 참석 못하신다 하셨지만 저희의 전화에 잠시라도 들러주신 선생님. 추운 겨울에 한달음에 오셔서 저희 얼굴을 보고 환하게 웃어주시던 그 모습이 마지막이 될 줄 몰랐습니다.

그리고 해가 넘어가 스승의 날이 다가오고 4월쯤부터 선생님과의 약속을 잡던 우리는 뵙기로 했던 5월에 기다리던 만남보다 먼저 이별을 맞이합니다.

빈소에서 받아본 선생님이 기록해두신 졸업생들에 관한 노트.

그 안엔 저와 제 친구들, 저희가 어떻게 사는지에 대해 졸업한 이후의 이야기들을 꼼꼼히 적으시곤 핸드폰 번호들까지도 적어두셨습니다.

다 이야기 드리지 못한 말들이 한꺼번에 밀려와선 후회만 만듭니다. 그때 등록금 안 낼 수 있게 잘 신경써주셔서 감사했다고, 대학을 포기한 제게 가지 않아도 잘할 수 있다고 격려와 걱정해주셔서 감사했다고 취업을 준비하는 시기에 번듯하지 않았어도 절 기억해주시고 항상 걱정해주셔서 정말 감사했다고. 쑥스러워서 다음에 성공하고 드리려고 했던 말들이 너무 많습니다.

누군가를 사랑하는 일이 그런 것 같습니다. 사랑을 주는 이는 정작 바라지 않는데, 받는 이는 왠지 그 말에 더 갖추고 사랑에 부응해야 할 것 같은 마음에 더 늦어지게 되는. 그냥 그 순간에 입을 떼서 대답하면 되는 일을 이제야 깨닫습니다.

그냥 제자들의 모습이 좋아서 항상 걱정해주시고 사랑해주시던 선생님. 그런 선생님에게 가지고 있던 마음들을 떠나시고 난 이후에야 표현한다는 게 후회와 많은 것을 느끼게 합니다.

저희가 사랑한다 말하지 않았어도 항상 사랑한다는 걸 아셨을 선생님. 아시는 것보다 많이 사랑한단 걸 표현하지 못한 일이 못내 아쉽지만, 선생님이 희망처럼 바라보던 젊은 학생들이 들풀처럼 강하게 살아서 행복해지는 것만으로 만족하실 만큼 선생님은 욕심 없으실 분이란 거 이제 알고 있습니다.

저 역시도 선생님이 보여주신 착하고 바르다는 것이 결코 어리석고 무의미한 일이 아니란 걸 믿고 누군가를 사랑으로 바라보고 선하게 착하게 살려고 노력하겠습니다. 그렇게 퍼져 나가 세상이 조금 더 따뜻해진다면 선생님이 학생들 걱정을 덜 하게 되시겠지요.

제 스승이 되어주신 인연에 고맙고 감사합니다. 선생님이 주신 믿음에 항상 용기를 얻었고 이제는 더 받을 수 없지만, 주셨던 믿음들, 간직해뒀다 힘든 날에 꺼내 보면서 힘을 내려 합니다.

단 한 번도 직접 이야기 드리지 못했던 말이지만 이제야 몇 번이고 남깁니다.

많이 사랑합니다. 선생님. 정말 감사했습니다.

선생님의 제자 A

선생님과 함께한 그해

　내 인생에서 2005년은 가장 특별한 해였다. 고등학교 3학년으로서 공부를 하고, 투입량에 비례하여 나은 결과를 얻고……. 그 과정은 지나고 돌아보니 그리 대단했던 것은 아니었다. 대학입시를 목전에 둔 비슷한 학생들이 비슷하게 보내던 시간이었기 때문이다. 2005년을 특별하게 만들었던 것은 한 명의 위대한 스승이 학생들의 인생을 송두리째 변화시키던 과정을 지켜봤기 때문이다. 2005년 한 해 동안 선생님의 헌신적인 사랑은 반항하며 방황하던 우리 모두를 천천히 그러나 영구적으로 바꾸어 나갔다.

　선생님은 생활 노트를 통해 학생들을 변화시켜 나가셨다. 학기 초부터 우리는 무지노트에 시간단위로 나누어진 스케줄러를 만들어 매일매일 자신의 행동을 기록했고, 자유롭게 일기를 적었다. 그리고 선생님은 서른 명이 넘는 아이들이 적은 생활노트를 걷어 한 자, 한 자 답변을 해주셨다. 공부를 잘하건, 못하건 동일하게 코멘트를 달아주셨다. 때로는 따스한 응원을, 때로는 따끔한 조언을 해주시며 내가 쓴 노트보다 많은 글을 빽빽해질 정도로 써주셨다. 아주 드물게 생활 노트 코멘트를 미처 작성하지 못하셨을 때는 몹시 미안하다며 아이들과 함께 야간 자율학습을 하셨다. 또한 선생님은 코멘트를 통해서 과외교사의 역할까지 해주셨다. 형편상 영어를 못하는 아이들이 생활 노트에 자책을 하면 자신의 학습법을 몇 시간에 걸쳐 손수 노트에 적어주시며 도와주셨다. 동시에 함께 가슴 아파하셨다. 선생님 앞에서 사람은 변하지 않는다는 편견은 산산이 부서졌으며, 내게도 또 다른 기회가 있다고, 내게도 희망이 있다고 확신하게 되었다. 하지만 선생님이 말씀하시던 치열한 삶은 성공을 위해 끊임없이 현재를 희생하는 자기학대의 과정이 결코 아니었다. 오히려 선생님은 내가 아는 그 누구보다 순간을 소중히 여기시는 분이셨고, 더 나은 삶을 위해 오늘을 소중하게 사는 것을 강조하셨을 뿐이다.

선생님은 그 학생이 어떠한 과거를 살았건, 어떠한 성격, 사상을 지녔건 모두를 사랑하셨는데, 이는 학생 한 명, 한 명에 대한 무한한 애정에서 비롯되었다. 특히, 「세한도」라는 시와 얽힌 선생님과의 추억은 평생 잊을 수 없을 것이다. 졸업하고 한참 지난 후 스승의 날 언저리에 선생님을 뵈러 간 적이 있다. 선생님께서는 「세한도」라는 시를 보여주시며 예전에 작성했는데 주지 못했다며 "네 생각이 나서 썼던 시야"라며 아이처럼 웃으셨다. 시는 내가 생활 노트 구석에 쫓기듯 적었던 글귀('소나무는 겨울이 와야 자신이 푸른 것을 증명해낸다'는 메모), 내가 행했던 아주 사소한 일(저녁 야간 자율학습 시간에 친구들에게 아이스크림을 사다 준 일, 대학 합격 소식을 처음 들었을 때의 일) 등을 뼈대로 작성되어 있었다. 나 스스로도 기억하지 못하는 일들마저 소중하게 기억하시던 선생님의 모습을 보고 아이들 한 명, 한 명에게 어느 정도로 관심을 가지셨는지 새삼 놀랄 수밖에 없었다. 선생님은 작은 순간마저 소중히 간직하시며 고심 끝에 시로 풀어내셨던 것이다. 덕분에 선생님과의 순간, 순간들은 내게 있어 모두 영원이 되었다. 지금도 김정희의 〈세한도〉를 보면 제자가 바르게 자라기를 바라며 시를 작성하시던 선생님의 모습이 떠올라 안타까워 가슴이 먹먹해진다.

늘 긴장해 있던 아이들에게 매일 시를 읊어주시던 로맨틱했던 선생님. 불의한 현실 앞에서 참지 않으셨던 선생님. 가난했던 우리들에게 너희들의 현재 상황은 너희들만의 잘못이 아니라며 울어주시던 선생님. 공부든, 기술이든 맹렬하게 추구하며 인생을 살아내야 한다며 모든 아이들의 시간을 분 단위로 관리해주시던 선생님. 이 세상을 사는 모든 착한 소들을 위해 울어주시고 기뻐해주시던 선생님. 안타깝게도 선생님은 갑작스러운 교통사고로 "어느 날 훌쩍 커 있을 너희들을 만나겠다"는 세한도[詩]에서의 약속을 지키지 못하셨다. 선생님의 부고(訃告)를 듣고 삶을 지탱하던 커다란 기둥 하나가 그대로 무너져버렸다. 이제 남은 것은 선생님과 함께했던 아름다운 기억을 안고 자신만의 삶을 거침없이 살아가는 것. 분명 선생님도 늘 그러하시듯 착한 소의 눈망울로 응원해주실 거라 생각한다.

2005년을 선생님과 함께했던 김평식

영원한 마음의 스승님 이관희 선생님

선생님께서 떠나신 지도 두 해가 지났는데 아직 선생님의 모습과 음성이 생생합니다. 자주는 아니었지만 한 해에 한두 번씩 선생님을 뵙고 좋은 말씀도 들으며 즐거운 시간을 가졌었는데, 2011년 9월 25일 친구들과 함께 선생님을 모셨던 자리가 기억이 납니다.

스승의 날에 뵙기로 했었는데 선생님이 바쁘셔서 자리가 좀 늦어지고 선물도 그때에 드릴 수 있었는데, 친구들 모두 같은 날 모임을 잡기가 쉽진 않지만 선생님이 나오신다고 하면 어떻게든 시간을 비웠습니다.

마침 곧 결혼하는 친구도 있어서 청첩장도 드리고, 계획에는 없었지만 제 생일이어서 생일 파티도 했는데 선생님이 계셔서 생일 파티도 하게 되었고, 생일날 선생님이 축하해주셔서 너무 좋았던 기억이 납니다.

저와 친구들은 선생님이 무조건 좋았습니다. 평소에 담배를 피우지 않던 친구가 그날은 선생님과의 시간이 좋아서 선생님이 담배를 피우러 잠시 나가실 때 따라 나가서 담배를 피우며 선생님과 이야기를 하기도

하고, 글을 쓰는 친구여서 글을 좋아하시는 선생님과 좀 더 깊게 소통할 수 있는 황의선이라는 친구가 부러운 마음이 들었던 기억도 납니다.

선생님은 모임에 친구들이 많아도 한 명 한 명 안부를 물으시고 힘이 되는 이야기를 많이 해주셨습니다.

이야기 중에 "다들 괜찮은 녀석들인데 왜 여자친구가 없냐"는 말씀을 하셔서 연말 모임에 무조건 여자를 한 명씩 데리고 나오고 그렇지 못한 사람들은 벌금을 부과하기로, 재미있는 내기도 했습니다. 정말 존경스럽지만 친구 같은 선생님이었기 때문에 가능했던 것 같다는 생각이 듭니다.

선생님과 이야기를 하면 항상 우리 편에 서서 칭찬과 좋은 말씀을 많이 해주시고 부모님같이 인자하시면서도, 선생님이라는 거리감이 없어서 즐거운 술자리 와중에서 장난으로 "관희 형"이라고 부를 정도로 친근했습니다. 그런 무례한 장난도 웃으며 받아주시고 선생님을 뵐 때 우리도 좋았지만 선생님도 그런 자리를 너무 좋아해주셨고 그만큼 제자들을 아끼고 사랑해주신다는 것을 느낄 수 있었습니다. 선생님과 노래방도 같이 갔었는데 노래 또한 맛있게 부르셨습니다. 양희은의 〈사랑 그 쓸쓸함에 대하여〉를 부르셨는데, 그 이후 지금도 노래방에 가면 선생님을 생각하며 그 노래를 꼭 부르곤 합니다.

얼마 후 10월 8일 친구의 결혼식에도 약속하셨듯이 축하를 해주시기 위해서 오셨는데 친구의 결혼식도 좋았지만 선생님을 한 번 더 뵐 수 있어서도 좋았습니다. 정장을 말끔하게 차려입은 저와 친구들을 보시고는 "다들 멋있다며 사진을 찍어주고 싶으시다"고 하셔서 결혼식 전에 흐뭇한 모습으로 사진을 찍어 주셨습니다.

성당에서 진행되는 결혼식이었는데 친구들은 지루해하기도 하며 결혼식장과 밖을 왔다 갔다 했는데 선생님은 제자의 아름다운 결혼식을 담고 싶으셔서 사진도 여러 장 찍으며 부모같이 기쁜 마음으로 축하를 해주시는 모습을 봤습니다.

식이 끝나고 연회장에서 자리를 잡고 선생님과 시원하게 맥주 한잔 하며 식사를 했습니다. 식사 시간이 다른 결혼식장들과는 다르게 길지가 않았는데 식사 시간이 끝나가는 와중에서도 선생님과 우리들은 마지막까지 식사를 했습니다. 선생님께서 "식사 시간이 끝나가는 것 같으니 슬슬 마무리를 해야 하는 거 아니냐"고 하셨지만 저와 친구들은 여유를 부리며 "선생님! 괜찮아요. 맥주 한잔 더 하고 일어나도 될 것 같아요"라며 오히려 그 자리를 주도했던 기억이 나는데, 그때 선생님도 우리를 믿으시고 끝까지 같이 식사를 해주셔서 정말 재미있었던 기억이 납니다.

2주 전인 5월 2일에 선생님을 뵙고 왔습니다. 여러 친구들과 같이 갔는데 선생님이 결혼을 축하해주셨던 친구의 아내와 그 결실인 아이도 함께였습니다. 그 친구는 선생님이 계셨다면 아이를 보고 좋아해주셨을 것 같다고 했는데, 다른 친구들은 "선생님이 결혼을 축하해주신 것만 해도 복 받은 거다"라며 자신들의 결혼식에 선생님이 안 계실 것에 대해 안타까워했습니다. 지금은 우리 곁에 안 계시지만 마음속에는 항상 자리 잡고 계시기 때문에 가끔씩 찾아가서 인사를 드리는데, 마음이 힘들거나 삶에 지칠 때 생각만 해도 힘이 되고 위로가 되어주시는 선생님.

찾아뵈러 가면 어깨를 두드리시며 "열심히 잘하고 있고 힘든 세상 잘 이겨내며 살아가라"고 토닥여주시는 것 같아 더욱 힘을 얻어서 옵니다.

이관희 선생님은 가슴속에 자리 잡고 계신, 영원한 스승님입니다.

제자 **권경세**

K의 이야기

흔적을 남긴 사람

오월입니다

편편히 나리는 눈처럼

그날의 기억은 부정확하여

내게 남기신 흔적으로

겨우 당신을 찾습니다

겉으로는 교사들이 칭찬하는 학생

그렇지만 헛된 공부에 지쳤던 나를

당신은 과연 무엇이 헛되며

어떤 것이 소중한지 무겁게 물으셨습니다

대답하기에 늦었습니다

후회하고 후회하며 울었지만

내게 남기신 흔적으로

이제 당신을 찾습니다

흔적은 곧 사라질 것이 아닌

삶의 실천이 걸음을 떼는 지점

보내드리는 일은 도리어

당신을 만나는 일이 될 것입니다

그러므로, 오월입니다

이제는 포근한 오월입니다

따뜻함을 간직하며

당신을 보내드립니다

　저의 삶이 있기까지 가장 큰 영향을 남기신 선생님에게 온 마음을 다해 감사하다고 말씀드리고 싶습니다.

　참된 선생이었던 당신의 일부라도 저의 삶에서 실천에 옮겨야겠다고 다짐하게 되었습니다.

연세대학교 대학원 교육학과 **강성욱**

다하지 못한 말들

선생님. 또다시 봄은 왔습니다.

유난히 크게 느껴졌던 선생님의 빈자리가 야속하게도 익숙해지고 있습니다.

청춘의 순수함과 의로움을 잃지 않으셨던 선생님.

물리적 시간의 흐름 속에 소멸이 익숙해지는 삶이 인생일지라도

선생님과 함께 나눈 청춘의 순간을 평생 간직하겠습니다.

생과 사를 초월해 사랑합니다.

제자 **김홍중**

선생님의 목소리가 아닌 아버지의 목소리로,

선생님의 눈높이가 아닌 아버지의 눈높이로,

선생님의 가르침이 아닌 아버지의 가르침으로

당신의 모든 것 절대 잊지 못합니다.

보고 싶고 정말 사랑합니다.

제자 **김형건**

아무 조건 없이 제자들을 걱정해주시고 아껴주시던 선생님.

너무 그립고 보고 싶습니다.

선생님의 제자라는 게 너무 자랑스럽습니다.

선생님의 가르침 평생 잊지 않고 부끄럼 없이 열심히 살겠습니다.

하늘에서 평안하십시오.

제자 **오무치**

19살 초 여름 나른함과 즐거움으로 설렌 토요일 정오.

여유로이 담배를 태우시던 이관희 선생님의 모습을 기억합니다.

나른하면서 따뜻했던 초여름의 볕을 닮으셨던 선생님.

주셨던 신뢰에 항상 용기를 얻습니다.

그립고 그립습니다.

제자 **김도윤**

고(故) 이관희 선생님께서 소천(所天) 하신지도 벌써 1년이 흘렀네요.

작년 이맘때쯤, 항상 저희 곁에서 큰 힘이 되어 주실 것만 같았던 은

사님께서 갑작스레 떠나셨다는 소식을 듣고, 얼마나 마음이 무거웠는지 모릅니다. 항상 가족 분들과 제자들을 생명의 양식으로 삼으시며, 열심히 살아가시는 선생님을 이제 다시 볼 수 없게 됨에 한없이 슬프고 눈물이 흘렀습니다.

졸업한 지 10년이 지나 오랜만에 선생님을 뵈었을 때, 선생님께서 저희에게 지어주신 따뜻한 웃음이 아직까지 기억이 납니다. 비록 내세울 것도 없고, 잘나지도 않은 제자들이었지만, 선생님께서는 누구 하나 섭섭하지 않게 신경 써주셨고, 진정한 교육자란, 선생님 같은 분이시라는 걸 다시 한 번 깨달았습니다.

제자들을 아끼는 마음이 많으셨던 은사님이셨기 때문에 더욱 생각이 나고, 저와 친구들은 항상 선생님을 기억하며, 그리워할 것입니다.

이관희 선생님, 변함없이 존경하고 사랑합니다.

근심 걱정 없는 하늘나라에서 편히 쉬십시오.

제자 **황도윤**

한 사람의 삶은 그가 남기고 간 뒷모습으로 평가 받습니다.

제게 당신의 뒷모습은, 일생에 한 번뿐인 고3 시절 당신과 같은 스승이 곁에 계셨음에 감사함이 되어 남습니다.

우리가 간직할 당신의 뒷모습은 이렇게 따뜻한데 당신이 담아가신 우리와의 기억들은 어땠는지요.

당신께 배울 것도 보여드릴 것들도 너무 많아 그럴 시간도 많을 줄로만 여겼는데 우리에게 그토록 소중했던 당신은 주님께도 꼭 필요한 사람이었나 봅니다.

저도 먼 훗날 당신과 같은 모습으로 누군가에게 기억되도록 노력하며 살아가겠습니다.

그것이 세상에 남은 제가 먼저 가신 선생님께 약속드리는 존경의 뜻입니다.

안녕히 가세요. 선생님, 감사합니다.

제자 **이제원**

이관희 선생님, 선생님께서 이 세상에 안 계신다는 게 아직도 믿기지 않습니다.

선생님께서 항상 하시던 "착한 아이들아~"라는 말에 삐뚤어지지 않고 바르게 성장할 수 있었던 것 같아 감사드립니다.

비록, 더 이상의 추억은 만들 수 없지만, 지금까지의 추억은 좋은 기억으로 간직해주세요.

지금 계신 곳에서는 항상 좋은 일만 가득하시길 바랍니다.

제자 **김영균**

눈이 부시게 나뭇잎이 푸르른 오월에 하늘이 무너지는 슬픔으로 눈물이 앞을 가립니다.

존경하고 사랑하는 우리 선생님!!

어젯밤 생활 노트를 꺼내 읽으며 밤새 엉엉 울었습니다.

선생으로 사는 길

저희들의 올바른 생활과 공부를 위해 사랑과 열정으로 매일 같이 읽어주고, 하나같이 멘토링해주셨던 생활 노트들, 간략한 소개 글과 함께 비치했던 수많은 학급 문고들, 일일이 스크랩하여 게시판에 붙여주던 신문 기사들, 빛나는 눈빛으로 수업하시던 열정적인 목소리, 등을 두드려주시시며 상담해주시던 사랑 가득한 눈빛, 평소처럼 밝게 웃고 계신 선생님의 영정 앞에서 또다시 눈물이 복받쳐 흐릅니다.

저희는 평생 영원히 잊지 못할 것입니다.

선생님은 저희들 인생의 표상이었고, 학창시절의 빛나는 등불이었습니다.

저희들은 선생님의 가르침을 본받아 열심히 공부하여 세상을 밝히는 참된 사람이 되겠습니다.

제자 **조수환**